iECN

DOSSIERS

Derniers tours

Carole SCHEIFER
Arthur JAMES & Guillaume SAVARY

Editions Vernazobres-Grego
99 bd de l'Hôpital
75013 PARIS - Tél. : 01 44 24 13 61
www.vg-editions.com

AVRIL 2015 - ISBN : 978-2-8183-1351-0

Point repère

Le mot des auteurs

Internes en anesthésie-réanimation issus de l'ECN 2011, nous avons voulu faire partager notre expérience de préparation de ce concours déguisé. Ce livre a donc été conçu avant tout comme un outil d'entrainement méthodologique et ceci pour une raison simple : la moitié des points d'une grille ne concernent pas de connaissances médicales spécifiques mais reposent sur des réflexes qui peuvent sembler idiots et éloignés de la réalité médicale quotidienne, mais représentent un rapport temps de travail-points gagnés assez génial. Un exemple simple, il existe quasiment tous les ans des dossiers avec des points de bonus de "présentation, cohérence globale, etc..." et ce pour une dizaine de points tous les ans à l'ECN soit au bas mot 500 places. Il existe peu de sujets aussi assurément rentables.

Ces cas ont donc été pensés pour des étudiants ayant déjà une vision d'ensemble du programme et voulant parfaire leurs réflexes :

- Toujours donner un diagnostic complet
  avoir un plan d'interprétation et de prescription pour les examens radiologiques et biologiques
- Ne jamais oublier d'axes de traitement
- S'entraîner à la préparation d'un brouillon efficace et rapide
- Voire pour des révisions intensives type rédaction de 3 dossiers dans leur intégralité par blocs de 2h30.

Tous ces conseils sont repris dans la deuxième partie du mot des auteurs de manière plus pratique.

<u>Quelques précisions sur les dossiers contenus dans ce livre :</u>

- Les titres sont volontairement peu précis, en effet vos 9 dossiers n'en auront pas le jour J.
- Il y a peu de cas de pédiatrie et de psychiatrie, ces disciplines sont en effet assez spécifiques et ces dossiers n'ont pas vocation à remplacer vos dossiers de spécialité.
- Certaines questions vous paraîtront certainement « non tombables ». En effet, l'idée dans ces cas était aussi de vous donner des tiroirs pour faire face à des questions atypiques et nous avons choisi de les insérer pour partie dans les cas, tandis que d'autres sont présentées dans les commentaires en fin de dossier.
- Les dossiers ont été reformés pour être conformes aux exigences du nouvel ECN : essentiellement des QCM et des questions à réponses fermées
- Les choix diagnostiques ou thérapeutiques doivent en revanche être clairs et assumés. Il faut trancher vos réponses.

<u>Dans la suite de cette introduction nous nous proposons de vous présenter quelques astuces de sources diverses mais qui nous ont toutes bien servi cette année. On y va :</u>

- Moyens mnémotechniques : ils sont connus de tous, mais le principal est de les adapter à vos besoins en insistant sur vos oublis les plus fréquents.
- En sous-colle ou ailleurs, forcez vous à rédiger une épreuve de 3 dossiers en 2h30 puis corrigez les copies des autres. Vous apprendrez beaucoup de leur façon de rédiger et pourrez améliorer vos copies.

- Ne pas gâcher les annales : faites-les quand vous vous sentirez prêts à passer l'ECN ! En gros à partir de février-mars. Gardez les grilles de correction pour cibler les erreurs que vous (re)faites.
- Attention aux items avec des posologies à connaître 8marqué par un petit p. Nous vous conseillons de vous préparer une fiche de synthèse sur les posologies de ces items avec le VIDAL.
- Un point important en lien avec la rédaction concerne les abréviations. Il faut se forcer à en mettre le moins possible et respecter strictement celles définies par le CNCI. (cf en fin d'ouvrage)
- Blindez les premières questions car c'est celles sur lesquelles le correcteur base son avis sur la suite du dossier : gagner les points de gueule en gros !
- Point particulier sur les antibiotiques : "1 antibio = 2 antibio". En gros, donnez toujours l'alternative en cas d'allergie au traitement de référence, ça fait souvent gagner un petit point.
- Utiliser des soucres diverses : toutes les corrections de questions tombées et cours pris dans des sources diverses : conf, annales, bouquins de cas, ECN blancs.
- Lire puis re-lire chaque question avant d'y répondre. C'est trop bête de perdre des points en oubliant la moitié de l'énoncé.
- Dire où, avec qui et quand on fait ce qu'on fait. Prendre l'avis de tout le monde !
- Ecrire en rouge les choses à ne pas faire après première lecture de l'énoncé.
- Si vous avez l'impression que vos réponses ne collent pas avec l'ensemble du cas clinique, prenez 3 minutes pour vous assurer que vous n'êtes pas en train de tomber dans un piège. Et ouais, c'est dangereux l'ECN !

<u>Pour conclure :</u>

Rédiger des dossiers en tant jeunes internes présente certainement des travers, et nous en avons conscience. Nous n'avons pas la prétention d'être capables d'inventer des cas cliniques aussi pointus que ceux proposés à l'ECN, et nous n'avons pas encore l'expérience médicale suffisante pour présenter exclusivement des observations issues de malades réels (même si quelques cas sont inspirés de patients que nous avons rencontrés). Mais nos dossiers sont surtout ceux de personnes pour qui la D4 est encore proche et qui ont une méthodologie forte à transmettre. Plus que des rappels de cours de spécialité, ces dossiers visent à vous permettre de faire la différence dans le classement avec des gens qui ont le même niveau que vous, comme ce sera le cas de nombreuses personnes le jour J. L'idée est qu'avec un bagage de connaissances égal vous pouvez clairement gagner des places avec des réflexes et des principes forts qui vous permettront d'être systématiques et de gagner des points y compris sur un sujet que vous maitrisez mal.

Faire des cas cliniques est essentiel, il est important d'en écluser une quantité importante et pour ce faire d'aller souvent vite sur chaque cas. Néanmoins n'oubliez pas que ce n'est ni sur les quelques concours blancs que vous ferez peut-être, ni pendant les confs où l'on vous demande de rédiger 5 dossiers en 2 heures que vous apprendrez et surtout trouverez vos habitudes pour rédiger vos dossiers. C'est un exercice capital auquel les annales des ECN se prêtent tout particulièrement. Elles peuvent par la suite être relayées par des ouvrages du type de celui-ci, les anciens concours blancs nationaux, les ECN blancs et CSCT des autres facs, etc...

Après, c'est à vous de faire votre sauce perso avec ces ingrédients et d'autres ! Vous pouvez nous contacter pour toutes questions, suggestions, remarques, critiques… Dans tous les cas nous vous souhaitons bon courage et bonne chance. Ca vaut le coup de rien regretter. May the power be with you.

Nous tenons à remercier ici pour leur soutien

- **Nos familles**
- **Nos proches**
- **Une mention spéciale pour nos sous-colles respectives**
- **Ainsi que tous ceux qui se reconnaîtront dans ces cas.**

Arthur James & Guillaume Savary

casclinique2011@hotmail.fr

Point repère

Sommaire général des dossiers

Point repère

Cahier de bord

Point repère

Tableaux à questions fermées

N° ITEM	TITRE DE L'ITEM	PAGE(S)
1	La relation médecin malade – Annonce de la maladie grave	
11	Soins psychiatriques sans consentement	161
12	Responsabilités médicales	139
23	Suite de couche pathologique	253
40	Aménorrhée	193
62	Trouble bipolaire	161
81	Œil rouge et/ou douloureux	171
90	Déficit neurologique focal	53
91	Compression médullaire non traumatique	53
99	Paralysie faciale	119
102	Sclérose en plaques	53
112	Exanthème	41
126	La personne âgée malade	243
132	Thérapeutiques antalgiques, médicamenteuses et non médicamenteuses	33,
151	Infections broncho-pulmonaires	109, 75
152	Infections cutanéo-muqueuses bactériennes	233
154	Tétanos	263
157	Infections urinaires	203
158	Maladies sexuellement transmissibles : syphilis	41
163	Cytolyse et hépatites virales	223
165	Infection à VIH	109
169	Zoonoses : maladie de Lyme	119
180	Maladies professionnelles et accident du travail	193
184	Asthme de l'adulte et de l'enfant	213
191	Maladie de Horton et pseudo-polyarthirte rhizomélique	295
192	Polyarthrite rhumatoïde	33
194	Arthropathie micro cristalline	97
196	Douleurs articulaires	33
204	Insuffisance rénale chronique	275
209	Anémie de l´adulte et de l´enfant	181
219	Facteurs de risques cardiovasculaires	97
220	Dyslipidémie	97
221	Neuropathie Optique Ischémique Antérieure	295

Dossier tour de synthèse 1

Des nouvelles céphalées

1 Enoncé

Vous recevez aux urgences Mlle Ines B, 26 ans, qui se plaint de céphalées. Celles-ci sont apparues progressivement depuis une semaine mais s'intensifient rapidement depuis la veille. Elle n'a aucun antécédent particulier et ne prend qu'une contraception oestro-progestative.

Votre examen clinique retrouve :

- Poids = 65 kg, taille = 1m75
- PA = 150 / 95 mmHg, FC = 105 bpm, SpO2 = 89% en air ambiant
- Turgescence jugulaire isolée, bruits du cœur réguliers sans souffle, pouls perçus
- Erythrocyanose discrète faciale et des membres supérieurs
- Murmure vésiculaire bilatéral et symétrique
- Examen neurologique normal
- Abdomen souple, dépressible et indolore
- Aires ganglionnaires libres
- L'ECG réalisé est normal et la radiographie de thorax est jointe (cf. iconographie 1).

Question 1 :

Quel syndrome identifiez-vous ?

Question 2 :

Quels autres signes cliniques peuvent se rencontrer ?

A – Oedème facial

B – Télangiectasies

C – Circulation collatérale basithoracique

D – Pétéchies

E – Purpura

F – Exophtalmie

G – Dysphagie

Question 3 :

Concernant la radiographie de thorax, quelles affirmations sont véridiques ?

A – On voit une déviation de tout le médiastin vers la droite

B – On peut parler de masse médiastinale car la taille est supérieur à 3mm

C – La masse médiastinale est de tonalité hydrique

D – On voit de multiples adénopathies au niveau du hile pulmonaire droit

E – La masse est au niveau de la loge médiane du médiastin

F – La masse est dans la loge antérieure car on voit un signe de la silhouette avec l´arc supérieur gauche

Question 4 :

Quel examen allez-vous réaliser en urgence ?

A – TDM thoracique sans injection

B – TDM thoracique avec injection

C – Fibroscopie bronchique

D – Numération formule sanguine avec frottis sanguin

E – TDM thoracique avec et sans injection

Question 5 :

Quelles sont vos 3 hypothèses diagnostiques à ce stade ?

Question 6 :

Quelles sont les 5 mesures thérapeutiques à mettre en place ?

Question 7 :

Quel est l'examen à réaliser par la suite, dans un but étiologique ?

Au terme du premier bilan, il est mis en évidence un lymphome de localisation thoracique isolée.

Un traitement par chimiothérapie de type R-CHOP est proposé et mis en route. A J6 du premier jour de la cure, vous êtes appelés car la patiente présente une fièvre avec frissons.

L'infirmière est affolée car la pression artérielle est de 85/40 mmHg et la fréquence cardiaque de 130 bpm. La saturation est normale à 96%.

Votre examen clinique rapide est par ailleurs normal.

Le bilan biologique réalisé le matin même montre :

- **Hb = 10.2 g/dL, GB = 0.4 G/L**
- **Plaquettes = 145 G/L**
- **Na = 140 mmol/L, Cl = 95 mmol/L, K = 4 mmol/L**
- **Créatininémie = 85 µmol/L**

Question 8 :

Quelle sont la forme et le type histologique de lymphome les plus fréquents à cet âge ?

Question 9 :

Sachant que la patiente présente le type histologique le plus fréquent, quels autres signes cliniques peut on rechercher ?

A – Prurit des membres inférieurs

B – Prurit lors du contact avec de l´eau

C – Douleur dentaire au froid

D – Douleur ganglionnaire à la prise d´alcool

E – Signe de Trousseau

F – Purpura de la plante des mains

Question 10 :

Sachant que la patiente présente le type histologique le plus fréquent, quel bilan biologique s´impose pour rechercher un facteur de risque important de cette pathologie ?

A – Sérologie VHB

B – Sérologie VIH

C – Aucun, car pas de facteurs de risque connus

E – Sérologie EBV

F – Typage lymphocytaire

Question 11 :

Quel est votre diagnostic complet ?

Question 12 :

Quelles sont les 2 mesures thérapeutiques à mettre en œuvre ? Détaillez.

Question 13 :

Votre externe vous demande si la patiente aurait pu faire un syndrome de lyse tumorale. Rappelez-lui les signes biologiques :

A – Insuffisance rénale aiguë

B – Hyperuricémie

C – Hypercalcémie

D – Hyperkaliémie

E – Hyperphosphatémie

F – Hypernatrémie

Question 14 :

Quelles sont les 8 mesures préalables à une chimiothérapie chez une femme ?

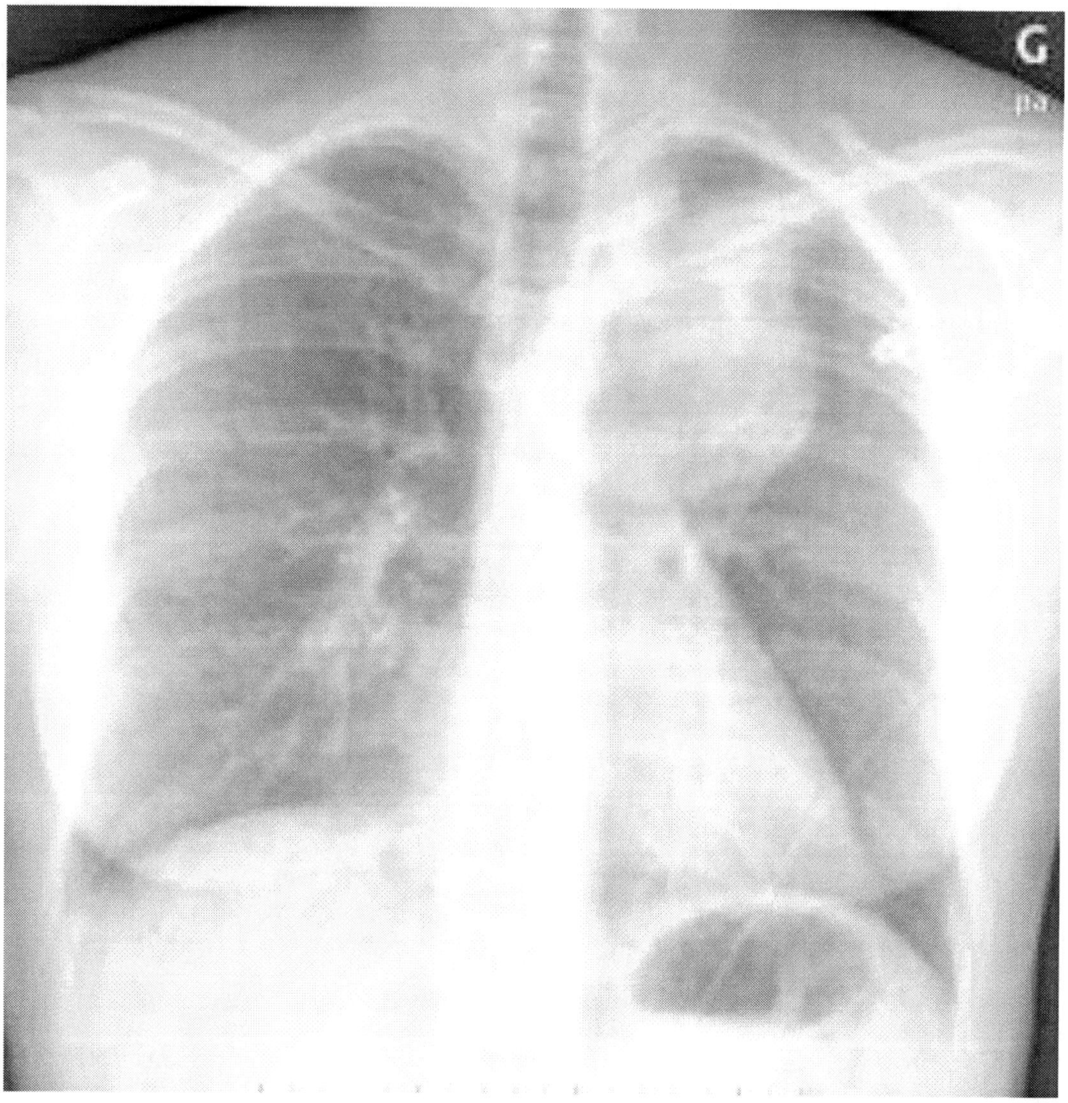

Iconographie 1

2 Corrigé

Le + : PREMIERE LECTURE, CONSEILS ET ASTUCES

- **Appréciation globale et difficulté du dossier :**
  - Dossier classique sans difficultés ni pièges
  - Difficulté : 1/3
  - A classer en 1ère position parmi les 3 dossiers de l'épreuve
- **Zéros et mots clés à inscrire sur le brouillon :**
  - Femme jeune = bêta-HCG
  - Dyspnée = oxygénothérapie voire ventilation non invasive
  - Syndrome cave supérieur = anticoagulation
  - Choc = remplissage
  - Lymphome de Hodgkin = sérologie VIH
  - Cancer chez la femme jeune = préservation gonadique
- **Astuces, réflexes et pièges :**
  - L'agranulocytose et l'aplasie en hématologie n'entrainent pas nécessairement l'arrêt de la chimiothérapie, d'autant plus qu'ici elle est probablement déjà terminée donc ne pas se précipiter sur l'arrêt du traitement

Grille de correction

Consignes : 1 point négatif pour toute réponse supplémentaire donnée, sauf consignes différentes pour certaines questions

1	Quel syndrome identifiez-vous ?	Grille ECN
•	Syndrome cave supérieur	4
		4

2	Quels autres signes cliniques peuvent se rencontrer ?	Grille ECN
•	A = Oedème facial	2
•	B = Télangiectasies	1
•	C = Circulation collatérale basithoracique	2
•	D = Pétéchies	1
•	E = Purpura	1
•	F = Exophtalmie	1
•	G = Dysphagie	1
		9

3	**Concernant la radiographie de thorax, quelles affirmations sont véridiques ?**	Grille ECN
•	C = La masse médiastinale est de **tonalité hydrique**	2
•	E = La masse est au niveau de la loge **médiane** du médiastin	2
•	F = La masse est dans la loge antérieure car on voit un signe de la silhouette avec l´arc supérieur gauche	2
		6

4	**Quel examen allez-vous réaliser en urgence ?**	Grille ECN
•	E = TDM thoracique **avec et sans** injection	4
		4

5	**Quelles sont vos 3 hypothèses diagnostiques à ce stade ?**	Grille ECN
•	On évoque devant cette **masse médiastinale supérieure droite :**	-
•	**Hémopathie / lymphome**	2
•	**Tuberculose ganglionnaire** de localisation médiastinale	3
•	**Tumeurs solides médiastinales** / Tumeurs germinales	1
		6

6	**Quelle sont les 5 mesures thérapeutiques à mettre en place ?**	Grille ECN
•	**Urgence** thérapeutique – **(PMZ)**	2
•	**Oxygénothérapie :**	3
	- **Objectif : saturation > 95%**	1
	- Au **masque haute concentration**	1
•	**Anticoagulation :**	3
	- A **dose efficace** / dose curative	1
	- Par **HBPM**	1
•	**Position demi-assise** / lutte contre l'hypertension intracrânienne	2
•	**Traitement antalgique / paracétamol / palier II**	1
		15

7	Quels est l'examen à réaliser par la suite, dans un but étiologique ?	Grille ECN
	• **Médiastinoscopie :**	2
	- Pour réalisation de **biopsies**	1
	- Et **analyse histologique - (PMZ)**	2
	- Et **bactériologique /** recherche de **bacilles de Koch /** recherche de **BAAR**	2
	- Afin d'obtenir un **diagnostic de certitude**	1
		8

8	Quelle sont la forme et le type histologique de lymphome les plus fréquents à cet âge ?	Grille ECN
	• **Lymphome de Hodgkin**	4
	• De **forme scléro-nodulaire**	2
		6

9	Sachant que la patiente présente le type histologique le plus fréquent, quels autres signes cliniques peut on rechercher ?	Grille ECN
	• A = **Prurit** des membres inférieurs	2
	• D = **Douleur ganglionnaire** à la prise d´alcool	2
		4

10	Sachant que la patiente présente le type histologique le plus fréquent, quel bilan biologique s´impose pour rechercher un facteur de risque important de cette pathologie ?	Grille ECN
	• B = Sérologie **VIH**	5
		5

11	Quel est votre diagnostic complet ?	Grille ECN
	• **Sepsis sévère** – (**PMZ**)	4
	• Compliquant une **agranulocytose**	3
	• **Secondaire à une chimiothérapie**	1
	• Par **probable translocation bactérienne digestive**	1
		9

12	Quelles sont les 2 mesures thérapeutiques à mettre en œuvre ? Détaillez.	Grille ECN
•	**Antibiothérapie – (PMZ) :**	**2**
	- **En urgence / précoce – (PMZ)**	**2**
	- Large spectre	-
	- **Double**	-
	- **Parentérale / IV**	**1**
	- **En l'absence d'allergies**	-
	- Efficace sur les **bacilles gram négatifs** et les **cocci gram positifs**	**1+1**
	- **Adaptée à la flore nosocomiale**	**1**
	- **Bêta-lactamines large spectre / Tazocilline / Fortum®**	**1**
	- **Aminosides / Amikacine / Gentamycine®**	-
•	**Remplissage vasculaire :**	**3**
	- **Sérum physiologique / colloïdes / cristalloïdes**	**1**
	- Au moins 500 mL	-
		14

13	Votre externe vous demande si la patiente aurait pu faire un syndrome de lyse tumorale. Rappelez-lui les signes biologiques :	Grille ECN
•	A = Insuffisance rénale aiguë	**1**
•	B = Hyperuricémie	**1**
•	D = Hyperkaliémie	**1**
•	E = Hyperphosphatémie	**1**
		4

14	Quelles sont les 8 mesures préalables à une chimiothérapie chez une femme ?	Grille ECN
•	**Prise en charge à 100% / ALD 30**	**1**
•	**Prévention des nausées / vomissements :**	**2**
	- Sétrons	-
	- Corticothérapie	-
•	**Prévention du risque allergique / anti-histaminiques**	**2**
•	**Education / information :**	-
	- **Risque infectieux / conduite à tenir si fièvre**	-
	- Pas d'automédication	-
•	**Mesure de la surface corporelle**	**1**
•	**Contraception efficace**	**1**
•	**Pose de voie centrale / porte-à-cath**	**2**
•	**Eradication des foyers infectieux**	**2**
		11

COMMENTAIRES

QUESTIONS	COMMENTAIRES
Général	• Le syndrome cave supérieur est déjà tombé associé à un cancer broncho-pulmonaire. • Le lymphome était un sujet fréquent à l'internat mais n'est jamais tombé encore à l'ECN.
2	• Globalement sémiologie très riche, tout ce qu´on peut imaginer qui comprime les structures adjacentes et qui fait stagner le sang dans les veines (purpura, pétéchies) • Les plus classiques : TOC TOC (turgescence jugulaire, œdème en pèlerine, cyanose faciale, télangiectasies, œdème cérébral avec céphalées, circulation collatérale
3	• Retenir : loge antérieure = signe de la silhouette
4	• Plan classique d'imagerie : - **Diagnostic positif** - **Recherche de complications** - **Diagnostic étiologique** - **Recherche de lésions associées** • Toujours se demander si un scanner est réalisé avec ou sans produit de contraste • Réflexe : produit de contraste = fonction rénale
3	• Pas d'autre endroit où placer l'interprétation de la radiographie de thorax donc en parler ici
4	• La corticothérapie se discute, ici elle n'est pas cotée car elle n'est pas efficace en urgence et risque de fausser les résultats de la biopsie, avec un retard diagnostique
5	• Le diagnostic est histologique • Pas de ponction guidée sous scanner vu la proximité avec les gros vaisseaux (médiastin)
7	• Pas de choc septique avant remplissage • La porte d'entrée la plus fréquente en cas d'agranulocytose est la translocation digestive bactérienne
8	• Mots-clés de l'antibiothérapie : - **Voie d'administration** - **Simple / double** - **Germes ciblés** - **En l'absence d'allergies (toujours)** - **Famille et DCI** - **Large spectre / bactéricide / synergique (le bla-bla)**

9	• Fiche méthodologie chimiothérapie • Avant : - **Surface corporelle** - **Prémédication antiémétique / antiallergique** - **Information / éducation sur les effets secondaires** - **100% (la chimio coute cher)** - **Eradication des foyers infectieux** - **Beta-hcg / contraception / CECOS** - **Pose de voie centrale / porte-à-cath** • Pendant : - **Hydratation** - **Surveillance** - **Prévention de la perte des cheveux** • Après : surveillance biologique de la tolérance / évaluation de l'efficacité et de la réponse.

ITEMS ABORDES

TYPE	INTITULES		
	UE	NUMERO	
Question principale	9	316	Lymphome de l'adulte
Questions accessoires	10	328	Choc
	11	326	Antibiothérapie
	9	293	Agranulocytose
	7	203	Masse thoracique et médiastinale

LE + : POUR MIEUX ASSIMILER

TABLEAU A QCM et QROC		Items 293 / 316
QUESTIONS		**INTITULES**
Bilan d'extension paraclinique d'un lymphome	Les 7	• TDM cervico-thoraco-abdomino-pelviennne • TEP-TDM • Biopsie ostéo-médullaire • NFS-plaquettes • Ponction lombaire • LDH • Bilan hépatique complet
Facteurs de risque de toxicité médullaire de la chimiothérapie	Les 4	• Antécédents d'agranulocytose post-chimiothérapie • Type et dose de chimiothérapie • Cytopénie préexistante • Age
Types histologiques les plus fréquents de lymphome non hodgkinien	Les 2	• Agressif : lymphome diffus à grandes cellules de type B (60%) • Indolent : lymphome folliculaire (80%)
Mots-clés de la confirmation diagnostique d'un lymphome non hodgkinien	Les 5	• Diagnostic histologique • Biopsie • Avant toute corticothérapie • A adresser frais / non fixé / congélation • Analyse en anatomo-pathologie / cytogénétique / immunohistochimie / biologie moléculaire

Notes personnelles

Dossier tour de synthèse 2

Le début d´un rhumatisme

1 Enoncé

Vous recevez en consultation Mlle Isabelle Z, jeune cadre dynamique, qui présente des douleurs articulaires depuis 2 mois. Elle n'a aucun antécédent personnel ou familial et ne prend aucun traitement. Elle ne fume pas.

L'interrogatoire retrouve des douleurs atteignant les poignets, les mains et les pieds. Elles sont maximales le matin, ne diminuant que vers midi et réveillent la patiente la nuit. C'est la première fois que ces douleurs sont décrites.

Elle se plaint également de douleurs oculaires récidivantes.

Votre examen clinique montre :

- FC = 75 bpm, PA = 125 / 75 mmHg, température = 36,7 °C
- Existence d'arthrite des 1ère, 2ème, 3ème métacarpo-phalangiennes droites et gauches, et de l'interphalangienne proximale des 1er, 2ème et 3ème doigts droits et gauches
- Douleur à la palpation des métatarcarpiens droits et gauche, au niveau des 1ers et 2èmes rayons
- Mobilités articulaires passives normales aux mains, aux pieds et aux genoux
- Auscultation cardio-pulmonaire normale
- Abdomen souple, dépressible et indolore, pas d'hépatosplénomégalie
- Examen cutané normal

Vous évoquez une polyarthrite rhumatoïde.

<u>Question 1 :</u>

Concernant l´anamnèse, lesquelles des affirmations suivantes sont vraies ?

A – L´atteinte oculaire est probablement lié à la pathologie de fond
B – L´absence d´atteinte extra-articulaire est typique pour une PR
C – La présence d´une fièvre serait concordante avec un diagnostic de PR
D – On peut parler d´un horaire inflammatoire pur
E – L´absence d´atteinte des articulations interphalangiennes distales est typique
F – L´absence d´antécédent familial est typique
G – L´atteinte des petites articulations est typique
H – Le terrain est typique de cette pathologie

Question 2 :
Quels sont les 5 examens paracliniques indispensables pour confirmer le diagnostic évoqué ?

Question 3 :
L´examen clinique met en évidence un squeeze test positif pour la plupart des articulations de la main droite. Qu'elle en est la signification ?
A – Traduit une douleur provoquée à la palpation d´une articulation
B – Traduit un épanchement articulaire
C – Est un signe d´infection ostéo-articulaire
D – Traduit une douleur provoquée à la palpation osseuse
E – Est un signe d´arthrite
F – Traduit une déformation articulaire

Question 4 :
Concernant le bilan immunologique à pratiquer, lesquelles des affirmations suivantes sont vraies ?
A – Le Facteur rhumatoïde est une immunoglobuline
B – Le Facteur rhumatoïde est le marqueur le plus spécifique de la maladie
C – La négativité du facteur rhumatoïde élimine le diagnostic
D – Un titre élevé de facteur rhumatoïde est un facteur de bon pronostic
E – La positivité des anticorps anti-AND natif est un arguent en faveur d´une PR
F – Les anticorps anti-peptides citrullinés sont très spécifique de la PR

Question 5 :
Est-il justifié de prescrire un traitement spécifique de fond d'emblée ? Justifiez.

Question 6 :
Concernant la PR, lesquelles des affirmations suivantes sont vraies ?
A – Il s´agit d´une pathologie auto-immune
B – Elle fait partie de la famille des vascularites
C – Le syndrome de Felty associe une PR, une anémie et une splénomégalie
D – C´est la pathologie rhumatismale al plus fréquente
E – Elle touche avec prédilection la femme d´ âge moyen
F – La lésion élémentaire est une inflammation de l´insertion osseuse des tendons et des ligaments
G – La PR est un facteur de risque en soi d´ostéoporose (sans tenir compte des éventuels traitements de la PR)

Question 7 :

Concernant les AINS dans le traitement aigu de la PR, quelles sont les associations médicamenteuses à éviter dans ce contexte ?

A – Inhibiteur de la pompe à protons
B – Anti-inflammatoires stéroïdiens
C – Aspirine
D – Diurétiques de l´anse
E – Inhibiteur de l´enzyme de conversion
F – AVK

Question 8 :

Quel(s) seront/sera le(s) élément(s) indispensables pour le suivi de cette pathologie

A – CRP
B – Anti CCP
C – Radiographies
D – Facteur rhumatoïde
E – Examen clinique avec le score BASDAI
F – Le suivi est basé uniquement sur l´examen clinique

Question 9 :

Quels sont les deux mesures essentielles devant accompagner la prescription de méthotrexate dans le cas présent ?

Question 10 :

En cas de mise en route d'une corticothérapie, quels sont les 2 principes devant guider sa prescription ?

Question 11 :

Après de nombreuses années de contrôle partiel de la maladie, son médecin référent décide d'introduire un traitement par anti-TNF alpha. Prescrivez-lui le bilan minimal:

A – Radiographie thoracique
B – Intradermoréaction à la Tuberculine
C – Electrophorèse des protéines sériques
D – NFS
E – Sérologie VHB
F – Sérologie VHC
G – Sérologie VIH
H – ECBU
I – Transaminases

Question 11 :

La patiente revient vous voir 30 ans plus tard pour une douleur lombaire aigue sans facteur déclencheur. Quel est le premier diagnostic à évoquer ?

2 Corrigé

LE + : PREMIERE LECTURE, CONSEILS ET ASTUCES

- **Appréciation globale et difficulté du dossier :**
  - Dossier centré sur la polyarthrite rhumatoïde (recommandations récentes), pathologie n'étant jamais tombée à l'ECN
  - Difficulté : 2/3
  - A classer en1^{ère} position parmi les 3 dossiers de l'épreuve
- **Zéros et mots clés à inscrire sur le brouillon :**
  - Femme jeune = contraception / bêta-hcG
  - Polyarthrite rhumatoïde = sociothérapie, ergothérapie, antalgiques
  - Méthotrexate = contraception
- **Astuces, réflexes et pièges :**
  - Pathologie auto-immune : penser au syndrome sec / manifestations générales et extra-articulaires
  - Polyarthrite rhumatoïde = pathologie chronique donc « MON EDUCATION »
  - Rhumatologie = kinésithérapie et ergothérapie

GRILLE DE CORRECTION

Consignes : 1 point négatif pour toute réponse supplémentaire donnée, sauf consignes différentes pour certaines questions

1	Concernant l´anamnèse, lesquelles des affirmations suivantes sont vraies ?	Grille ECN
•	A = L´atteinte oculaire est probablement lié à la pathologie de fond	1
•	B = L´absence d´atteinte **extra-articulaire** est typique pour une PR	1
•	C = La présence d´une **fièvre** serait concordante avec un diagnostic de PR	1
•	D = On peut parler d´un horaire inflammatoire **pur**	1
•	E = L´absence d´atteinte des articulations interphalangiennes distales est typique	1
•	G = L´atteinte des **petites articulations** est typique	1
		6

2	**Quels sont les 5 examens paracliniques indispensables pour confirmer le diagnostic évoqué ?**	**Grille ECN**
	• Dosage des **anticorps anti-CCP :**	3
	- Très spécifique de la polyarthrite rhumatoïde	-
	• Dosage du **facteur rhumatoïde**	2
	• **Bilan inflammatoire / VS / CRP**	1
	• **Radiographies** standards **des mains et des poignets** de face **bilatérales (-2 si oubli bilatérales) :**	2
		-
	• **Radiographies** standards **des pieds et des avant-pieds bilatérales (-2 si oubli bilatérales)** :	2
	- De face	-
	- De ¾	-
		10

3	**L´examen clinique met en évidence un squeeze test positif pour la plupart des articulations de la main droite. Quelle en est la signification?**	**Grille ECN**
	• B = Traduit un **épanchement** articulaire	3
		3

4	**Concernant le bilan immunologique à pratiquer, lesquelles des affirmations suivantes sont vraies ?**	**Grille ECN**
	• A = Le Facteur rhumatoïde est une **immunoglobuline**	2
	• F = Les **anticorps anti-peptides citrullinés** sont très spécifique de la PR	2
		4

5	**Est-il justifié de prescrire un traitement spécifique de fond d'emblée ? Justifiez.**	**Grille ECN**
	• Oui	5
	• Le but est la **prévention des déformations et destructions articulaires** :	3
	- Même en l'absence de signes de gravité	-
	- La précocité du traitement est un facteur de bon pronostic	-
		8

6	**Concernant la PR, lesquelles des affirmations suivantes sont vraies ?**	**Grille ECN**
	• A = Il s´agit d´une pathologie **auto-immune**	2
	• D = C´est la pathologie rhumatismale **la plus fréquente**	2
	• E = Elle touche avec prédilection la **femme d´ âge moyen**	2
	• G = La PR est un **facteur de risque** en soi d´ostéoporose (sans tenir compte des éventuels traitements de la PR)	2
		8

7	**Concernant les AINS dans le traitement aiguë de la PR, quelles sont les associations médicamenteuses à éviter dans ce contexte ?**	**Grille ECN**
	• B = Anti-inflammatoires stéroïdiens	**2**
	• C = Aspirine	**2**
	• D = Diurétiques de l´anse	**2**
	• E = Inhibiteur de l´enzyme de conversion	**2**
	• F = AVK	**2**
		10

8	**Quel(s) seront/sera le(s) élément(s) indispensables pour le suivi de cette pathologie**	**Grille ECN**
	• A = CRP	**2**
	• C = Radiographies	**2**
	• D = Facteur rhumatoïde	**2**
		6

9	**Quels sont les deux mesures essentielles devant accompagner la prescription de méthotrexate dans le cas présent ?**	**Grille ECN**
	• **Prescription associée d'acide folique / spéciafoldine® :**	**4**
	- Pour prévenir la **toxicité hématologique / cytopénies**	**2**
	- Prise alternée avec le méthotrexate	**-**
	• **Contraception** efficace **- (PMZ) :**	**5**
	- Car **risque tératogène** majeur	**2**
	- **Pilule oestro-progestative** recommandée ici	**2**
		15

10	**En cas de mise en route d'une corticothérapie, quels sont les 2 principes devant guider sa prescription ?**	**Grille ECN**
	• Toujours en **association avec un traitement de fond** :	**4**
	- La corticothérapie est un **traitement uniquement symptomatique**	**1**
	• Recherche de la **dose minimale efficace :**	**3**
	- Pour **prévenir les effets secondaires**	**2**
	- Objectif : posologie < 10 mg/jour	**-**
		10

11	**Après de nombreuses années de contrôle partiel de la maladie, son médecin référent décide d'introduire un traitement par anti-TNF alpha. Prescrivez-lui le bilan minimal:**	**Grille ECN**
• A = **Radiographie thoracique**		**2**
• B = Intradermoréaction à la Tuberculine		**2**
• C = **Electrophorèse des protéines sériques**		**2**
• D = NFS		**2**
• E = Sérologie VHB		**2**
• F = Sérologie VHC		**2**
• G = Sérologie VIH		**2**
• I = Transaminases		**2**
		16

12	**La patiente revient vous voir 30 ans plus tard pour une douleur lombaire aigue sans facteur déclencheur. Quel est le premier diagnostic à évoquer ?**	**Grille ECN**
• Fracture vertébrale d´origine **ostéoporotique**		**4**
		4

COMMENTAIRES

QUESTIONS	COMMENTAIRES
Général	• Dossier de question classique sur la PR, construit un peu sur le modèle du dossier de psoriasis de l’ECN 2011.
1	• L´atteinte oculaire est probablement un syndrome sec, qui accompagne fréquemment une PR • Il n´y a pas de vrai hérédité dans la PC, cependant il existe des facteurs de prédisposition génétique • L’atteinte de l’interphalangienne distale est typique du rhumatisme psoriasique par exemple (assez peu intéressant mais les rhumato adorent !)
2	• Bilan minimal de la HAS
4	• A retenir : Anti CCP = spécifique, FR = n´est pas spécifique
5	• Le traitement de fond est systématique dans la PR, il repose essentiellement sur le méthotrexate (surtout pour l’ECN) • Le but est d´éviter la progression et les déformations
7	• Attention aux interactions médicamenteuses, sujet absolument aimé par tous les chefs • Les 2 risques ici sont l´insuffisance rénale (avec les IEC, diurétiques) et l´UGD (avec l´aspirine, AVK, corticoïdes)
8	• C´est une pathologie très grave par le handicap qu´elle induit. Il est donc important de s´apercevoir de toute progression, et donc de faire un suivie clinique, biologique et radiologique
9	• Méthotrexate = traitement médical de la GEU donc il vaut mieux mettre une contraception !
10	• Ne pas oublier que la corticothérapie est prescrite uniquement à but symptomatique et antalgique dans la PR et non pas à but étiologique comme dans la maladie de Horton par exemple • Il faut éviter l’ostéoporose précoce et l’immunodépression chez ces patients jeunes
12	• Un message important est que la PR est un facteur de risque d´ostéoporose indépedemment de son traitement par corticothérapie

ITEMS ABORDES

TYPE	INTITULES		
	UE	NUMERO	
Question principale	7	192	Polyarthrite rhumatoïde
Questions accessoires	10	326	Prescription des anti-inflammatoires
	7	196	Douleurs articulaires
	5	118	Kinésithérapie

LE + : POUR MIEUX ASSIMILER

TABLEAU A QUESTIONS FERMEES (TYPE ECN 2011)		Items 121 / 174 / 307
QUESTIONS (NOMBRE D'ELEMENTS)		**INTITULES**
Mesures associées à la corticothérapie	Les 9	• Supplémentation vitamino-calcique • Biphosphonates / prévention de l'ostéoporose • Déparasitage / prévention de l'anguillulose • Supplémentation potassique • Eradication des foyers infectieux • Régime pauvre en graisses et en glucides simples • Régime hyposodé • Contrôle des facteurs de risque cardio-vasculaire • Education thérapeutique
Causes de monoarthrite aiguë du genou	Les 6	• Microcristalline : goutte / chondrocalcinose articulaire • Septique • Rhumatisme inflammatoire : spondylarthropathie / polyarthrite rhumatoïde • Réactionnelle • Paranéoplasique • Arthrose en poussée
Critères cliniques de mauvais pronostic d'une polyarthrite rhumatoïde	Les 6	• Sexe masculin • Début aigu polyarticulaire • Symptômes extra-articulaires • Mauvaise réponse au traitement de fond • HAQ et DAS 28 élevés • Bas niveau socio-économique

Notes personnelles

Dossier tour de synthèse 3

En fin de vie

1 Enoncé

Assistant en oncologie vous prenez en charge Monsieur K. 55 ans, sans abri ni revenus, dans les suites d'une hospitalisation en urologie pour rétention aiguë d'urine. Le diagnostic posé par l'équipe chirurgicale est celui d'un cancer de la prostate multi-métastatique. L'épisode aigu a été contrôlé par un drainage efficace des voies urinaires. Le patient déclare avoir fortement maigri ces derniers mois, ne saurait dire combien mais déclare ne pas s'en être étonné du fait qu'il n'a plus grand appétit. Il ne boit d'ailleurs même plus depuis 5semaines. Il se plaint de douleurs dorsales ainsi qu'en regard de la diaphyse fémorale gauche, qui limitent considérablement ses déplacements.

Question 1 :
Quel sont les 3 principaux facteurs pronostics du cancer de la prostate ?

Les urologues vous ont laissé le soin d'annoncer la nouvelle au patient.

Question 2 :
Concernant la consultation d'annonce, quelles sont les affirmations qui sont vraies?
A – Il faut attendre d'avoir la certitude diagnostique avant l'annonce du diagnostique
B – Le patient devra recevoir obligatoirement de l'information écrite sur sa pathologie
C – Il est médico-légal de noter l'information délivrée et la réaction du patient dans le dossier
D – La consultation d'annonce se terminera par la remise du projet personnalisé des soins
E – Le patient a le droit de modifier son projet personnalisé des soins
F – Il faudra informer le patient dans toutes les situations. La non-information n'est pas permise
G – C'est le bon moment pour parler de la personne de confiance
H – Il faut prononcer le mot cancer pour la bonne compréhension

Question 3 :
Devant une suspicion de dénutrition chez la personne hospitalisée, quel bilan biologique doit être demandé?
A – Albumine
B – Pré-albumine
C – CRP
D – Transthyrétine
E – VS
F – Numération formule sanguine

Question 4 :
Au cours de l'annonce le patient s'inquiète particulièrement de sa condition financière. Quels sont les 5 types de revenus financier auxquels ce patient de nationalité française va désormais avoir accès ?

Question 5 :
Citez 4 étapes par lesquelles le patient va classiquement passer après cette consultation ?

Question 6 :
Quels vont être les 7 axes de votre évaluation sociale?

Question 7 :
Concernant la douleur osseuse, quelles vont être les 4 options à discuter ?

Question 8 :
Le traitement antalgique est débuté par du Tramadol 50mg toutes les 6h. Du fait de l'inefficacité, vous souhaitez switcher à un pallier 3. En termes d'équivalence quelle est la dose de morphine et d'oxycodone à administrer ?
A – 60mg/j de morphine per os
B – 50mg/j de morphine per os
C – 60mg/12h morphine per os
D – 40mg/j morphine per os
E – 100mg/j morphine per os
F – 40mg/j d'oxycodone
G – 20mg/j d'oxycodone
H – 50mg/j d'oxycodone
I – 100mg/j d'oxycodone

Question 9:
Le simple switch à un pallier 3 n'a que partiellement soulagé le malade. Concernant la prescription médicale pour ce patient, quelles sont les propositions suivantes qui sont vraies?
A – La meilleure solution dans ce cas précis est la PCA
B – Un traitement par morphinique doit toujours être débuté par une titration
C – Un traitement par morphinique est systématiquement associé à un traitement antiémétique et anti-diarrhéique
D –Une fois la bonne dose déterminée on arrêtera les interdoses
E – Sur la prescription, la dose de morphine doit être écrite en toutes lettres

F – Une PCA consiste en une délivrance d'une dose continue de morphine en IVSE qui peut être augmentée par simple appui sur un bouton par le patient

G – La durée maximale qui peut être prescrite pour la morphine IV est de 14j

H – La prescription de morphiniques est réservée à des spécialistes (oncologues, médecins de la douleur,....)

Question 10 :

La loi Leonetti sur les soins palliatifs introduit la notion de directives anticipées. Quels sont les principes ?

A – Ils sont valables 3 ans

B – Ils ne prennent effet dès que le patient est en situation de fin de vie

C – Elles sont révocables à tout moment

D – Elles doivent être rédigé par le patient lui-même

E – Elles doivent être rédigées en présence d'un notaire

F – Le médecin a l'obligeance de les respecter

G – Elles prévalent sur l'avis de la familles

H – Elles prévalent sur l'avis et la décision de la personne de confiance

Question 11 :

La personne de confiance...

A – est obligatoirement une personne qui a un lien familial avec le patient

B – a le droit d'assister dans la consultation d'annonce et les consultations ultérieures

C – peut être changée à tout moment

D – prend les décisions si le patient est inconscient

E – Cette personne a le droit de refuser cette tâche

F – Peut assister à toutes les consultations du malade

G – Le secret médical ne s'applique plus à cette personne

Après 9 ans de prise en charge curative efficace par hormonothérapie, la réunion de concertation pluridisciplinaire oriente la prise en charge vers des soins de type palliatifs, devant une maladie désormais non contrôlée.

Question 12 :

Concernant la prise en charge palliative...

A – La décision d'orienter un patient en prise en charge palliative relève de la décision du médecin réferent, le plus souvent l'oncologue

B – La décision de limitation et d'arrêt des thérapeutiques actives requiert l'avis d'un médecin extérieur au service

C – Un patient qui relève d´une prise en charge palliative doit être adressé en unité de soins palliatifs

D – Le but est d'augmenter le temps de survie sans progression

E – Les patients au stade palliatif ne reçoivent plus de chimiothérapie

F – La nutrition parentérale n´est jamais indiqué au stade palliatif

G – Une pneumopathie devra être traité de façon symptomatique uniquement, sans Antibiothérapie

2 Corrigé

LE + : PREMIERE LECTURE, CONSEILS ET ASTUCES

- **Appréciation globale et difficulté du dossier :**
  - **Dossier au croisement entre 2 unités d'enseignement. Il n'en est jamais tombé de tels à l'internat mais les questions qui le composent sont toutes hautement « tombable » car ces problèmes sont particulièrement à la mode.**
  - **Difficulté : 2/3**
  - **A classer en 1ère position parmi les 3 dossiers de l'épreuve**
- **Zéros et mots clés à inscrire sur le brouillon :**
  - **Soutien psychologique**
  - **Réunion de concertation pluri disciplinaire**
  - **Contrôle de la douleur**
  - **Annonce du diagnostic**
  - **Personne de confiance**
  - **Mesures associées à la chimiothérapie**
  - **Anatomopathologie**
  - ***… Cette liste est non exhaustive et à compléter au fur et à mesure de votre préparation.***
- **Astuces, réflexes et pièges :**
  - **Le mot « cancer » dans un dossier doit pour vous devenir synonyme d'un certain nombre de mots clefs qui DEVRONT être placés dans le dossier et ce quel que soit les questions posées. Pourquoi ne pas utiliser un moyen mnémotechnique à réciter en début de cas qui vous permettra de les retrouver.**
  - **Le traitement morphinique comprend les antalgiques ET la prévention des effets secondaires classiques des morphiniques !**

GRILLE DE CORRECTION

Consignes : 1 point négatif pour toute réponse supplémentaire donnée, sauf consignes différentes pour certaines questions

1	Quels sont les 3 principaux facteurs pronostics du cancer de la prostate.	Grille ECN
•	La **classification d'AMICO** évalue le risqué de rechute biologique à 10ans après traitement local.	**1**
•	On peut donc ici en reprendre les 3 éléments directeurs :	**-**
	- **Score de** Gleason	**2**
	- **Stade** TNM	**2**
	- **Valeur du** PSA	**2**
		7

2	Concernant la consultation d'annonce, quelles sont les affirmations qui sont vraies?	Grille ECN
•	A = Il faut attendre d'avoir la **certitude** diagnostique avant l'annonce du diagnostique	**1**
•	B = Le patient devra **recevoir obligatoirement** de l'information écrite sur sa pathologie	**1**
•	C = Il est **médico-légal** de noter l'information délivrée et la réaction du patient dans le dossier	**1**
•	D = La consultation d'annonce se terminera par la remise **du projet personnalisé** des soins	**1**
•	E = Le patient a le **droit de modifier** son projet personnalisé des soins	**1**
•	G = C'est le bon moment pour parler de la **personne de confiance**	**1**
•	H = Il faut prononcer le mot **cancer** pour la bonne compréhension	**1**
		7

3	Devant une suspicion de dénutrition chez la personne hospitalisée, quel bilan biologique doit être demandé?	Grille ECN
•	A = Albumine	**2**
•	B = Pré-albumine	**2**
•	C = CRP	**2**
•	D = Transthyrétine	**2**
		8

4	Quel sont les 5 types de revenus financiers auxquels ce patient de nationalité française va désormais avoir accès ?	Grille ECN
•	Accès à la **CMU et complémentaire** :	**2**
	- Prise en charge à 100%	**1**
	- Tiers payant	**1**
	- Prise en charge du forfait journalier	**1**
	- Exonération de la participation forfaitaire	**1**
•	**Revenu de solidarité active** (RSA)	**2**
•	**Allocation adulte handicapé** et mise en **invalidité** (âge < 60ans et arrêt prolongé)	**2**
•	Prestation de **compensation du handicap**	**-**
•	Aides au **relogement**	**-**
		10

5	**Citez 4 étapes par lesquelles le patient va classiquement passer après cette consultation ?**	**Grille ECN**
	• Choc • Déni • Agressivité • Marchandage • Dépression • Acceptation	**2 pts** par item **8pts** au max
		8

6	**Quels vont être les 7 axes de votre évaluation sociale?**	**Grille ECN**
	• Dernier **emploi** / statut auprès de pôle emploi	**1**
	• **Logement** actuel	**2**
	• **Couverture sociale** en place	**2**
	• Qualité de **l'entourage**	**2**
	• **Formation** professionnelle valorisable	**1**
	• Réserve **financière** / dettes	**2**
	• Situation **administrative**	**2**
		12

7	**Concernant la douleur osseuse, quelles vont être les 4 options à discuter ?**	**Grille ECN**
	• Traitement médicamenteux **morphinique**	**2**
	• **Radiothérapie** sur les lésions métastatiques osseuses douloureuse	**2**
	• **Chimiothérapie** / hormonothérapie spécifique	**2**
	• **Soutien psychologique**	**2**
	• **La chirurgie peut se discuter** pour des douleurs vertébrales par exemples	
		8

8	**Le traitement antalgique est débuté par du Tramadol 50mg toutes les 6h. Du fait de l'inefficacité, vous souhaitez switcher à un pallier 3. En termes d'équivalence quelles est la dose de morphine et d'oxycodone à administrer ?**	**Grille ECN**
	• F = 40mg/j d'oxycodone	**3**
	• **G – 20mg/j d'oxycodone**	**3**
		6

9	Le simple switch à un pallier 3 n'a que partiellement soulagé le malade. Concernant la prescription médicale pour ce patient, quelles sont les propositions suivantes qui sont vraies?	Grille ECN
	• A = La meilleure solution dans ce cas précis est la PCA	2
	• B = Un traitement par morphinique doit toujours être débuté par une titration	2
	• E = Sur la prescription, la dose de morphine doit être écrite en toutes lettres	2
		6

10	La loi Leonetti sur les soins palliatifs introduit la notion de directives anticipées. Quels sont les principes ?	Grille ECN
	• A = Ils sont valables 3 ans	2
	• C = Elles sont révocables à tout moment	2
	• D = Elles doivent être rédigé par le patient lui-même	2
	• G = Elles prévalent sur l'avis de la familles	2
	• H = Elles prévalent sur l'avis et la décision de la personne de confiance	2
		2

11	La personne de confiance...	Grille ECN
	• B = a le droit d'assister dans la consultation d'annonce et les consultations ultérieures	2
	• D = prend les décisions si le patient est inconscient	2
	• E = Cette personne a le droit de refuser cette tâche	2
	• F = Peut assister à toutes les consultations du malade	2
	• H = Sa décision prévaut à celle de la famille	2
		10

12	Concernant la prise en charge palliative...	Grille ECN
	• A = La décision d'orienter un patient en prise en charge palliative relève de la décision du médecin référent, le plus souvent l'oncologue ???	2
	• B = La décision de limitation et d'arrêt des thérapeutiques actives requiert l'avis d'un médecin extérieur au service	2
	• F = La nutrition parentérale n´est jamais indiqué au stade palliatif	2
		6

COMMENTAIRES

QUESTIONS	COMMENTAIRES
Général	• Dossier axé module 1. Peu d'ouvrage de qualité en module 1. On conseille fortement de se réaliser un cahier qui fera la synthèse des questions vues et des recommandations en cours sur le sujet.
1	• Evidement beaucoup d'autres facteurs sont identifiable. Ici le jeu est de limiter la réponse à trois points. La classification apporte une légitimité à cette grille.
2	• C´est logique, il suffit d´avoir du bon sens
3	• Le message ici est : jamais de prescription d´albumine sans la CRP, Un syndrome inflammatoire peut masquer une dénutrition car l´albumine est une protéine de l´inflammation
4	• Si vous avez plus d'informations que les 3 points exigés à faire paraitre sur votre copie, faites-le mais en respectant les 3 points. • Cela ne semble pas avoir été sanctionné en 2011
5	• Une fois de plus il n'existe pas consensuellement 5 points pour cette réponse. A vous de définir lesquels seront les plus inévitablement cotés. • Pour retenir : c´est vous après un mauvais résultat à un partiel
6	• Question dure car on ne sait pas ce qui sera coté. Personne n´aura tout les points. Le but est de vous faire réfléchir quels sont les points les plus importants dans la prise en charge sociale
8	• Il faudra absolument retenir que : 1. 50mg Tramadol = 10mg Morphine 2. 20mg Morphine = 10mg Oxycodone
9	• Onco = PCA • Onco = interdoses toujours toujours toujours
10	• Globalement par ordre d´importance : l´avis du médecine, puis l´avis de la personne (=directives anticipées) puis avis de la personne proche de cette personne (=personne de confiance), puis la famille • C´est un document inofficiel, donc pas de notaire
11	• Le secret médical ne s´est jamais aboli
12	• Les unités de soins palliatifs accueillent des malades en fin de vie. Ces patients-là peuvent aussi rester dans leurs services grâce à des équipes mobiles et des lits dédiés aux soins palliatifs dans des services spécifiques (surtout en onco)

ITEMS ABORDES

TYPE	INTITULES		
	UE	NUMERO	
Question principale	1	1	La relation médecin malade – Annonce de la maladie grave
Questions accessoires	5	132	Thérapeutique antalgique médicamenteuse et non médicamenteuses
	5	136	Soins palliatifs
	1	7	L'information du patient
	9	292	Prise en charge et accompagnement d'un malade cancéreux
	1	16	Protection sociale

LE + : POUR MIEUX ASSIMILER

TABLEAU A QCM et QROC		Items 16 - 132
QUESTIONS (NOMBRE D'ELEMENTS)		INTITULES
Effets secondaires de la morphine	Les 7	• Hypotension • Rétention aiguë d'urines • Constipation • Sédation respiratoire • Abolition du réflexe de toux • Sédation / coma • Effets psychodysleptiques
Conditions d'obtention de l'aide médicale d'état	Les 3	• Situation irrégulière • Séjour en France depuis plus de 3 mois • Conditions de ressource
Prestations financières lors d'un accident du travail	Les 4	• Exonération du ticket modérateur • Pas de délai de carence • Augmentation des indemnités journalières • Indemnisation des séquelles

Notes personnelles

Dossier tour de synthèse 4

Tu as fais des cochonneries....

1 Enoncé

Médecin généraliste en ville, vous recevez Mlle Léa S, qui vient vous voir en consultation pour une éruption relativement diffuse d'apparition récente. Cette patiente de 23 ans, étudiante en 4ème année de médecine, ne présente aucun antécédent notable en dehors d'une éruption diffuse dans les suites du traitement médicamenteux d'une angine. Elle prend une pilule œstroprogestative comme moyen de contraception depuis l'âge de 14 ans. Elle a consulté sa gynécologue 18 mois plus tôt pour une ulcération génitale. Celle-ci lui avait alors prescrit un bilan à réaliser en ville comprenant notamment une sérologie VIH qui s'était avérée négative, elle vous assure que depuis cet épisode qui l'avait « sérieusement alarmé » elle « prend ses précautions systématiquement». Rassurée par la sérologie négative et la disparition spontanée de la lésion elle n'avait pas donné suite à l'appel de sa gynécologue.

A l'examen clinique, sa tension artérielle est à 120/65 mmHg, elle est apyrétique, l'examen gynécologique est sans particularité et la bandelette urinaire normale. Ses dernières règles remontent à la semaine précédente. A l'examen cutané, la patiente présente en effet des lésions dermatologiques. Celles-ci sont localisées sur le tronc et les membres, sont non douloureuses et non prurigineuses et composées d'une part de macules roses pâle (iconographie 1) et d'autre part de papules plus polymorphes de teinte cuivrée avec parfois une desquamation périphérique.

Question 1 :
Quelles sont les 2 étiologies les plus probables pour son éruption diffuse lors de l'épisode d'angine?

Question 2 :
Concernant la lésion génitale apparue précédemment, quelles sont les 2 étiologies les plus probables chez cette patiente lorsqu'elle consulte initialement sa gynécologue ?

Question 3 :
Au vu de l'évolution clinique, quelles devaient être les 6 principales caractéristiques sémiologiques de cette lésion ?

Question 4 :

Lors de la lésion génitale à la phase aiguë, sur quels profils sérologiques aurait-on pu tomber?

A – TPHA - VDRL- FTA-Abs +

B – TPHA - VDRL + FTA-Abs +

C – TPHA + VDRL + FTA-Abs +

D – TPHA + VDRL - FTA-Abs -

E – TPHA + VDRL - FTA-Abs +

F – TPHA + VDRL + FTA-Abs –

Question 5 :

Si des prélèvements avaient été réalisés lorsque la lésion était active, quel est le germe qui aurait pu être mis en évidence ?

Question 6 :

Concernant les caractéristiques de ces germes.....

A – On ne fait pas de cultures car ils sont difficilement cultivables

B – Il s´agit de bacilles Gram -

C – Font partie de la même famille que les germes de la maladie de Lyme

D – Ces germes sont habituellement sensibles aux pénicillines et aux cyclines

E – Il s´agit de spirochètes

F – Ils sont obligatoirement intracellulaire

Question 7 :

Concernant les lésions dermato actuellement présentées par la patiente...

A – Une primo-infection VIH peut se présenter exactement pareil

B – Les lésions sont typiquement prurigineuses

C – Il s'agit de ce qu'on appelle une 2e floraison

D – La lésion élémentaire est une papule

E – C'est une lésion morbilliforme

F – Le visage est typiquement épargné

G – Les lésions sont très contagieuses

Question 8 :

Nommez la/les lésion(s) dermatogique(s) présente(s) chez cette patiente.

Question 9 :

Quels sont les 6 éléments du bilan paraclinique à réaliser ce jour ?

Question 10 :

Quelques heures après le début du traitement la patiente vous appelle devant une aggravation des lésions cutanées et l'apparition d'une fièvre et des douleurs articulaires et musculaires diffuses. Quel est votre premier diagnostic?

Question 11 :

Quels seront les 4 autres éléments à mettre en place ?

Le bilan paraclinique confirme la pathologie suspectée et permet d'éliminer les diagnostics les plus fréquemment associés. La patiente s'inquiète du suivi qui doit désormais être le sien et du pronostic de la pathologie.

Question 12 :
Quelles informations allez-vous lui communiquer?
A – Le suivi par prise de sang régulière pendant au moins 1 ans est nécessaire
B – Le suivi est basé sur le VDRL qui doit se négativer au bout de 12mois
C – Cette pathologie est immunisante. La patiente ne court pas de risque de se réinfecter
D – Le quérison est obtenue presque toujours sous réserve d'une bonne observance
E – Une photoprotection active est désirable pendant toute la durée du traitement
F – Une coloration jaunâtre des dents est un effet indésirable fréquent

Question 13:
Votre externe vient vous voir pour savoir dans quelles situations cliniques une Syphilis peut être traité par un traitement par extencilline dose unique :
A – Chancre syphilique chez la femme enceinte
B – Neurosyphilis chez le patient immunocompétent
C – Roséole syphilitique
D – Syphilides
E – Roséole syphilitique chez un patient ayant eu une sérologie syphilitique négative il y a 9 mois
F – Aortite syphilitique

Question 14 :
Il faut prendre un rendez-vous en consultation d´un spécialiste du fait de sa maladie. Duquel s´agit-il ?

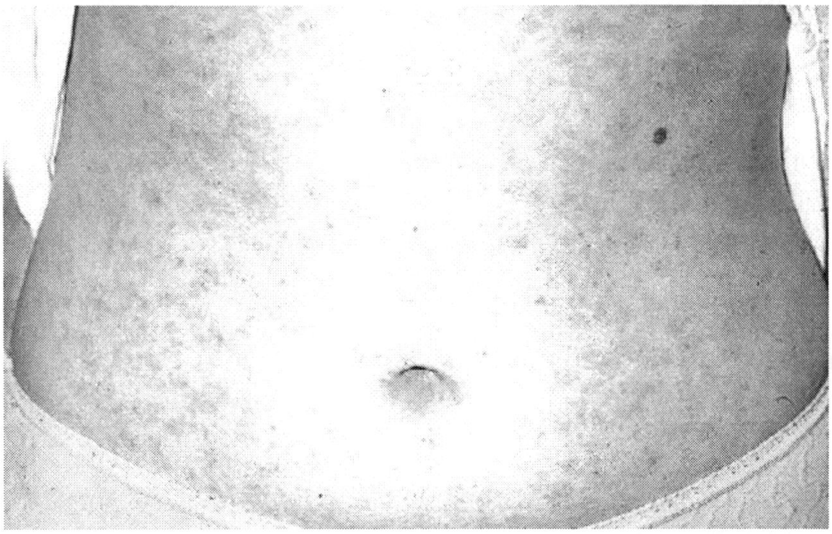

Iconographie 1

2 Corrigé

Le + : PREMIERE LECTURE, CONSEILS ET ASTUCES

- **Appréciation globale et difficulté du dossier :**
  - **Dossier de médecine générale assez simple**
  - **Difficulté : 1/3**
  - **A classer en 1ère position parmi les 3 dossiers de l'épreuve**
- **Zéros et mots clés à inscrire sur le brouillon :**
  - **Une IST = des IST**
  - **Femme jeune = grossesse**
  - **Un antibiotique = Deux antibiotiques (si allergie)**
- **Astuces, réflexes et pièges :**
  - **Une maladie infectieuse = un agent infectieux à savoir nommer.**
  - **IST = HPV = dépistage du cancer du col = frottis.**

Grille de correction

Consignes : 1 point négatif pour toute réponse supplémentaire donnée, sauf consignes différentes pour certaines questions

1	Quelles sont les 2 étiologies les plus probables pour son éruption diffuse lors de l'épisode d'angine?	Grille ECN
	• Allergie médicamenteuse ou **toxidermie** médicamenteuse	**2**
	• **Mononucléose infectieuse** après une prise de pénicilline	**2**
		4

2	Concernant la lésion génitale apparue précédemment, quelles sont les 2 étiologies les plus probables chez cette patiente lorsqu'elle consulte initialement chez sa gynécologue ?	Grille ECN
	• Chancre **syphilique**	**6**
	• Infection à **HSV**	**6**
		12

3	Au vu de l'évolution clinique, quelles devait être les 6 principales	Grille

	caractéristiques sémiologiques de cette lésion ?	ECN
	• Superficielle • Indolore • Bien limité • Propre • Base indurée • Unique • Présence d'une adénopathie satellite • Aucun signe n'est pathognomonique • **(Les deux derniers items mentionnés peuvent se s'ils sont cités se substituer à l'une des 6 réponses initialement attendues. Sans dépasser les 6 items attendus bien sûr)**	**2** **2** **2** **2** **2** **2** **-** **-** **-**
		12

4	Lors de la lésion génitale à la phase aiguë, sur quels profils sérologiques aurait-on pu tomber?	Grille ECN
	• A = TPHA - VDRL- FTA-Abs + • C = TPHA + VDRL + FTA-Abs +	**2** **2**
		4

5	Si des prélèvements avaient été réalisés lorsque la lésion était active quel est le germe qui aurait alors pu être individualisé ?	Grille ECN
	• **Treponema pallidum**	**5**
		5

6	Concernant les caractéristiques de ces germes.....	Grille ECN
	• A = On ne fait **pas de cultures** car ils sont difficilement cultivables • C = Font partie de la même famille que les germes de la **maladie de Lyme** • D = Ces germes sont habituellement **sensibles** aux pénicillines et aux cyclines • E = Il s´agit de **spirochètes** • F = Ils sont obligatoirement intracellulaires	**1** **1** **1** **1** **1**
		5

7	Concernant les lésions dermato actuellement présentées par la patiente...	Grille ECN
	• A = Une primo-infection **VIH** peut se présenter exactement pareil • F = Le **visage** est typiquement épargné	**2** **2**
		4

8	Quels sont ici les 6 éléments du bilan paraclinique à réaliser ce jour ?	Grille ECN
	• **TPHA** et **VDRL**	3
	• Sérologie **VIH** 1 et 2	3
	• Dépistage **hépatite** B (et C)	2
		-
	• Prélèvements **génitaux, buccaux et anaux**	2
	à la recherche de **gonocoque** et **chlamydiae**.	1
	• **β-HCG**	3
	• **Frottis** cervico-utérin – **(PMZ)**	2
		15

9	Quel est le traitement médicamenteux à prescrire dès maintenant ?	Grille ECN
	• Ici on suspecte une **allergie à l'amoxicilline**	2
	• Elle est donc de principe contre-indiquée	-
	• Donc :	-
	• **Antibiothérapie** de deuxième intention	-
	• **Active sur** le treponema pallidum	-
	• Par **cycline** type doxycycline	4
	• **Per os**	1
	• Pour une durée de **14 jours**	-
		10

10	Quelques heures après le début du traitement la patiente vous appelle devant une aggravation des lésions cutanées et l'apparition d'une fièvre et des douleurs articulaires et musculaires diffuses. Quel est votre premier diagnostic?	Grille ECN
	• A = Réaction d´**Herzheimer**	4
	• **Plutôt anecdotique, et donc raison de plus pour le retenir. Dans le cas de la patiente c´est un réaction non grave car elle a une syphilis secondaire**	
		4

11	Quelle seront les autres éléments à mettre en place ?	Grille ECN
	• En ambulatoire	-
	• **Information** du diagnostic / notion de contagiosité	1
	• Mesures de **prévention de la transmission** / préservatif / **rapports sexuels protégés**	4
	• Information **par la patiente** des **partenaires** / dépistage des partenaires	4
	• **Surveillance** clinique et biologique	2
		11

12	Quelles informations allez-vous lui communiquer?	Grille ECN
	• A = Le suivi par prise de sang régulière pendant au moins 1 ans est nécessaire	2
	• B = Le suivi est basé sur le VDRL qui doit se négativer au bout de 12mois	2
	• D = Le quérison est obtenue presque toujours sous réserve d'une bonne observance	2
	• E = Une photoprotection active est désirable pendant toute la durée du traitement	2

13	Votre externe vient vous voir pour savoir dans quelles situations cliniques une Syphilis peut être traité par un traitement par extencilline dose unique :	Grille ECN
	• E = Roséole syphilitique chez un patient ayant eu une sérologie syphilitique négative il y a 9 mois	3
		3

14	Il faut prendre un rendez-vous en consultation d´un spécialiste du fait de sa maladie. Duquel s´agit-il ?	Grille ECN
	• **Ophtalmologie**	3
	• Toute syphilis secondaire ou tertiaire expose au risque de rétinopathie syphilitique, et demande donc une fond d´oeil	
		3

COMMENTAIRES

QUESTIONS	COMMENTAIRES
Général	• Nombreux dossier de syphilis dans la banque. Prise en charge très bien codifiée. Transversalisation facile avec gynéco, dermatologie, autres IST.
2	• Par argument de fréquence, l'infection à HSV arrive bien avant la syphilis, bien que cette dernière soit en France en recrudescence ces dernières années.
4	• Le TPHA VDRL se positive 3 semaines après l´infection or un chancre peut apparaître bien avant, d´où l´utilité du FTA-abs
5	• Pensez à connaitre le nom du germe pour toutes les pathologies en maladie infectieuse
6	• Il faut connaître les bases des maladies infectieuses, c´est à dire les germes. En connaissant le germe, vous pouvez le plus souvent deviner l´antibiothérapie • Exemple : La syphilis et la maladie de Lyme et tous les autres spirochètes sont habituellement sensibles aux pénicillines et aux céphalosporines.
7	• La plupart des réponses listées ici sont applicables à la 2e floraison
8	• Il y a clairement plus de 6 éléments à demander dans le bilan. Il faut ici faire une gymnastique pour les faire entrer dans les 6 points impartis.
5	• Une grossesse modifierait la prise en charge et la notion de métrorragies récentes ne peut éliminer strictement une grossesse.
9	• Antibiothérapie : cible : classe : molécule : voie : durée : en deuxième intension • On ne sait pas le degré de gravité de sa toxidermie. Le plus important ici est juste de faire preuve que vous avez saisi qu´elle a potentiellement une allergie.
12	• Le message ici est que c´est une pathologie non immunisante, elle peut se réinfecter
13	• Toute femme enceinte avec syphilis = 2 injections • Toute syphilis sans sérologie syphilitique négative datant de < 1 an = pas de traitement minute, même pour les syphilis secondaire avec 1e floraison dont l´infection date de moins de 1 an en théorie

ITEMS ABORDES

TYPE	INTITULES		
	UE	NUMERO	
Question principale	6	158	Maladies sexuellement transmissibles : syphilis
Questions accessoires	-	343	Ulcérations ou érosion des muqueuses orales et/ou génitales.
	4	112	Exanthème
	10	326	Prescription et surveillance des anti-infectieux
	6	164	Infection à herpes virus

LE + : POUR MIEUX ASSIMILER

TABLEAU A QCM et QROC		Items 158 112
QUESTIONS (NOMBRE D'ELEMENTS)		**INTITULES**
Causes infectieuses d'éruptions roséoliformes	Les 4	• Primo infection VIH • Syphilis secondaire • Roséole infantile • Rubéole
Lésions cutanées évocatrices d'une syphilis secondaire	Les 4	• Roséole syphilitique • Syphilide papuleuse • Alopécie • Plaques muqueuses
Facteurs de risques d'IST	Les 7	• Sexe féminin • Précocité du premier rapport sexuel • Deux premières décennies de la vie sexuelle • Rapports sexuels multiple • Antécédents d'infections sexuellement transmissibles • Infection à VIH • Niveau socio-économique bas

Notes personnelles

Dossier tour de synthèse 5

Une jeune avec des problèmes de marche

1 Enoncé

Vous recevez aux urgences Mlle Laurie-Anne T, 28 ans, qui se plaint d'une faiblesse des membres inférieurs depuis la veille. Elle n'arrive plus à marcher et ressent des paresthésies aux niveaux des 2 pieds.
Elle présente comme antécédent une baisse d'acuité visuelle brutale de l'œil droit l'an dernier, qui avait spontanément régressé.
Votre examen retrouve :
- Déficit moteur coté à 3/5 au niveau des quadriceps, psoas, ischio-jambiers, triceps suraux, jambier antérieurs droits et gauches
- Atteinte de la sensibilité épicritique, thermo-algique, et proprioceptive des 2 membres inférieurs, de manière symétrique et bilatérale
- Présence d'une anesthésie en selle
- Réflexes cutanéo-plantaires en extension aux 2 pieds
Le reste de l'examen clinique est sans aucune particularité.

Question 1 :
Quel syndrome neurologique présente cette patiente ?

Question 2 :
Dans l´énoncé quels éléments sont en faveur du syndrome neurologique évoqué ?
A – Abolition du réflexe rotulien
B – Hypertonie du shincter anal au toucher rectal
C – Atonie du sphincter anal au toucher rectal
D – Présence d´un globe urinaire
E – Hypoesthésie remontant jusqu´au nombril
F – Amyotrophie musculaire des 2 membres inférieurs

Question 3 :
Quel examen (un seul) devez-vous réaliser en urgence ? Quel en est le but ?

Question 4 :

Concernant les lésions dans cette pathologie pouvant être trouvé sur une IRM, quels sont les propos qui sont vrais ?

A – Une IRM normale exclut le diagnostic

B – Atteinte exclusive de la substance blanche

C – Même dans les formes évoluées il n´y a jamais d´atrophie cérébrale

D – Lésions en hypersignal T2 FLAIR

E – De forme ovalaire ou arrondie typiquement

F – Typiquement perpendiculaire au grand axe des ventricules

G – Uniquement les lésions récentes sont rehaussés par le Gadolinium#

H– Lésions en hyposignal T1

Question 5

Au vu de l'iconographie 1, quels sont les 3 axes du traitement que vous allez proposer pour les 7 prochains jours ?

Question 6 :

Quels sont les 5 examens supplémentaires qui peuvent se discuter chez cette patiente ?

Question 7 :

Quel diagnostic est le plus probable ?

Question 8 :

Quels résultats de ponction lombaire seraient en faveur du diagnostic ?

A – Protéinorachie normale

B – Hyperprotéinorachie forte (>2g/L)

C – Hyperglycorachie

D – Hypercellularité á prédominance de polynucléaire neutrophiles

E – Présence d´immunoglobines dans le LCR et hypergammaglobulinémie sérique

F – Présence d´immunoglobines dans le LCR sans hypergammobulinémie sérique

Question 9 :

Quelles sont les informations à communiquer à la patiente concernant sa pathologie en phase aigue?

A – La corticothérapie diminue le risque de récidive

B – La corticothérapie augmente les possibilités de récupérer

C – Une NORB inaugurale est un facteur de bon pronostic

D – Le début à un âge jeune est un facteur de mauvais pronostic

E – C´est une maladie chronique d´évolution imprévisible

Question 10:

Quelles sont les informations à communiquer à la patiente concernant sa pathologie

A – Il faudra éviter les facteurs déclencheurs et les efforts physiques trop importants

B – Il n´y a pas de risque de transmission lors d´une grossesse

C – Il n´y a pas de risque obstétrical ou néonatal lié à la maladie

D – Il y a plus de risque de poussée en post-partum

Question 11 :
Quels sont les effets indésirables possibles liés à la corticothérapie dans son cas à elle ?
A – Ostéoporose
B – Hyperkaliémie
C – Hyperglycémie
D – Diarrhée
E – Etat psychotique aigu
F – Réaction allergique
G – Infection urinaire
H – Hypercalcémie

Question 12:
Parmi les symptômes suivants, lesquels sont évocateurs d'une première poussée de sclérose en plaques ?
A – Ptosis
B – Neuropathie optique rétrobulbaire
C – Paraparésie
D – Torticolis spasmodique
E – Hypopallesthésie des membres inférieurs
F – Scotome central
G – dyschromatopsie rouge-vert
H – Signe de Lhermitte

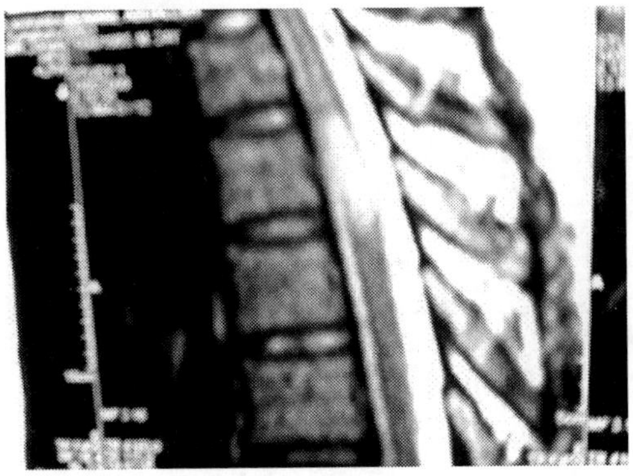

Iconographie 1

2 Corrigé

Le + : PREMIERE LECTURE, CONSEILS ET ASTUCES

- **Appréciation globale et difficulté du dossier :**
  - Dossier de SEP débutant par une compression médullaire, la seule difficulté est de ne pas se mélanger avec un syndrome de la queue de cheval
  - Difficulté : 1/3
  - A classer en 1ère position parmi les 3 dossiers de l'épreuve
- **Zéros et mots clés à inscrire sur le brouillon :**
  - Femme jeune = contraception / grossesse
  - Compression médullaire = IRM
  - Paralysie = complications de décubitus
- **Astuces, réflexes et pièges :**
  - Toujours préciser ce qu'on attend d'un examen complémentaire : résultats / buts
  - Syndrome pyramidal = origine centrale (sera toujours coté en neurologie)
  - Corticothérapie = bilan pré-thérapeutique / mesures associées

Grille de correction

Consignes : 1 point négatif pour toute réponse supplémentaire donnée, sauf consignes différentes pour certaines questions

1	Quel syndrome neurologique présente cette patiente ?	Grille ECN
•	Syndrome du cône terminal	4
		4

2	**Dans l´énoncé quels éléments sont en faveur du syndrome neurologique évoqué ?**	**Grille ECN**
	• C = Atonie du sphincter anal au toucher rectal	**3**
	• D = Présence d´un globe urinaire	**2**
		5

3	**Quel examen (un seul) devez-vous réaliser en urgence ? Quel en est le but ?**	**Grille ECN**
	• **IRM médullaire en urgence :**	**4**
	- Cervico-dorso-lombaire	**1**
	- T1, T2 et FLAIR	**1**
	- Sans et avec injection de **gadolinium**	**1**
	• Suspicion de **compression médullaire : - (PMZ) :**	**4**
	- **A éliminer devant tout syndrome médullaire aigu**	**-**
	- Car nécessite une décompression chirurgicale en urgence	**-**
		11

4	**Concernant les lésions dans cette pathologie pouvant être trouvé sur une IRM, Quelles sont les caractéristiques de ces lésions ?**	**Grille ECN**
	• B = Atteinte exclusive de la substance **blanche**	**2**
	• D = Lésions en **hypersignal T2 FLAIR**	**2**
	• E = De forme ovalaire ou arrondie typiquement	**2**
	• F = Typiquement **perpendiculaire** au grand axe des ventricules	**2**
	• G = Uniquement les lésions récentes sont rehaussés par le Gadolinium	**1**
	• H = Lésions en **hyposignal T1**	**2**
		2
		11

5	**Au vu de l'iconographie 1, quels sont les 3 axes du traitement que vous allez proposer pour les 7 prochains jours ?**	**Grille ECN**
	• Traitement d'une probable poussée de SEP / **Corticothérapie** :	**4**
	- **En bolus / fortes doses / 1g/jour**	**1**
	- Par voie **intraveineuse**	**1**
	- Après **bilan pré-thérapeutique** minimal	**-**
	- Et avec **mesures associées** : potassium /	**-**
	• Prévention des **complications de décubitus** :	**3**
	- **Thromboemboliques :** anticoagulation préventive / Lovenox / HBPM	**-**
	- **Cutanées :** matelas anti-escarres	**-**
	- **Rééducation précoce : kinésithérapie motrice**	**1**
	• **Prise en charge des troubles sphinctériens :**	**2**
	- **Drainage** de la rétention aiguë d'urines : sondage vésico-urétéral	**-**
	- **Prévention des infections urinaires** : hydratation / hygiène locale	**1**
		13

6	Quels sont les 5 examens supplémentaires qui sont justifiés chez cette patiente ?	Grille ECN
•	But du bilan : rechercher des arguments en faveur d'une sclérose en plaques	-
•	**IRM cérébrale :**	4
	- Séquences T1/T2/FLAIR, sans et avec gadolinium	-
	- Recherche de **lésions de démyélinisation**	-
	- Avec **dissémination spatiale et temporelle**	-
•	**Ponction lombaire :**	3
•	**Potentiels évoqués :**	-
	- Auditifs / visuels / somesthésiques	2
•	**Bilan inflammatoire / VS / CRP :**	-
	- S'assurer de la **normalité**	2
•	**Bêta-hcg :**	
		11

7	Quel diagnostic est le plus probable ?	Grille ECN
•	**Sclérose en plaques :**	4
	- Forme **récurrente-rémittente**	1
	- En **poussée** (2eme épisode)	1
	- Avec atteinte médullaire et cérébrale	-
		6

8	Les résultats de ponction lombaire seraient en faveur du diagnostic ?	Grille ECN
•	F = Présence d´immunoglobines dans le LCR sans hypergammobulinémie sérique	4
		4

9	Quelles sont les informations à communiquer à la patiente concernant sa pathologie en phase aigue?	Grille ECN
•	C = Une NORB inaugurale est un facteur de bon pronostic	3
		3

10	Quelles sont les informations à communiquer à la patiente concernant sa pathologie ?	Grille ECN
•	A = Il faudra éviter les facteurs déclencheurs et les efforts physiques trop importants	2
•	B = Il n´y a pas de risque de transmission lors d´une grossesse	2
•	C = Il n´y a pas de risque obstétrical ou néonatal lié à la maladie	2
•	D = Il y a plus de risque de poussée en post-partum	2
		8

11	Quels sont les effets indésirables possibles liés à la Corticothérapie dans son cas à elle ?	Grille ECN
	• C = Hyperglycémie	2
	• E = Etat psychotique aigu	2
	• G = Infection urinaire	2
		6

12	Parmi les symptômes suivants, lesquels sont évocateurs d'une première poussée de sclérose en plaques ?	Grille ECN
	• A = Ptosis	1
	• B = Neuropathie optique rétrobulbaire	1
	• C = Paraparésie	1
	• E = Hypopallesthésie des membres inférieurs	1
	• F = Scotome central	1
	• G = dyschromatopsie rouge-vert	
	• H = Signe de Lhermitte	1
		1
		7

COMMENTAIRES

QUESTIONS	COMMENTAIRES
Général	• Dossier classique, le seul piège est de ne pas confondre syndrome de la queue de cheval et le syndrome du cône terminal, avec le risque de passer à coté de la sclérose en plaques (SEP)
1	• L'atteinte centrale élimine la possibilité d'un syndrome de la queue de cheval qui sinon se présente par un tableau quasi-identique • Les 3 mots-clés du tableau médullaire aigu : - **Syndrome lésionnel (absent dans ce tableau)** - **Syndrome sous-lésionnel (le plus riche sémiologiquement)** - **Syndrome rachidien (présent si et seulement si compression médullaire)**
3	• Réflexe : syndrome médullaire = suspicion de compression médullaire
5	• Dossier de neurologie : penser immédiatement aux complications de décubitus • Ici on veut attirer l'attention sur les troubles sphinctériens donc ne pas oublier de drainer le globe • Jamais de corticothérapie à fortes doses sans un bilan minimal et des mesures d'accompagnement
6	• IRM est systématique, le reste non • EMG : aucune indication dans les atteintes centrales • On peut critiquer le bilan inflammatoire mais il a été coté à l'ECN en 2004 et la SEP est associée à un bilan biologique normal
7	• 2 formes de SEP : récurrente / rémittente (classique) et la forme persistante d'emblée
8	• Les résultats de la PL sont logiques. • Il y a une sécrétion intrathécale d´Ig dans le LCR, dans il y en a plus que dans le sérum (sinon ils auraient pu juste se passer du sang au LCR), des Ig vont augmenter donc un peu la protéinorachie • Il n´y a pas de consommation de glucose, car pas de bactéries dans le LCR
9+10	• La SEP et la grossesse : un sujet très tombable
11	• Pas d´ostéoporose pour les corticothérapie de courte durée • Double risque d´infection rénale ici : trouble sphinctérien lié à la SEP et la corticothérapie

ITEMS ABORDES

TYPE	INTITULES		
	UE	NUMERO	
Question principale	4	102	Sclérose en plaques
Questions accessoires	4	90	Déficit neurologique focal
	4	91	Compression médullaire non traumatique
	5	118	Complications de décubitus

LE + : POUR MIEUX ASSIMILER

TABLEAU A QCM et QROC		Items 102 / 91
QUESTIONS (NOMBRE D'ELEMENTS)		INTITULES
Syndromes cardinaux d'une compression médullaire	Les 4	• Syndrome rachidien • Syndrome lésionnel • Syndrome sous-lésionnel • Pas de signes supra-lésionnels
Signes cliniques à rechercher devant une suspicion de SEP	Les 7	• Syndrome cérébelleux • Syndrome vestibulaire • Syndrome pyramidal • Troubles oculomoteurs • Névrite optique rétrobulbaire • Troubles sensitifs • Troubles sphinctériens
Causes de dysurie chez une patiente présentant une SEP	Les 3	• Compression médullaire extrinsèque • Infection urinaire • Atteinte médullaire / myélite

Notes personnelles

Dossier tour de synthèse 6

Du mal à respirer

1 Enoncé

Vous recevez aux urgences Mr Nicolas T, 80 ans, pour une dyspnée apparue brutalement il y a deux heures. Il présente comme antécédent un diabète traité par Glucophage® (metformine), une hypertension artérielle traitée par Esidrex® (Hydrochlorothiazide), une dyslipidémie traitée par Tahor® (atorvastatine) et une arthrose du genou droit. C'est le 4eme épisode de dyspnée brutale depuis 6 mois.

Votre examen retrouve :

- PA = 185 / 110 mmHg, FC = 110 bpm, SpO2 = 88% en air ambiant
- Poids = 100 kg, taille = 1.65 m
- HGT = 12 mmol/L
- Crépitants bilatéraux jusqu'à mi-champs pulmonaires
- Pas de turgescence jugulaire, bruits du cœur réguliers sans souffle
- Pouls périphériques absents aux 2 pieds, souffle carotidien droit et souffle fémoral gauche
- Aucun déficit sensitivo-moteur

Vous réalisez un bilan biologique qui montre les résultats suivants :

- Hb = 10.5 g/dL, leucocytes = 8 G/L, Plaquettes = 355 G/L
- Na = 140 mmol/L, Cl = 95 mmol/L, K = 3.2 mmol/L
- Créatininémie = 250 mmol/L, urée = 7 mmol/L
- Troponine Ic < 0.04 µg/dL (seuil = 0.15 µg/dL)

Il est comparable à un bilan précédent réalisé en ville il y a 9 mois.

<u>Question 1 :</u>

Concernant la glycémie....

A – elle est normale

B – est équivaut à approx 1,5g/L

C – Il faut associer une insulinothérapie a la metformine

D – La metformine est contre-indiqué dans cette situation

E – Il ne faut pas modifier le traitement

F – La BU est indiquée dans ce cas précis

Question 2:

Quels vont être les 7 points de votre prise en charge immédiate ?

Question 3 :

Pourquoi faut-il arrêter les thiazidique ?

A – A cause de l´association avec la metformine qui est déconseillée

B – A cause de l´hypokaliémie

C – A cause de son inefficacité

D – A cause de l´introduction d'autres traitements antihypertenseurs

E– A cause de l´Insuffisance rénale

Question 4 :

Quelles sont des causes fréquentes d'hypokaliémie à évoquer ?

A – Vomissements

B – Diarrhéee

C – Diurétiques

D – Laxatifs

E – Insulinothérapie

F – Prise de beta-bloquants

Question 5 :

Concernant la radiographie thoracique, quelles propositions sont vraies?

A – Elle est normale pour une personne de cet âge

B – Elle montre un syndrome interstitiel

C – Elle montre un syndrome alvéolaire

D – L'association à un épanchement pleural bilatéral ne serait pas inhabituel à voir :

E – Il existe une cardiomégalie

F – C´est une image typique d´OAP

G – Dans la cadre de cette pathologie il est possible de voir des lignes de Kerley B et A

Question 6 :

Quel(s) diagnostic(s) retenez-vous pour l'épisode aigu ?

A – HTA maligne

B – Poussée hypertensive

C – Urgence hypertensive

D – Insuffisance cardiaque aiguë gauche

E – OAP cardiogénique

Question 7 :

Quelle pathologie sous-jacente devez-vous rechercher ? Quels sont les 5 arguments en faveur de celle-ci ?

Question 8 :
Votre externe aimerait avoir plus d'informations sur le dosage de la troponine US : quels/quel sont/es les/le propos qui sont vrais ?
A – Le délai de positivité est de l'ordre de 6 heures
B – Ce dosage est plus spécifique que celui de la troponine normale
C – La troponine est une protéine sécrétée par l'aureillette droite et gauche
D – La meilleure indication pour le dosage est la douleur thoracique avec sus-décalage du segment ST
E– Aucune des réponses précédentes n'est vraie

Question 9 :
Quels sont les 3 examens disponibles pour mettre en évidence cette pathologie ? Détaillez pour chaque examen 2 de leurs avantages et 2 de leurs inconvenients.

Question 10 :
Quelle classe médicamenteuse est contre-indiquée chez ce patient dans l'immédiat ?

Question 11 :
Quel est son mécanisme d 'action au niveau rénale ?
A – inhibe l 'angiotensine II, qui est vasoconstrictrice
B – Inhibe angiotensine II, qui stimule la sécrétion d'aldostérone
C – Entraine dont une vasodilation de l' artériole efférente
D – Favorise les hypokaliémies
E – Entraine de l'hypocalcémie par fuite urinaire

Question 12 :
Au vu des résultats du bilan biologique, quelles sont les 5 caractéristiques du régime à mettre en place ?

Question 13 :
Au long cours, quel est son objectif tensionnel?
A – TAs inférieure ou égale à 130 mmHg et/ou TAd inférieure ou égale à 80 mmHg
B – TAs inférieure ou égale à 140 mmHg et/ou TAd inférieure ou égaleà 90 mmHg
C – TAs strictement inférieur à 140 mmHg et/ou TAd strictement inférieur à 80 mmHg
D – TAs inférieure ou égale à 150 mmHg et/ou TAd inférieure ou égale à 90 mmHg

Question 14:
Quel est son objectif diabétique, supposant sa fonction rénale stable
A – Hémoglobine glyquéee < 6.5%
B – Hémoglobine glyquéee < 7%
C – Hémoglobine glyquéee < 7.5%
D – Hémoglobine glyquéee < 8%

<u>Question 15 :</u>
Quelles sont les autres causes d'élévation de la troponine ?
A – Insuffisance rénale
B – Myocardite
C – Embolie pulmoaire
D – Sepsis sévère
E – AVC
F – Insuffisance cardiaque congestive

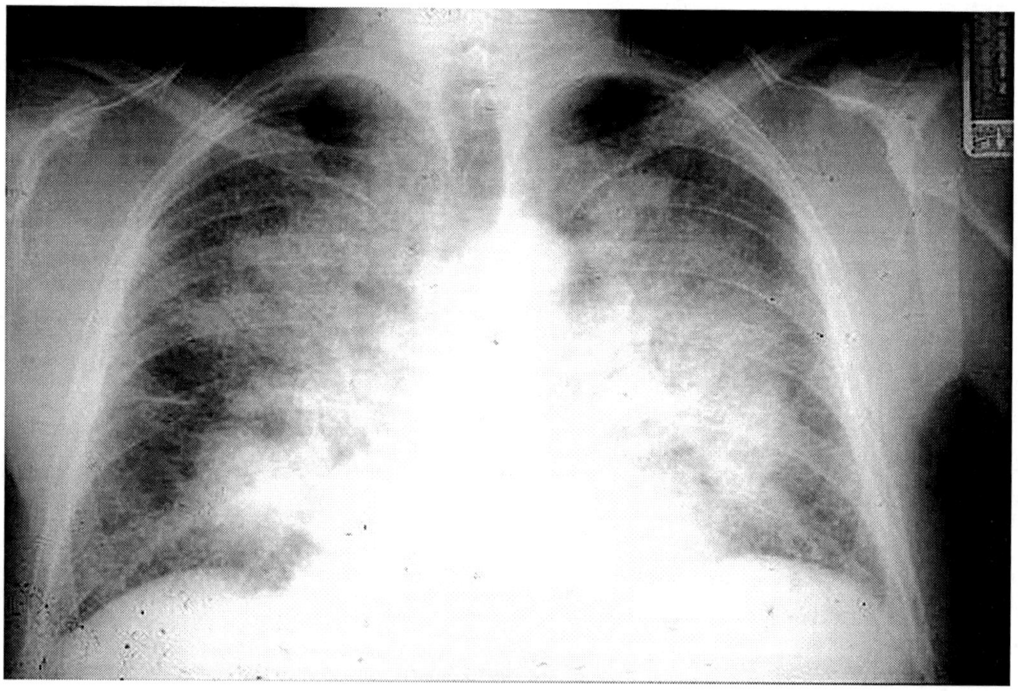

Iconographie 1

2 Corrigé

LE + : PREMIERE LECTURE, CONSEILS ET ASTUCES

- **Appréciation globale et difficulté du dossier :**
  - Dossier de sténose des artères rénales difficile, car pas d'éléments pour redresser le diagnostic si on se trompe au début
  - Difficulté : 3/3
  - A classer en 3ème position parmi les 3 dossiers de l'épreuve
- **Zéros et mots clés à inscrire sur le brouillon :**
  - OAP = oxygène, nitrés, restriction sodée, diurétiques
  - Arrêt des biguanides
  - Diabétique = dextro = bandelette urinaire (inutile dans ce dossier mais réflexe utile)
- **Astuces, réflexes et pièges :**
  - Hypokaliémie = recherche de signes ECG
  - On évoque une sténose des artères rénales, donc pas d'IEC / ARA II
  - Calcul de la clairance selon Cockroft indispensable dans un dossier néphrologique

GRILLE DE CORRECTION

Consignes : 1 point négatif pour toute réponse supplémentaire donnée, sauf consignes différentes pour certaines questions

1	**Concernant la glycémie…**	**Grille ECN**
	• D = La metformine est **contre-indiqué** dans cette situation	**3**
	• F = La BU est indiquée dans ce cas précis	**1**
		4

2	Quels vont être les 7 points de votre prise en charge immédiate ?	Grille ECN
	• En **urgence**	1
	• **Oxygénothérapie :**	2
	- Au **masque haute concentration**	1
	- Avec **ventilation non invasive**	-
	• **Diurétiques de l'anse** par voie IV / furosémide	1
	• Traitement antihypertenseur d'action rapide / **dérivés nitrés :**	1
	- Par voie IV	-
	• **Position demi-assise, jambes pendantes**	1
	• **Restriction hydro-sodée** / sérum glucosé en garde-veine	-
	• **Supplémentation en potassium** IV	1
	• Surveillance rapprochée / scope cardio-tensionnel / saturomètre	-
		8

3	Il faudra arrêter la thiazidique car.....	Grille ECN
	• A = A cause de l´association avec la **metformine** qui est déconseillée	2
	• B = A cause de l´**hypokaliémie**	2
	• E = A cause **de l´Insuffisance rénale**	2
		6

4	Quelles sont, des causes fréquentes d'hypokaliémie à évoquer ?	Grille ECN
	• A = **Vomissements**	2
	• B = **Diarrhéee**	2
	• C = Diurétiques	1
	• D = Laxatifs	1
	• E = Insulinothérapie	-
		6

5	Concernant la radiographie thoracique, quelles propositions sont vraies?	Grille ECN
	• B = Elle montre un syndrome i**nterstitiel**	2
	• C = Elle montre un syndrome **alvéolaire**	1
	• D = L'association à un **épanchement pleural** bilatéral ne serait pas inhabituel à voir :	1
	• F = C´est une image typique d´OAP	1
	• G = Dans la cadre de cette pathologie il est possible de voir des **lignes de Kerley** B et A	2
		7

6	Quel diagnostic retenez-vous pour l'épisode aigu ?	Grille ECN
	• **B = poussée hypertensive**	**1**
	• **C= urgence hypertensive**	**5**
	• **E= Œdème aigu pulmonaire cardiogénique**	**1**
		7

7	Quelle pathologie sous-jacente devez-vous rechercher ? Quels sont les 5 arguments en faveur de celle-ci ?	Grille ECN
	- **Sténose des artères rénales**	**3**
	- **Bilatérale – (si pas bilatérale, pas de point à la partie diagnostic)**	**2**
	- D'origine **athéromateuse**	**1**
	• Car :	**-**
	- **Œdèmes aigus du poumon récidivants (4 épisodes)**	**1**
	- **Hypokaliémie à l'ECG**	**1**
	- **Atteinte polyvasculaire / artériopathie des membres inférieurs / souffle vasculaire**	**1**
	- **Facteurs de risque cardio-vasculaires / diabète et dyslipidémie et hypertension artérielle**	**1**
	- **Brutalité d'apparition des œdèmes aigus du poumon / OAP « flashs »**	**-**
		10

8	Votre externe aimerait avoir plus d'informations sur le dosage de la troponine US : quels/quel sont/es les/le propos qui sont vrais ?	Grille ECN
	• E = Aucune des réponses précédents n'est vraie	**2**
		2

9	**Quels sont les 3 examens disponibles pour mettre en évidence cette pathologie ?** **Détaillez pour chaque examen 2 de leurs avantages et 2 de leurs inconvenients.**	**Grille ECN**
	• **Angio-scanner abdominal et des artères-rénales :**	**3**
	- Avantages :	**-**
	× **Examen de référence**	**1/réponse**
	× **Précision de la mesure du calibre artériel et de la sténose**	**-**
	× Examen **disponible**	**-**
	- Inconvénients :	
	× Examen **irradiant**	
	× Injection de produit de contraste néphrotoxique / **insuffisance rénale**	**1/réponse**
	× Risque **d'acidose lactique** / nécessité d'arrêt du biguanide	**-**
	• **Angio-IRM abdominale et des artères rénales :**	**3**
	- Avantages :	
	× Examen **non irradiant**	**1/réponse**
	× **Pas de contre-indication absolue au gadolinium**	
	- Inconvénients :	
	× Examen **peu précis**	
	× Examen **peu disponible**	**1/réponse**
	× Existence de **contre-indications** : pace maker, travailleur des métaux	
	• **Echographie-doppler des artères rénales – (si pas « doppler », pas de point) :**	**3**
	- Avantages :	**1/réponse**
	× Examen **disponible**	
	× Examen non irradiant	
	- Inconvénients :	
	× **Opérateur-dépendant**	**1/réponse**
	× Examen de débrouillage **peu précis**	
	× **Limites si sujet peu échogène**	
		18

10	**Quelle classe médicamenteuse est contre-indiquée chez ce patient dans l'immédiat ?**	**Grille ECN**
	• **Contre-indication aux bloqueurs du système rénine-angiotensine :**	**2**
	- Type **IEC**	**1**
	- Et **anti-récepteurs de l'aldostérone de type II**	**1**
		4

11	**Quel est son mécanisme d 'action au niveau rénale ?**	**Grille ECN**
	• A = **inhibe l 'angiotensine II**, qui est vasoconstrictrice	**3**
	• B = inhibe angiotensine II, qui stimule la sécrétion d'aldostérone	**3**
	• C = Entraine dont une **vasodilation de l' artériole efférente**	**3**
		9

12	**Au vu des résultats du bilan biologique, quelles sont les 5 caractéristiques du régime à mettre en place?**	**Grille ECN**
	• Régime alimentaire :	
	- Riche en potassium	**2**
	- Régime hyposodé < 6g / jour	**1**
	- Hypocalorique	**1**
	- Hypocholestérolémiant	**1**
	- Supplémentation martiale et en folates	**1**
		6

13	**Au long cours, quel est son objectif tensionnel?**	**Grille ECN**
	• D – TAs inférieure ou égale à 150 mmHg et/ou TAd inférieure ou égale à 90 mmHg	**3**
		3

14	**Quel est son objectif diabétique, supposant sa fonction rénale stable?**	**Grille ECN**
	• B = Hémoglobine glyquéee < 7%	**1**
	• D = Hémoglobine glyquéee < 8%	**1**
		2

15	**Quelles sont les autres causes d'élévation de la troponine ?**	**Grille ECN**
	• Toutes les réponses sont vraies	**1 par réponse**
		6

COMMENTAIRES

QUESTIONS	COMMENTAIRES
Général	• Dossier exigeant, assez peu méthodologique hormis la question finale • Faire un brouillon complet pour ne pas oublier certains détails comme l'anémie pour la question finale et l'arrêt des biguanides
1	• Gloabalement, hospitalisation = arrêt des ADO, ce d'autant plus qu'on est dans le situation d'une insuffisance d'organe (rénale, respiratoire, cardiaque)
2	• Pour la position de l'OAP : demi assise ET jambes pendantes (diminue la précharge cardiaque en diminuant le retour veineux) • Débuter une recharge potassique même si l'ECG est normal
5	• L'importqnce de cette question est de comprendre qu'un OAP se traduit par un syndrôme alvéolointerstitiel sur la radiographie : Pourquoi ? Car l'eau arrive par les alvéoles et est absorbé par les vaisseaux lymphatiques et donc passe dans l'interstitium .
6	• Ne pas oublier de préciser qu'un OAP est cardiogénique

7	• La sténose des artères rénales est à évoquer chez tout patient présentant des OAP à répétition • Ici l'association avec l'hypokaliémie et le terrain polyvasculaire rend le diagnostic fortement probable • Attention, pour que la sténose soit responsable d'un tableau comme celui-ci elle est nécessairement bilatérale (si on suppose que les 2 reins sont fonctionnels, cas le plus fréquent)
10	• Question typique sur les examens complémentaires, ne pas hésiter à dire des choses évidentes comme le fait qu'un scanner soit irradiant ou une échographie soit opérateur-dépendant • Les pathologies vasculaires (anévrysme de l'aorte abdominale, artériopathie des membres inférieurs ...) se prêtent bien à ce type de questions donc se faire un plan méthodologique utilisable pour toutes les pathologies • Bien penser à placer l'arrêt des biguanides (plus intéressant ici qu'à la première question)
11+12	• Les IEC entrainent un blocage de la réponse physiologique à l'hypoperfusion rénale par l'hyperactivation du système rénine-angiotensine • C'est d'ailleurs l'autre mode de découverte de la sténose des artères rénales : tableau d'insuffisance rénale aiguë suite à l'introduction d'un IEC ou d'un antagoniste du récepteur à l'angiotensine de type II
13	• Attention aux nouvelles recos : on est moins stricte pour les personnes âgées
14	• On a décider d'accepter les 2 réponses. L'importance était de vous faire réflechir aux cibleé • On peut justifier la réponse D par le fait de dire qu'il y a 2 territoires athéromateux symptonatique ou la réponse B en disant que l'insuffisance rénale est au stade III

ITEMS ABORDES

TYPE	INTITULES		
	UE	NUMERO	
Question principale	8	260	Néphropathie vasculaire
Questions accessoires	8	232	Insuffisance cardiaque
	-	-	Prescription des examens complémentaires
	8	221	Hypertension artérielle
	8	261	Insuffisance rénale chronique

LE + : POUR MIEUX ASSIMILER

TABLEAU A QCM et QROC		Items 221 / 232
QUESTIONS (NOMBRE D'ELEMENTS)		**INTITULES**
Modalités d'exploration du système rénine-angiotensine	Les 4	• Arrêt des bétabloquants, IEC, ARA II, diurétiques, anti-aldostérone • Régime normosodé • Recharge en potassium • Prélèvements après 2h de décubitus
Causes d'hypertension artérielle secondaire	Les 9	• Médicamenteuse • Phéochromocytome • Acromégalie • Syndrome obstructif d'apnées du sommeil • Hyperaldostéronisme primaire • Hyperaldostéronisme secondaire / tumeur à rénine • Sténose des artères rénales • Hypercorticisme • Hyperthyroïdie
Traitement médicamenteux d'un insuffisant cardiaque stade IV NYHA	Les 5	• IEC / ARA II • Diurétique • Digitaliques • Anti-aldostérone • Bétabloquant

Notes personnelles

Dossier tour de synthèse 7

Une urgence respiratoire

1 Enoncé

Médecin au SAMU, vous êtes appelé auprès de M. R. Sacha, 55 ans pour une gêne respiratoire de survenue progressive évoluant depuis le début de la journée.

Question 1 :
Quels sont en urgence les 4 objectifs de votre examen ?

Question 2 :
Parmi les signes cliniques suivants, lesquels sont des signes de gravité ?
A – Bradypnée
B – Polypnée
C – Marbrures des genoux
D – Tremblements des genoux
E – Céphalées
F – Polyurie
G – Frissons
H – Frein inspiratoire

A l'examen, l'état général du patient est altéré avec une obnubilation, la tension artérielle est à 80/45 mmHg, la température à 39.5°C, la fréquence cardiaque à 150 et la saturation à 84% en air ambiant. L'inspection retrouve une cyanose en regard des genoux. L'auscultation cardiaque ne retrouve rien en dehors d'une accélération des bruits tandis que l'auscultation pulmonaire retrouve un foyer de crépitant basal droit. L'examen abdominal est sans particularité. Le patient présente une toux avec des expectorations purulentes.

Question 3 :
Quel élément capital manque-t-il à cette ébauche d'examen ?

L'ECG rapidement obtenu est le suivant (cf Iconographie 1).

Question 4 :

Quelle en est votre interprétation ?

A – ECG normal
B – Tachycardie sinusale
C – Bloc de branche droit incomplet
D – Bradycardie sinusale
E – Signes droit pouvant évoyuer une embolie pulmonaire
F – Microvoltage

Question 5 :

Concernant cette tachycardie observée, quels propos sont vrais ?

A – Il faut éliminer une embolie pulmoaire devant cette tachycardia avec une dyspnée avec un Angioscanner
B – La tachycardia est liée à une vasoconstriction périphérique dans ce context septique
C – L'augmentation de la fréquence cardiaque est liée à une diminution de la post-charge
D – Une tachycardia est définie comme une fréquence cardiaque supérieure à 120 battements par minute
E – Un ECG 18 dérivations est indispensable
F – Il faut traiter cette tachycardie par un bétabloquant

Question 6 :

Donner le diagnostic le plus probable au vu du tableau clinique ?

Question 7 :

Quels signes cliniques recherchez-vous en faveur d'une légionnellose ?

A – Absence de fièvre
B – Ictère conjonctival
C – Désaturation majeures sans anormalie de l'auscultation pulmonaire
D – Herpès labial
E – Terrain à risque: grossesse en cours
F – Rhabdomyolyse
G – Insuffisance rénale aigue

Question 8 :

Quelle sera sur place votre conduite thérapeutique en 1e intention ?

A – Oyqgénothérapie au masque à haute concentration
B – Ventilation non invasive
C – Transfert en Réanimation
D – Remplissage vasculaire au serum glucosé
E – Réalisation d'hémocultures
F – Intubation oro-trachéale pour ventilation mécanique
G – Lavage broncho-alvéolaire
H – Examen cytobactériologique des crachats
I – Antigénurie légionnelle
J – Antigénurie pneumocoque

Le patient est transféré en réanimation, le premier bilan retrouve :
Leuco : 33000/mm3 dont PNN 85%

Hb : 11.5 g/L	**Na : 142mmol/L**
Plaquettes : 35000/mm3	**K : 4.7mmol/L**
TCA : 45 sec (témoin 31 sec)	**PaO2 : 92mmHg**
TP : 73%	**PaCO2 : 33mmHg**
ASAT 560 UI/L	**pH : 7.15**
ALAT 540 UI/L	**HCO3- : 15mmol/L**
Bilirubine totale : 38µmoles/L	**Lactates : 3.5mmol/L**
Créatininémie : 195µmoles/L	**CRP 255 mg/L**
Urée : 14mmol/L	

Question 9 :

Quel est l'élément manquant pour interpréter les gaz du sang ?

A – Saturation en air ambiant
B – Bicarbonates
C – Statut de fumeur ou non fumeur
D – Chlorémie
E – Osmolarité urinaire
F – Osmolarité plasmatique

Question 10 :

Quels diagnostics biologiques pouvez-vous poser sur la base des ces résultats ?

A – Hyperchlorémie
B – Hyperkaliémie
C – Syndrome inflammatoire biologique
D – insuffisance rénale d'allure fonctionnelle
E – Acidose respiratoire
F – Acidose métabolique à trou anionique normal
G – Coagulation intravasculaire disséminée
H – Foie cardiaque aigu

Question 11 :
Quel marqueur biologique nous indique que ce patient pourrait avoir une pathologie respiratoire chronique ?

Les hémocultures retrouvent un streptocoque pneumoniae sauvage et l'évolution du patient est finalement favorable sous ROCEPHINE® + AMIKLIN® prescrit pour une durée totale de 12 jours. L'antibiogramme n'a pas pu être réalisé .

Question 12 :
Que pensez-vous de cette antibiothérapie ?
A – Il s'agit d'une antibiothérapie probabiliste
B – Il s'agit d'une antibiothérapie empirique
C – La durée aurait du être de 21jours
D – L'amiklin était contreindiqué
E – L' amiklin a une très mauvaise diffusion pulmonaire
F – Le streptocoque pneumoniae est habituellement sensibile à l'amoxicilline:
G – La bithérapie par ROCEPHINE et ROVAMYCINE aurait été un meilleur choix:
H – On aurait dû remplacer l'AMIKLIN par la GENTAMYCINE

Question 13 :
De façon globale, quels sont les effets indésirables de la gentamycine?
A – Toxicité hépatique
B – Toxicité rénale
C – Photosensibilité
D – Ototoxicité
E – Coloration orange des urines
F – Tendinopathies

Question 14 :
Parlant d'ototoxicité, quelle autre classe thérapeutique est connue pour son ototoxicité ?
A – Pénicilline
B – Inhibiteur de l'enzyme de conversion
C – Béta-bloquants
D – Diurétiques de l'anse
E – Insuline

Question 15 :

Votre externe intéressé a une question à vous poser : Quelles sont les bactéries en cause dans les pneumopathies infectieuses avec des images excavéees ?

A – Staphylocoque dorée

B – Streptocoque du type A

C – Mycoplasma pneumoniae

D – Klebsielle pneumoniae

E – Germes anaérobiques

F – Staphylocoque doré sécretrice de la toxine de Panton Valentine

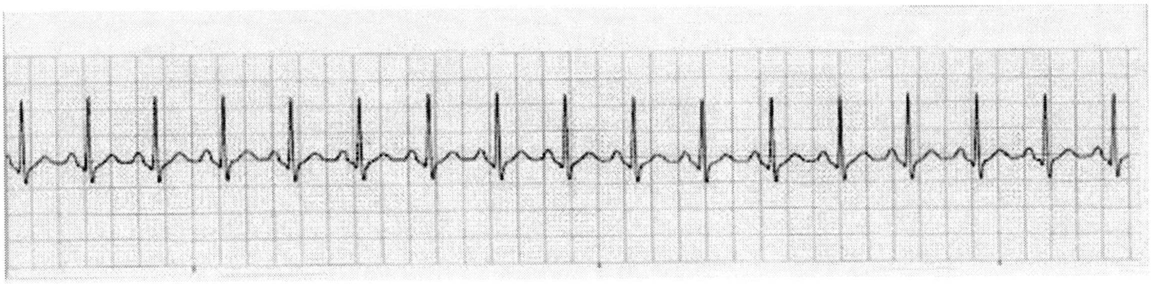

Iconographie 1

2 Corrigé

Le + : PREMIERE LECTURE, CONSEILS ET ASTUCES

- **Appréciation globale et difficulté du dossier :**
  - Dossier atypique
  - Difficulté : 2/3
  - A classer en 1ère position parmi les 3 dossiers de l'épreuve
- **Zéros et mots clés à inscrire sur le brouillon :**
  - Détresse respiratoire = oxygénothérapie
  - Hypovolémie = antibiothérapie
  - Diagnostic = toujours le plus complet possible.
- **Astuces, réflexes et pièges :**
  - Site de la SPILF très bien fait vous apporte de nombreuses références claires et précises.
  - Pour mémoire : 8 ECN = 7 ECG. Il est facile de gagner des points même sans avoir le diagnostic en ayant un plan systématique de réponse.

Grille de correction

Consignes : 1 point négatif pour toute réponse supplémentaire donnée, sauf consignes différentes pour certaines questions

1	Quels sont en urgence les 4 objectifs de votre examen ?	Grille ECN
	• Recherche de signe de **gravité** : purpura fulminans, signes de choc, signes d'épuisement respiratoire, coma	2
	• Recherche d'une **étiologie**	3
	• Evaluation rapide du **terrain** : ATCD, ordonnances	4
	• **Définir la prise en charge** thérapeutique et **l'orientation** du patient	1
		10

2	Parmi les signes cliniques suivants, lesquels sont des signes de gravité respiratoire?	Grille ECN
	• A = **Bradypnée**	2
	• B = **Polypnée**	2
	• C = **Marbrures des genoux**	2
	• E = **Céphalées**	2
		8

3	Quel élément capital manque-t-il à cette ébauche d'examen ?	Grille ECN
	• La **fréquence respiratoire**	4
		4

4	Quelle en est votre interprétation ?	Grille ECN
	• B = **Tachycardie sinusale**	4
		4

5	Concernant cette tachycardie observée, quels propos sont vrais ?	Grille ECN
	C = L'augmentation de la fréquence cardiaque est liée à une **diminution de la post-charge**	3
		3

6	Donner le diagnostic le plus probable au vu du tableau clinique ?	Grille ECN
	• **Détresse respiratoire aigue**	3
	• Sur **pneumopathie franche lobaire**	2
	• **Aigue**	1
	• **Communautaire**	2
	• Du **lobe inférieur droit**	1
	• Compliquée de **sepsis sévère**	3
		12

7	Quels signes cliniques recherchez-vous en faveur d'une légionnellose ?	Grille ECN
•	**B – Ictère conjonctival**	2
•	F = **Rhabdomyolyse**	3
•	G = **Insuffisance rénale aigue**	3
		8

8	Quelle sera sur place votre conduite thérapeutique en 1e intention ?	Grille ECN
•	A = Oxygénothérapie au **masque à haute concentration**	3
•	C = Transfert en **Réanimation**	2
•	E = Réalisation d'hémocultures	2
•	H = Examen cytobactériologique des crachats	2
•	I = Antigénurie légionnelle	2
•	J = **Antigénuri**e pneumocoque	2
		13

9	Quel est l'élément manquant pour interpréter les gaz du sang ?	Grille ECN
•	**B = Bicarbonates**	4
		4

10	Quels diagnostics biologiques pouvez-vous poser sur la base des ces résultats ?	Grille ECN
•	C = **Syndrome inflammatoire biologique**	3
•	G = Coagulation intravasculaire disséminée	3
		6

11	Quel marqueur biologique nous indique que ce patient pourrait avoir une pathologie respiratoire chronique ?	Grille ECN
•	Bicarbonates	5
		5

12	Que pensez-vous de cette antibiothérapie ?	Grille ECN
•	A = Il s'agit d'une antibiothérapie **probabiliste**	2
•	B = Il s'agit d'une antibiothérapie **empirique**	2
•	E = L' amiklin a une très mauvaise diffusion pulmonaire	2
•	F = Le streptocoque pneumoniae est habituellement sensibile à l'amoxicilline	2
•	G = La bithérapie par **ROCEPHINE et ROVAMYCINE** aurait été un meilleur choix	2
•	H = On aurait dû remplacer l'AMIKLIN par la GENTAMYCINE	2
		12

13	**De façon globale, quels sont les effets indésirables de la gentamycine?**	**Grille ECN**
	• B = **Toxicité rénale**	**3**
	• D = **Ototoxicité**	**3**
		6

14	**Parlant d'ototoxicité, quelle autre classe thérapeutique est connue pour son ototoxicité ?**	**Grille ECN**
	• D = Diurétiques de l'anse	**5**
		5

15	**Votre externe intéressé a une question à vous poser : Quelles sont les bactéries en cause dans les pneumopathies infectieuses avec des images excavéees ?**	**Grille ECN**
	• D = Klebsielle pneumoniae	**2**
	• E = Germes anaérobiques	**2**
	• F = Staphylocoque doré sécretrice de la toxine de Panton Valentine	**2**
		6

COMMENTAIRES

QUESTIONS	COMMENTAIRES
Général	• L'objectif de ce cas est de vous perdre. Pensez à reprendre votre brouillon à chaque question pour ne rien perdre en route.

1	• Ne jamais oublier où vous êtes. Ici en préhospitalier. Certainement pas le lieu le plus adapté pour la prise en charge de ce patient. Le rôle principal du SAMU est donc ici de réaliser un traitement symptomatique en attente d'une prise en charge réanimatoire complète.
	• Quand vous êtes perdus ou pour les questions foireuses, pensez au PEDAG :
	  • P : diagnostic positif
	  • E : diagnostic étiologique
	  • D : Diagnostic différentiel à éliminer en urgence
	  • A : pathologies associées à tenir en compte
	  • G : Eléments de gravité

2	• Céphalées = signe d'hypercapnie
5	• Tachycardie = FC > 90bpm • Sepsis sévère entraine **vasoplégie périphérique,** donc **hypovolémie** relative, d onc **baisse de la post-charge,** donc **baisse du débit cardiaque**, Responsable d'une augmentation physiologique de la fréquence cardiaque pour tenter de rétablir le débit cardiaque.
7	• L'ictère fait plus penser au pneumocoque (la pneumopathie aux yeux dorés), néanmoins keep in mind que la légionnellose peut faire pareil
12	• Retenir empirique=probabiliste • AMIKLIN = infections nosocomiales • AMINOSIDES = traitement courts sauf pour le pyo • AMINOSIDES= rapidement bactéricide, donc à utiliser si formes graves, mais mauvaise diffucion pulmonaire, donc pas d'intérêt si pas de bacteriémie

ITEMS ABORDES

TYPE	PARTIE	NUMERO	INTITULES
Question principale	6	151	Infections broncho-pulmonaires
Questions accessoires	10	326+173	Prescription et surveillance des anti-infectieux
	6	154	Septicémie
	8	229	Electrocardiogramme : indications et interprétations

LE + : POUR MIEUX ASSIMILER

TABLEAU A QCM et QROC		Item 151
QUESTIONS (NOMBRE D'ELEMENTS)		**INTITULES**
Germes en cause dans les pneumopathies excavées	Les 3	• Anaérobies • Staphylocoque doré • Klebsiella pneumoniae
Signes orientant vers une légionellose devant une pneumopathie	Les 7	• Myalgies • Diarrhées / troubles digestifs • Début progressif • Contexte épidémique • Atteinte bilatérale / syndrome interstitiel • Rhabdomyolyse / augmentation des CPK • Hyponatrémie / SIADH
Indications au vaccin anti-pneumococcique chez l'adulte	Les 7	• Insuffisance d'organe : cardiaque, pulmonaire, hépatique, rénale • Asplénie fonctionnelle • Drépanocytose • Infection par le VIH • Syndrome néphrotique • Ethylisme chronique • Antécédent d'infection invasive à pneumocoque

Notes personnelles

Dossier tour de synthèse 8

Une femme de caractère

1 Enoncé

Mme Amélie B, 64 ans, vous consulte à son retour de vacances au CHU adressée par son médecin généraliste pour un nodule du sein gauche. Sa dernière mammographie réalisée dans le cadre de la surveillance nationale à l'hiver dernier était normale. L'échographie réalisée avant les vacances d'été suggère que celui-ci serait à considérer comme malin. La patiente désire donc votre avis pour la poursuite de la prise en charge.

<u>Question 1 :</u>
Concernant la campagne nationale de dépistage du cancer du sein, quelles propos sont vrais ?
A – Il s'agit d'une mesure de prévention primaire
B – Le but global est de diminuer la prévalence de cette pathologie
C – La participation est totalement gratuite
D – Concerne toutes les femmes entre 50-74 ans asymptomatiques
E – 3 incidences
F – Lecture simple par 1 radiologue

<u>Question 2 :</u>
Quelle est l'incidence du cancer du sein dans la population générale par an en France ?
A – 20 000 cas/an
B – 40 000 cas/an
C – 60 000 cas/an
D – 80 000 cas/an
E – 100 000 cas/an

Question 3 :

Quel est le taux de survie tous stades confondus à 5 ans ?

A – 20%
B – 40%
C – 60%
D – 80%
E – 100%

Question 4 :

Relevez dans l'énoncé 3 éléments en faveur d'une prise en charge de qualité et 3 ayant fait défaut.

Question 5 :

Quelles sont les caractéristiques typiques d'une lésion cancéreuse en général (pas forcément une lésion du sein)?

A – Adhérent aux plans superficiel
B – Adhérent aux plans profonds
C – Multifocale
D – Rénitante
E – Douloureuse
F – Peau érythémateuse en regard

Question 6 :

Que recherche la manœuvre de Tillaux ?

A – Adhérence aux plans superficiel
B – Adhérence aux plans profonds
C – Cette manoeuvre n'existe pas
D – Adhérence au muscle grand pectoral
E – Une adénopathie de la chaine mammaire interne

Vous retrouvez une lésion centimétrique du quart supéro-externe du sein gauche sans autre anomalie. L'analyse de ses antécédents familiaux retrouve une mammectomie à l'âge de 22 ans chez sa sœur. Sur le plan personnel, ménopausée depuis 8 ans, elle n'elle est suivie que pour une ACFA contrôlée par anti-arythmique et anticoagulants.

Question 7:

Quel est désormais l'examen à réaliser en première intention ?

A – Mammographie bilatérale et comparative
B – IRM mammaire gauche
C – TDM mammaire gauche
D – Echographie senile gauche
E – Pas d'examen complémentaire, le diagnostic est clinique

On décide finalement de réaliser un examen histologique de la lésion.

Question 8 :
Quelles en sont les modalités ?
A – Arrêt des AVK
B – Macrobiopsie
C – Au moins 12 biopsies dans tous les quadrans du sein
D – Analyse en extemporané
E – Sous contrôle echographique
F – Sous anesthesie générale

Question 9 :
Cet examen est capital dans la prise en charge de la patiente, donnez 5 arguments en ce sens.

L'examen confirme la présence d'une lésion maligne.

Question 10 :
Quel en est le type histologique le plus fréquent ?
A – Adénocarcinome canalaire infiltrant
B – Adénocarcinome Lobulaire infiltrant
C – Adénocarcinome tubuleux
D – Carcinome médullaire
E – Carcinome lobulaire

Il est proposé à la patiente, après réunion de concertation pluridisciplinaire (RCP), une tumorectomie avec technique du ganglion sentinelle suivi de radiothérapie sur le lit tumoral et de chimiothérapie.

Question 11 :
Donnez 5 principaux critères de qualité d'une bonne RCP.

Question 12 :
Quelles sont les/le indication(s) à la technique du ganglion sentinelle ?
A – Adénopathies palpables
B – Microcalcifications visibles sur la mammographie
C – Tumeur multifocale
D – Etat métastatique
E – Tumeur de petite taille

La patiente refuse la prise en charge car le résultat esthétique était déplorable chez sa sœur et que celle-ci « en paie encore le prix aujourd'hui »

Question 13:

Que devez-vous faire alors ?

A – Demande d'hospitalisation à la demande d'un tiers

B – Organisation d'une reunion collégiale pour prendre une décision : cette décision prévaut à la décision de la patiente

C – Respect de la décision de la patiente

D – Sauvegarde de justice

Grace à vos explications, la patiente est opérée. L'exérèse est totale et la prise en charge oncologique peut se poursuivre dans de bonnes conditions.

Question 14 :

Quels vont alors être les 4 axes de votre suivi au long cours ?

2 Corrigé

Le + : PREMIERE LECTURE, CONSEILS ET ASTUCES

- **Appréciation globale et difficulté du dossier :**
  - **Le cancer du sein est chaque année un peu plus tombable.**
  - **Difficulté : 1/3**
  - **A classer en $1^{\text{ème}}$ position parmi les 3 dossiers de l'épreuve**
- **Zéros et mots clés à inscrire sur le brouillon :**
  - **Pas de cancer sans RCP**
  - **Examen complémentaire invasif = consentement**
  - **Cancer du sein = terrain hyper oestrogénique = cancer de l'utérus. Et vice versa.**
- **Astuces, réflexes et pièges :**
  - **Examen / suivi / bilan sont toujours Clinique ET Paraclinique**
  - **Examen clinique = inspection + palpation + mobilisation.**
  - **Toujours mentionner le résultat attendu d'un examen demandé**

GRILLE DE CORRECTION

Consignes : 1 point négatif pour toute réponse supplémentaire donnée, sauf consignes différentes pour certaines questions

1	Concernant la campagne nationale de dépistage du cancer du sein, quelles propos sont vrais ?	Grille ECN
•	B = **Le but global est de diminuer la prévalence de cette pathologie**	4
•	C = **La participation est totalement gratuite**	4
•	D = **Concerne toutes les femmes entre 50-74 ans asymptomatiques**	4
		12

2

2	Quelle est l'incidence du cancer du sein dans la population générale par an en France ?	Grille ECN
•	C = 60 000 cas/an	5
		5

3	**Quel est le taux de survie tous stades confondus à 5 ans ?**	**Grille ECN**
	• D = 80%	**5**
		5

4	**Relevez dans l'énoncé 3 éléments en faveur d'une prise en charge de qualité et 3 ayant fait défaut.**	**Grille ECN**
	• **En faveur d'une prise en charge de bonne qualité :** - **Intégration au parcours de soins** - **Participation à la campagne de dépistage nationale du cancer du sein** - **Suspicion de lésion maligne adressée au CHU**	**2 pts par item 4 pts max**
	• **En faveur d'une prise de mauvaise qualité :** - **Délai de prise en charge trop important** - **La patiente nécessite un suivi spécifique au vu de ses antécédents familiaux** - **L'échographie seule n'est pas l'examen à réaliser en première intention chez cette patiente.**	**2 pts par item 4 pts max**
		8

5	**Quelles sont les caractéristiques typiques d'une lésion cancéreuseen général (pas forcément une lésion du sein)?**	**Grille ECN**
	• A = **Adhérent aux plans superficiel**	**3**
	• B = **Adhérent aux plans profonds**	**3**
	• F = Peau erythémateuse en regard	**1**
		4

6	**Que recherche la manœuvre de Tillaux ?**	**Grille ECN**
	• D = **Adhérence au muscle grand pectoral**	**5**
		5

7	**Quel est désormais l'examen à réaliser en première intention ?**	**Grille ECN**
	A – Mammographie bilatérale et comparative	**6**
		6

8	**Quelles en sont les modalités ?**	**Grille ECN**
	• B = **Arrêt des AVK**	**4**
	• E = **Sous contrôle echographique**	**4**
		8

9	Cet examen est capital dans la prise en charge de la patiente, donnez 5 arguments en ce sens.	Grille ECN
	• **Seul examen susceptible de confirmer avec certitude la malignité de la lésion -** • Précise le **type histologique** • **Grade histopronostic** (SBR) • Niveau d'expression des **récepteurs hormonaux** • Niveau d'expression des **récepteurs HER2** • Au total : argument fort dans la **mise en place du programme personnalisé de soins.**	**2.5 pts par item** **10 pts max**
		10

10	Quel en est le type histologique le plus fréquent ?	Grille ECN
	• Carcinome canalaire infiltrant	**5**
		5

11	Donnez les 5 principaux critères de qualité d'une bonne RCP.	Grille ECN
	• **Pluridisciplinarité** : au moins 3 spécialités différentes	**2**
	• **Fonctionnement formalisé** : Rythme, coordonnateur, référentiel	**2**
	• Rédaction **d'une fiche standardisée** par le médecin inscrivant le dossier à la RCP	**2**
	• **Tous les nouveaux cas** doivent être présentés	**2**
	• Mise au point d'un **Projet de Soin Personnalisé**	**2**
		10

12	Quelles sont les/le indication(s) à la technique du ganglion sentinelle ?	Grille ECN
	• E = **Tumeur de petite taille**	**3**
		3

13	Que devez-vous faire alors ?	Grille ECN
	• **C = Respect de la décision de la patiente**	**6**
		6

14	Quels vont alors être les 4 axes de votre suivi au long cours ?	Grille ECN
	• Suivi multidisciplinaire	**3**
	• A vie	**2**
	• Education à l'autopalpation	**2**
	• Palpation mammaire et des aires ganglionnaires	**2**
	• Recherche de localisation secondaire	**2**
	• Mammographie au minimum annuelle	**2**
		13

Commentaires

QUESTIONS	COMMENTAIRES
1	• La règle des 2 • Le but est de découvrir une maladie tôt dans son évolution = prévention secondaire • Prévention primaire = diminuer l'incidence d'une maladie, donc prévenir l'apparition (p.ex. perte de poids pour prévenir le cancer du sein)
5	• Les modalités de l'examen clinique sont aussi importantes que l'examen clinique en lui même
7	• Ne pas oublier l'objectif de l'examen (re) • Ne pas confondre la mammographie dépistage (2 incidences : face et oblique externe) et la mammographie ciblée (3 incidences : profil en plus)
13	• Pour les patients conscients, on n'a jamais jamais le droit de passer outre leur décision pour des problèmes somatique. JAMAIS. Dans la même optique un patient hospitalisé sous contrainte a clairement le droit de refuser une intervention pour un problème somatique (ECN 2014)

Items abordes

TYPE	INTITULES		
	PARTIE	NUMERO	
Question principale	9	309	Cancer du sein
Questions accessoires	9	287	Facteurs de risque, prévention et dépistage des cancers
	9	291	Traitement des cancers
	-	-	Indications et stratégies d'utilisation des principaux examens d'imagerie.
	1	8	Ethique et déontologie médicale : droits du malade

LE + : POUR MIEUX ASSIMILER

TABLEAU A QCM et QROC		Item 309
QUESTIONS (NOMBRE D'ELEMENTS)		**INTITULES**
Facteurs de mauvais pronostic d'un cancer du sein	Les 9	• Présence de métastase • Statut ganglionnaire : N+ / rupture capsulaire • Grade histopronostique SBR III • Age < 35ans • Limites de résection non saines / insuffisantes • Pas de récepteurs hormonaux • Tumeur inflammatoire • Présence d'emboles vasculaires • Taille
Indications à la technique du ganglion sentinelle	Les 2	• Taille de la tumeur < 3cm • Pas de ganglions palpables
Critères de malignité d'une lésion mammaire en échographie	Les 4	• Attraction des structures latérales • Grand axe perpendiculaire à la peau • Cône d'ombre postérieur • Lésion hétérogène
Critères de malignité d'une lésion mammaire à la mammographie	Les 7	• Hyperdense • Hétérogène • Spiculée • Contours flous • Taille < lésion palpée • Rétractile • Foyer de microcalcifications irrégulières

Notes personnelles

Dossier tour de synthèse 9

Un anesthésiste au bout du rouleau

1 Enoncé

Médecin généraliste, vous voyez en consultation Monsieur Guillaume S, homme de 50 ans, pour une douleur aiguë du gros orteil gauche. Il vous explique que c'est le premier épisode et attend de votre part une explication.

A l'examen clinique, c'est un homme pléthorique de 93kgs pour 175 cm, sa tension artérielle est à 165/95mmHg, il vous dit d'ailleurs à ce sujet qu'il a été traité pour ça mais a arrêté de prendre ses comprimés à la fin de la boite. Il a déjà arrêté plusieurs fois de fumer et concède boire « sans doute un peu plus que la moyenne mais sans jamais abuser ». Son hallux gauche est rouge, impossible à mobiliser à cause de la douleur et tuméfié. Le reste de l'examen est normal en dehors d'une tuméfaction blanche à la partie médiale de chaque paupière supérieure.

Question 1 :
Nommez la lésion des paupières
A – Xanthome
B – Chalazion
C – Carcinome épidermoïde
D – Engelure
E – Orgelet

Question 2 :
Quel est votre diagnostic complet ?

Question 3 :
Quelles sont les 3 étiologies à éliminer chez ce patient concernant son atteinte du membre inférieur ? Quelle est la plus probable ?

Question 4 :
Quelle est la place de la radiographie du pied atteint dans ce tableau clinique à la phase aigue ?
A – Aucune indication
B – Toujours indiquée pour éliminer une ostéite associée
C – Indiquée à distance pour voir le remaniement osseux et évaluer la séverité
D – Toujours indiqué pour éliminer un diagnostic différentiel

Question 5 :
Qu'est ce que l'on attend de voir si une radiographie est réalisée à la phase aigue?
A – Radiographie normale
B – Atteinte articulaire avec lesions desctructives
C – Atteinte articulaire avec lesions desctructives et constructives
D – Démineéralisation diffuse
E – Lisérée de condensation intra-articulaire

Question 1 :
Quelle est votre attitude thérapeutique aux urgences?
A – Ponction articulaire à visée diagnostique
B – Ponction articulaire à visée thérapeutique
C – Dosage de l'acide urique
D – Numération formule sanguine
E – Urée et créetinine
F – Aucun des examens précédents

Question 6 :
Quel traitement mettez-vous sans délai en place ?
A – Allopurinol
B – Cholcicine
C – Glaçage du membre inférieur atteint
D – Surélévation du membre inférieur atteint
E – Antihypertenseur
F – Paracétamol
G – Anti-inflammatoire non stéroidien
H – Repos strict au lit

Question 7 :

Quelle est la place de l'allopurinol dans son cas ?

A – Diminue la durée de la crise de goutte
B – Risque d'aggravation de la crise si utilisé à la phase aigue
C – Indiqué à distance pour toute crise
D – En 2e intention si goutte résistante à la cholcicine
E – Pas d'indication devant un premier épisode
F – Indiqué uniquement si uricémie > 416 micromol/L

Vous revoyez le patient en consultation 15 jours plus tard. Votre traitement a été « miraculeusement » efficace. L'examen confirme les chiffres tensionnels anormaux et les résultats du bilan prescrit sont les suivants.

Hb : 14.5 g/L	K+ : 5 mmol/L
Plaquettes : 450000/mm^3	GAJ : 1.83 g/L
ASAT 45UI/L	Cholestérol total : 2.58 g/L
ALAT 35UI/L	HLD-c : 0.54 g/L
Bilirubine totale : 5 µmoles/L	LDL-c : 1.86 g/L
Créatininémie : 200µmoles/L	Triglycérides : 0.88 g/L
Urée : 15mmol/L	Uricémie : 640µmol/L
Na : 142 mmol/L	HbA1c : 9.6%

Question 8 :

Quels sont désormais les traitements médicamenteux que vous allez mettre en place ?

Question 9 :

Précisez les objectifs précis pour chaque traitement mis .

Question 10 :

Parmi les aliments suivants, lesquels favorisement l'apparition d'une goutte ?

A – Saumon fumé
B – Huile végétale
C – Vin rouge
D – Bière
E – Saucisson sec
F – Poisson blanc
G – Charcuterie

Question 11 :
Parmi les médicaments suivants, lesquels favorisent une hyperuricémie ?
A – Aspirine
B – Diurétiques thiazidiques
C – Diurétiques de l'anse
D – Inhibiteur de l'enzyme de conversion
E – Inhibiteur de la pompe à proton
F – Statines
G – Pyrazinamide
H – Rifampicine
I – Isoniazide

Question 12 :
Quels autres examens complémentaires vous semblent désormais justifiés au vu du bilan biologique?

Au bout de plusieurs mois de suivi et alors que le traitement commence à porter ses fruits, le patient vous fait par d'une dysfonction érectile latente.

Question 13:
Quelles sont les 4 premières causes à évoquer ?

Question 1 4:
Quel type de cristaux est en causedans la goutte ?
A – Pyrophosphate de sodium
B – Urate de sodium
C – Pyrophosphate de potassium
D – Urate de potassium
E – Hydroapatite de sodium

Question 15 :
Quels signes cliniques et biologiques peuvent être retrouvés sans remettre en cause le diagnostic?
A – Fièvre
B – Frissons
C – Elevation de la CRP
D – Hyperleucocytose
E – Céphalées
F – Paresthésies locales

2 Corrigé

LE + : PREMIERE LECTURE, CONSEILS ET ASTUCES

- **Appréciation globale et difficulté du dossier :**
  - Dossier très classique mais pas simple pour autant. Le piège est de relâcher son attention sur un dossier sans difficultés particulières et d'être bêtement sanctionné pour ça.
  - Difficulté : 2/3
  - A classer en 3ème position parmi les 3 dossiers de l'épreuve
- **Zéros et mots clés à inscrire sur le brouillon :**
  - Ce dossier = goutte + HTA + diabète + obésité + insuffisance rénale + dyslipidémie : noter ces point en évidence au brouillon pour les reprendre à toutes les questions
  - Insuffisance rénale = contre-indications médicamenteuses
  - Attention. Pathologie fréquente et présentation typique, donc goutte= diagnostic clinique
  - Goutte = NPO de prendre en charge le terrain
- **Astuces, réflexes et pièges :**
  - Dans un cas simple mais dense comme celui la : reprendre les points diagnostic notés au brouillon à toutes les étapes.
  - Comme dans 50% des cas clinique le patient mesure 175cm soit 1.75m soit $1.75^2 = 3$ et il pèse 93kg soit 93/3 = 31 ne posez pas le calcul…

GRILLE DE CORRECTION

Consignes : 1 point négatif pour toute réponse supplémentaire donnée, sauf consignes différentes pour certaines questions

1	Nommer la lésion des paupières	Grille ECN
• A = **Xanthome**		2
		2

2	**Quel est votre diagnostic complet ?**	**Grille ECN**
•	Arthropathie micro cristalline à cristaux d'urate de sodium ou **goutte**	**2**
•	En **exacerbation**	**1**
•	De l'hallux **gauche**	**1**
•	Chez un homme de 50ans	**-**
•	Hypertendu.	**-**
•	Obèse : BMI = 31	**1**
•	Et dyslipidémique.	**-**
•	Faisant suspecter un syndrome métabolique.	**2**
		5

3	**Quelles sont les 3 étiologies à éliminer chez ce patient concernant son atteinte du membre inférieur ? Quelle est la plus probable ?**	**Grille ECN**
•	**Insuffisance rénale** chronique	**2**
•	**Iatrogène** : prise de traitement hyper-uricémiant	**2**
•	Hémopathie chronique (polyglobulie, hémolyse)	**2**
•	**Primitive**	**4**
		10

4	Quelle est la place de la radiographie du pied atteint dans ce tableau clinique à la phase aigue ?	**Grille ECN**
•	A = Aucune indication	**3**
		3

5	Quelle est votre attitude thérapeutique aux urgences?	**Grille ECN**
•	F = Aucun des examens précédents	**2**
		2

6	Quel traitement mettez-vous sans délai en place ?	**Grille ECN**
•	B = Cholcicine	**2**
•	C = Glaçage du membre inférieur atteint	**2**
•	D = Surélévation du Membre inférieur atteint	**2**
•	F = Paracétamol	**-**
		6

7	Quelle est la place de l'allopurinol dans son cas ?	**Grille ECN**
•	B = Risque d'aggravation de la crise si utilisé à la phase aigue	**3**
•	E = Pas d'indication devant un premier épisode	**3**
		6

8	**Quels sont désormais les traitements médicamenteux que vous allez mettre en place ?**	**Grille ECN**
	• A vie	**1**
	• Traitement de **l'HTA** :	**-**
	- En première intension monothérapie par : inhibiteur calcique ou diurétique de l'anse	**2**
	- **(Si DIURETIQUE THIAZIQUE : <u>zéro à la question</u>)**	
	• Prise en charge du **risque vasculaire** :	**-**
	- Antiagrégant plaquettaire	**2**
	• Traitement du **diabète** :	**-**
	- En première intension antidiabétique oraux en monothérapie	**2**
	- **(Si BIGUANIDE : <u>zéro à la question</u> : car insuffisance rénale**	**-**
	• Traitement de la **dyslipidémie** :	**-**
	- Statine	**2**
	• Traitement de **l'insuffisance rénale chronique** :	**-**
	- Inhibiteur du système rénine angiotensine aldostérone : ARA2 ou IEC	**2**
	- Hypokaliémiant per os : kayéxalate®	**-**
		12

9	**Précisez les objectifs précis de ce traitement.**	**Grille ECN**
	• Hypertension artérielle :	**-**
	- **TA < 140/90**	**2**
	• Diabète :	**-**
	- **HbA1C < 6.5%**	**2**
	• Dyslipidémie :	**-**
	- **LDL-C < 1,3 g/L**	**2**
	- **Car** 3 facteurs de risque : HTA + diabète + tabac	**1**
	• Obésité :	**-**
	- Perte de **10%** du poids en 6mois.	**2**
	• Prise en charge globale :	**-**
	- Compréhension de la maladie	**-**
	- **Observance**	**1**
	- Réduction du risque vasculaire global	**-**
	• Goutte :	**-**
	- Prévention de la récidive	**-**
	(Ne coter les points que si valeurs chiffrées)	
		10

10	Parmi les aliments suivantes, lesquels favorisement l'apparition d'une goutte ?	**Grille ECN**
	• A = Saumon fumé	**2**
	• C = Vin rouge	**2**
	• D = Bière	**2**
	• E = Saucisson sec	**2**
	• G = Charcuterie	**2**
		10

11	Parmi les médicaments suivants, lesquels favorisent une hyperuricémie ?	Grille ECN
• A = Aspirine • B = Diuréeiques thiazidiques • C = Diurétiques de l'anse • G = Pyrazinamide		2 2 2 2
		8

12	**Quels autres examens complémentaires vous semblent désormais nécessaires au vu du bilan biologique?**	Grille ECN
• Sur le plan du diabète :		-
- **Fond d'œil**		2
- Bilan vasculaire : **échographie-doppler** des troncs supra-aortiques, de l'aorte et des membres inférieurs		1
- **HbA1C** et **Glycémie à jeun**		1
- **Micro-albuminémie**		1
• Sur le plan cardiaque :		-
- **Echographie trans-thoracique**		1
- **Electrocardiogramme**		1
• Sur le plan de la goutte :		-
- Uricémie		-
- **Radiographies** comparatives des avant-pieds		1
• Sur le plan de l'insuffisance rénale :		-
- **Echographie vésico-réno-prostatique**		2
- Pas de ponction biopsie rénale indiquée dans ce cas		-
- Bandelette urinaire		1
(Tout examen non nécessaire : -2pt)		
		12

13	**Quelles sont les 4 premières causes à évoquer ?**	Grille ECN
• Psychogène		2
• Artériopathie		1
• Iatrogène		1
• Neuropathie diabétique végétative		1
		5

14	Quel type de cristaux est en cause dans la goutte ?	Grille ECN
	• B = Urate de sodium	3
		3

15	**Quels signes cliniques et biologiques peuvent être retrouvés sans remettre en cause le diagnostic?**	Grille ECN
	• A = Fièvre	2
	• C = Elevation de la CRP	2
	• D = Hyperleucocytose	2
	• E = Céphalées	2
	• F = Paresthésies locales	2
		10

COMMENTAIRES

QUESTIONS	COMMENTAIRES
Général	• Ne pas se faire perdre par les diagnostics multiples. Les questions restent simples. Gardez le cap grâce à un brouillon bien fait.
2	• « Complet » : lâchez-vous. Et dans un dossier comme ca, il faut absolument placer le syndrome métabolique. Au pire des cas dans cette question il ne serait pas coté et il parait vraiment peu probable que sa mention soit sanctionnée !
3	• Eliminer les diagnostics les plus graves pour retenir le plus fréquent.
4+5	• Rester basique : goutte typique : pas de radio, pas de bio
6	• Pas d'AINS en première intention • La position déclive favorise la goutte : Souvent la goutte se manifest le matin au réveil
7	• Attenton à l'allopurinol : le gros risque est la toxidermie ++ Always keep in mind
10	• Question de nutrition : très à la mode +++
15	• La goutte peut mimer en tout point une monoarthrite septique d'où l'importance du terrain et de la localisation classique au gros orteil : Toutes les autres localisations requièrent une ponction articulaire • Frissons= décharge bactérienne

ITEMS ABORDES

TYPE	INTITULES		
	PARTIE	NUMERO	
Question principale	8	220	Dyslipidémie
Questions accessoires	7	194	Arthropathie micro cristalline
	8	219	Facteurs de risques cardiovasculaires
	5	122	Troubles de l'érection
	8	245	Diabète
	10	326	Prescription et surveillance des diurétiques

LE + : POUR MIEUX ASSIMILER

TABLEAU A QCM et QROC			Items 220 194
QUESTIONS (NOMBRE D'ELEMENTS)		INTITULES	
Causes classiques d'hypertriglycéridémie	Les 3	• Alcool • Obésité • Hyperglycémie / diabète	

Facteur de risque cardiovasculaire	Les 8	NON MODIFIABLE : • Age : homme > 50 ans / femme > 60 ans • Sexe : masculine • Hérédité familiale : père < 55 ans / mère < 65 ans MODIFIABLE : • HTA • Diabète • Tabagisme actif / passif • Dyslipidémie 2a / 2b • HDLc < 0,4g/L Mais aussi : • Obésité androïde • Sédentarité • Stress / personnalité de type A • Hyperuricémie • ....
Description cristaux d'urate de sodium	Les 5	• Fins • Allongés • Pointus • Sensible à l'uricase • Fortement biréfringents en lumière polarisée

Notes personnelles

Dossier tour de synthèse 10

Perdu de vu

1 Enoncé

M Quentin L, 26 ans connu du service pour un VIH évolutif depuis 2ans est admis dans le service pour une dyspnée fébrile d'apparition récente. Il s´agit d´un patient originaire du Burkina Faso qui retourne régulièrement au pays. Son suivi a été erratique mais le patient assure n'avoir jamais arrêté son traitement antirétroviral. A l'examen, le patient ne présente aucun signe de gravité notamment respiratoire.
Ses constantes sont :
PA : 14/8 mmHg ; T : 38.7°C ; FR : 18/mn ; SaO2 : 89% en air ambiant ; FC 110bpm

Question 1 :
Quelles sont en première intention les 3 principales étiologies à évoquer ?
A – Tuberculose pulmonaire
B – Cryptococcose pulmonaire
C – Atteinte pulmonaire du CMV
D – Pneumocystose pulmonaire
E – Pneumopathie à pneumocoque
F – Pneumopathie à germes atypiques
G – Embolie pulmonaire
H – Syndrome de Löffler

Question 2 :
Quelle sera ici votre prise en charge curative des 24 premières heures, sachant que le patient vous dit ne jamais avoir pris son BACTRIM en raison d'une intolérance digestive ?
A – Il faut impérativement hospitaliser ce patient en Réanimation
B – Objectif en saturation de l´oxygénothérapie est de 92%
C – Il faut réaliser des gaz du sang
D – Il faut introduire en urgence une antibiothérapie couvrant le pneumocoque ainsi que les germes atypiques
E – Il faut débuter en urgence des aérosols de pentamidine
F – L´arrêt des antirétroviraux est impératif
G – Le métronidazole est la meilleure solution ici pour couvrir les germes atypiques
H – La pose d´une voie veineuse périphériques est indispensable

Question 3 :
Parmi les éléments suivants, lesquels sont en faveur d´une pneumocystose pulmonaire ?
A – Les lymphocytes CD4 < 200/mL
B – Hypoxémie sévère avec une auscultation quasi normale
C – Hyperéosinophilie
D – Evolution aigue et apparition brutale
E – Toux avec expectorations purulentes
F – Sueurs fréquentes
G – Séjour récent à la campagne

Le bilan rapidement effectué oriente vers une pneumocystose.

Question 4 :
Qu´est ce que l´on attend de voir sur la radiographie thoracique ?
A – Elle est classiquement normale
B – Elle montre un foyer pulmonaire unilatéral
C – Elle montre des opacités arrondies en lâcher de ballon diffuses des 2 champs pulmonaires
D – Elle montre des opacités des 2 apex
E – Elle montre des opacités de type réticulo-nodulaire bilatéral
F – Elle montre des adénopathies médiastinales

Question 5:
Quel examen permet le diagnostic de certitude ?
A – ECBC
B – Fibroscopie avec culture sur biopsie bronchique
C – Fibroscopie avec LBA
D – Tubage gastrique
E – Sérologie pneumocystis
F – PCR pneumocystis dans le sang
G – Antigénurie pneumocystis

Question 6:
Dans quel stade de sa maladie le malade se trouve-t-il ?
A – Stade A
B – Stade B
C – Stade C
D – Stade D

Question 7 :
Quelle complication faut-il redouter au vu du contexte ? Quel sera l'examen qui en fera la preuve ?

Question 8 :
Donnez votre avis sur la réintroduction d´un autre traitement antirétroviral dans l´immédiat
A – Le principal risque est le syndrome inflammatoire de restauration immunitaire
B – L´introduction d´un antirétroviral n´est jamais une urgence
C – Le principal risque est une l´apparition d´une résistance précoce
D – L´introduction en urgence est uniquement souhaitable devant des lymphocytes CD4 < 50/mL
E – L´introduction est toujours souhaitable en urgence pour restaurer les forces immunitaires

Question 9 :
La prise de sang revient avec des CD4 < 50, sa sérologie est négative pour la toxoplasmose. Quelles seront désormais les mesures de prophylaxie à appliquer chez ce patient ?
A – Aérosols de pentamidine
B – Fond d´œil tous les 3 mois
C – PCR CMV tous les 3 mois
D – Hémocultures pour recherche de mycobactéries tous les 3 mois
E – Recherche d´antigène cryptocoque sérique tous les 3 mois
F – Azythromycine
G – Cotrimoxazole per os
H – Sérologie toxoplasmose de contrôle tous 3 mois

Question 10 :
Concernant le cycle de réplication du VIH, lesquelles des affirmations suivantes sont vraies ?
A – Les cellules cibles sont les plasmocytes
B – Il s´agit d´un virus à ARN
C – La multiplication est strictement intra-cellulaire
D – La plupart des antirétroviraux agissement au niveau de la pénétration du virus dans la cellule hôte
E – La variabilité génétique est liée à l´enzyme de la transcriptase inverse
F – L´éradication est difficile mais possible

Question 11 :
Quels sont les vaccins recommandés pour ce patient ?
A – Vaccination antitétanique et antidiphtérique
B – BCG
C – Vaccination anti-hépatite A
D – Vaccination anti-amarile
E – Vaccination anti-hépatique B
F – Vaccination anti-pneumocoque
G – Vaccination anti-grippale

2 Corrigé

Le + : PREMIERE LECTURE, CONSEILS ET ASTUCES

- **Appréciation globale et difficulté du dossier :**
  - **Dossier exclusivement axé sur le VIH.**
  - **Difficulté : 2/3**
  - **A classer en 2ème position parmi les 3 dossiers de l'épreuve**
- **Zéros et mots clés à inscrire sur le brouillon :**
  - **Immunodépression = isolement protecteur**
  - **Désaturation = oxygénothérapie**
- **Astuces, réflexes et pièges :**
  - **Discussion = arguments pour + arguments contre + prise de position claire**
  - **Comme les bactéries, les virus sont aussi susceptibles de muter devant un traitement inadapté**
  - **Intolérance à un traitement = arrêt + relais**

Grille de correction

Consignes : 1 point négatif pour toute réponse supplémentaire donnée, sauf consignes différentes pour certaines questions

1	Quelles sont en première intention les 3 principales étiologies à évoquer ?	Grille ECN
	• D = Pneumocystose pulmonaire	2
	• E = Pneumopathie à pneumocoque	2
	• F = Pneumopathie à germes atypiques	2
		6

2	Quelle sera ici votre prise en charge curative des 24 premières heures, sachant que le patient vous dit ne jamais avoir pris son BACTRIM en raison d'une intolérance digestive ?	Grille ECN
	• C = Il faut réaliser des gaz du sang	2
	• D = Il faut introduire en urgence une antibiothérapie couvrant le pneumocoque ainsi que les germes atypiques	2
	• H = La pose d´une voie veineuse périphériques est indispensable	2
		6

3	Parmi les éléments suivants, lesquels sont en faveur d´une pneumocystose pulmonaire ?	Grille ECN
•	A = Les lymphocytes CD4 < 200/mL	3
•	B = Hypoxémie sévère avec une auscultation quasi normale	3
		6

4	Qu´est ce que l´on attend de voir sur la radiographie thoracique ?	Grille ECN
•	E = Elle montre des opacités de type réticulo-nodulaire bilatéral	5
		4

5	Quel examen permet le diagnostic de certitude ?	Grille ECN
•	C = **Fibroscopie avec LBA**	6
		6

6	Dans quel stade de sa maladie le malade se trouve-t-il ?	Grille ECN
•	C = **Stade C**	5
		5

7	**Quelle complication faut-il redouter au vu du contexte ? Quel sera l'examen qui en fera la preuve ?**	Grille ECN
•	Emergence de **résistances** au traitement antirétroviral	6
•	**Génotypage viral**	4
		10

8	Donnez votre avis sur la réintroduction d´un autre traitement antirétroviral dans l´immédiat	Grille ECN
•	A = Le principal risque est le syndrome inflammatoire de restauration immunitaire	5
•	B = L´introduction d´un antirétroviral n´est jamais une urgence	5
		10

9	La prise de sang revient avec des CD4 < 50, sa sérologie est négative pour la toxoplasmose. Quelles seront désormais les mesures de prophylaxie à appliquer chez ce patient ?	**Grille ECN**
	• C = PCR CMV tous les 3 mois	**4**
	• D = Hémocultures pour recherche de mycobactéries tous les 3 mois	**4**
	• E = Recherche d'antigène cryptocoque sérique tous les 3 mois	**4**
	• G = Cotrimoxazole per os	**4**
	• H = Sérologie toxoplasmose de contrôle tous 3 mois	**4**
		20

10	Concernant le cycle de réplication du VIH, lesquelles des affirmations suivantes sont vraies ?	**Grille ECN**
	B = Il s'agit d'un virus à ARN	**3**
	• C = La multiplication est strictement intra-cellulaire	**3**
	• E = La variabilité génétique est liée à l'enzyme de la transcriptase inverse	**3**
		9

11	Quels sont les vaccins recommandés pour ce patient ?	**Grille ECN**
	• A = Vaccination antitétanique et antidiphtérique	**3**
	• C = Vaccination anti-hépatite A	**3**
	• E = Vaccination anti-hépatique B	**3**
	• F = Vaccination anti-pneumocoque	**4**
	• G = Vaccination anti-grippale	**4**

COMMENTAIRES

QUESTIONS	COMMENTAIRES
Général	• Le VIH est une pathologie dont la prise en charge spécialisé est en perpétuelle évolution et de fait les points non clairement définis sont peu tombables. En revanche, toutes ses complications propres ont une prise en charge bien établie et ces sujets sont déjà tombés de multiples fois aux ECN.
1	• Une tuberculose devra être recherchée dans le contexte mais se classe après les 3 premiers diagnostics • NPO la tuberculose ++++
2	• Toujours préciser où vous hospitalisez le patient. Cela a déjà été coté sévèrement aux ECN. • OXYGENE !
3	• Et pas « radio du thorax » qui risque de vous faire perdre bêtement les points face à un correcteur pointilleux • Pensez à mentionner les signes négatifs
4	• Question un peu pointue mais test réalisé en pratique courante donc potentiellement tombable.
5	• Toujours dire ce que l'on attend d'un examen. Surtout sur une réponse aussi courte
6	• Il faut trancher même si on vous demande une discussion.
7	• Et pas folique
11	• Contre-indication absolue à tout vaccin vivant

ITEMS ABORDES

TYPE	INTITULE		
	PARTIE	NUMERO	
Question principale	6	165	Infection à VIH
Questions accessoires	6	151	Infections broncho-pulmonaires
	-	-	Indications et stratégies d'utilisation des principaux examens d'imagerie

LE + : POUR MIEUX ASSIMILER

TABLEAU A QCM et QROC		Item 165
QUESTIONS (NOMBRE D'ELEMENTS)		**INTITULE**
Objectifs du traitement antirétroviral	Les 2	• Eviter l'émergence de résistances • Restauration immunitaire : CD4 > 500 et CV indétectable
5 effets secondaires du traitement antirétroviral	Les 5	• Lipodystrophie • Troubles métaboliques • Augmentation du risque vasculaire • Augmentation du risque rénal • IRIS
Principaux mode de révélation d'une maladie à CMV chez un patient VIH non contrôlé	Les 3	• Respiratoire : pneumopathie • Oculaire : rétinite • Digestive : œsophagite, colite, anite
Principales causes d'échec du traitement	Les 3	• Inobservance • Résistance • Interaction médicamenteuse

Notes personnelles

Dossier tour de synthèse 11

Tique-tac

1 Enoncé

Mlle Hélène D. vous est adressée par les urgences en service de médecine d'un hôpital de province pour une asymétrie de la face d'apparition récente. Au terme de l'examen clinique vous êtes en mesure d'affirmer que c'est une paralysie faciale périphérique.

Question 1 :
Quels signes cliniques plaident en faveur d'une atteinte périphérique de la paralysie faciale?
A – Le respect de la sensibilité de l'hémiface inférieure
B – Le signe de Charles-Bell
C – Effacement du pli naso-génien unilatéral
D – Signe de Souques
E – Diminution du réflexe naso-génien
F – Absence d'occlusion palpébrale réflexe à la menace
G – Hyperacousie douloureuse

Question 2 :
Une paralysie faciale est une atteinte de quelle paire crânienne?
A – I
B – II
C – V
D – VI
E – VII
F – VIII
G – IX

Question 3 :

La paire crânienne susmentionnée assure d'autres fonctions en dehors de la fonction motrice. Desquelles/De laquelle s'agit-il?

A – Cette paire crânienne est purement motrice

B – Fonction sensitive de l'hémiface

C – Fonction de la sudation

D – Fonction de la sécrétion lacrymale

E – Le réflexe strapédien

F – Le réflexe cornéen

G – La sensibilité de la partie antérieure de la langue

Question 4 :

Toute découverte de paralysie faciale périphérique requiert de vérifier 1 élément clinique en faveur d'une atteinte par un virus herpétique. Lequel?

Question 5 :

Quelles auraient été les 3 principales hypothèses en cas de diplégie faciale?

A – Syphilis tertiaire

B – Sarcoïdose

C – Maladie de Lyme secondaire

D – Herpès

E – Syndrome de Guillain Barré

F – Diabète

G – AVC du Pont cérébral

H – Syndrome paranéoplasique

Question 6 :

Quels sont les 2 éléments de l'anamnèse qui vous orienteraient vers une maladie de Lyme ?

Question 7 :

Quels sont les examens à faire à ce point pour le diagnostic positif

A – Ponction lombaire

B – PCR Lyme dans le sang

C – Recherche d'IgG et IGM anti-Lyme dans le sang

D – Hémocultures

Question 8 :

Quels sont les résultats attendus de la ponction lombaire faveur d'une maladie de Lyme?

A – Hypoglycorachie

B – Liquide céphalorachidien trouble

C – Hyperprotéinorachie

D – Bandes oligoclonales d'immunoglobulines

E – Elévation de la pression du liquide

F – hypercellularité de type panaché

Question 9 :

La pathologie est confirmée, quelles informations allez-vous délivrer à la patiente?

A – Une ponction lombaire de contrôle est indispensable

B – La vaccination anti-Borréliose doit être réalisée dans les mois à venir

C – L'administration IV de l'antibiotique est indispensable

D – Il s'agit d'une infection virale

E – Il s'agit d'une maladie contagieuse, des précautions de contact doivent être prises

F – Une hospitalisation s'impose.

Question 10 :

Quel(s) antibiotique(s) allez-vous utilisez en 1e intention?

A – Doxycycline

B – Amoxicilline

C – Cefriaxone

D – Métronidazole

E – Gentamicine

F – Pénicilline M

G – Rovomcine

H – Acide fusidique

I – Moxifloxacine

Question 11 :

Quelles sont les 4 mesures qui auraient pu prévenir cet épisode ?

Question 12:

La patiente vient vous voir 6 mois plus tard pour un rappel de vaccination à l'occasion de ses 25 ans. Quel(s) rappel(s) doivent être faits?

A – Coqueluche

B – BCG

C – Tétanos

D – Diphtérie

E – Hépatite B

F – Poliomyélite

G – Hemophilus influenca type B

H – Grippe

I – Méningocoque

J – Pneumocoque

Question 13:

De façon générale, contre quels serotype du méningocoque existe-t-il un vaccin?

A – Méningocoque A

B – Méningocoque B

C –Méningocoque C

D – Méningocoque Y

E – Méningocoque W135

2 Corrigé

LE + : PREMIERE LECTURE, CONSEILS ET ASTUCES

- **Appréciation globale et difficulté du dossier :**
  - **Difficulté :1/3**
  - **A classer en 1ère position parmi les 3 dossiers de l'épreuve**
- **Zéros et mots clés à inscrire sur le brouillon :**
  - **Paralysie faciale = mesures de protection oculaire**
  - **Femme jeune = βHCG**
- **Astuces, réflexes et pièges :**
  - **Tentez au cours de la rédaction de vos dossier d'acquérir un certain nombre de réponses standardisées que vous pourrez réciter le jour J. en gardant à l'esprit qu'il faut ensuite coller au dossier. Par exemple ici : la ponction lombaire, l'examen ORL..**
  - **On croit souvent à tort que la molécule est la principale information attendu sur une question d'antibiothérapie : la cible est primordiale.**

GRILLE DE CORRECTION

Consignes : 1 point négatif pour toute réponse supplémentaire donnée, sauf consignes différentes pour certaines questions

1	Quels signes cliniques plaident en faveur d'une atteinte périphérique de la paralysie faciale?	Grille ECN
	• B = Le signe de Charles-Bell	3
	• D = Signe de Souques	3
	• F = Absence d'occlusion palpébrale réflexe à la menace	3
		9

2	Une paralysie faciale est une atteinte de quelle paire crânienne?	Grille ECN
	• E = VII	5
		5

3	La paire crânienne susmentionnée assure d'autres fonctions en dehors de la fonction motrice. Desquelles/De laquelle s'agit-il?	Grille ECN
	• D = Fonction de la sécrétion lacrymale	3
	• E = Le réflexe strapédien	3
	• F = Le réflexe cornéen	3
		9

4	Toute découverte de paralysie faciale périphérique requiert de vérifier 1 élément clinique en faveur d'une atteinte par un virus herpétique. Lequel?	Grille ECN
	• Recherche d´une éruption cutanée erythémato-vésiculeuse en bouquet de la zone de Ramsay-Hunt en faveur d´un Zona	5
		5

5	Quelles auraient été les 3 principales hypothèses en cas de diplégie faciale?	Grille ECN
	• B = Sarcoïdose	2
	• E = Syndrome de Guillain Barré	2
	• F = Diabète	2
		6

6	Quels sont les 2 éléments de l'anamnèse qui vous orienteraient vers une maladie de Lyme ?	Grille ECN
	• Notion de **morsure de tique**	5
	• Notion d'**Erythème Migrans**	5
		10

7	Quels sont les examens à faire à ce point pour le diagnostic positif ?	Grille ECN
	• B = PCR Lyme dans le sang	3
	• C = Recherche d'IgG et IGM anti-Lyme dans le sang	3
		6

8	Quels sont les résultats attendus de la ponction lombaire faveur d'une maladie de Lyme?	Grille ECN
	• C = Hyperprotéinorachie	4
	• D = Bandes oligoclonales d'immunoglobulines	4
		8

9	La pathologie est confirmée, quelles informations allez-vous délivrez à la patiente?	Grille ECN
	• C = L'administration IV de l'antibiotique est indispensable	4
	• F = Une hospitalisation s'impose	4
		8

10	**Quel(s) antibiotique(s) allez-vous utilisez en 1e intention?**	**Grille ECN**
	• B = Amoxicilline	**5**
		5

11	**Quelles sont les 4 mesures qui auraient pu prévenir cet épisode ?**	**Grille ECN**
	• **Information** du public exposé aux pathologies d'inoculations	**3**
	• **Protection mécanique** contre les morsures	**2**
	• **Auto inspection** systématique après promenade en zone à risque	**3**
	• **Techniques validées de retrait** des tiques.	**2**
		8

12	**La patiente vient vous voir 6 mois plus tard pour un rappel de vaccination à l'occasion de ses 25 ans. Quel(s) rappel(s) doivent être faits?**	**Grille ECN**
	• A = Coqueluche	**2**
	• C = Tétanos	**2**
	• D = Diphtérie	**3**
	• F = Poliomyélite	**3**
		10

13	De façon générale, contre quels serotype du méningocoque existe-t-il un vaccin?	**Grille ECN**
	• A = **Méningocoque A**	**2**
	• B = **Méningocoque B**	**2**
	• C = **Méningocoque C**	**2**
	• D = **Méningocoque Y**	**2**
	• E = **Méningocoque W**	**2**

COMMENTAIRES

QUESTIONS	COMMENTAIRES
Général	• Recommandation très précise sur la maladie de Lyme.
1	• D'après le collège en ligne d'ORL.
7	• Pas d eponction lombaire en 1e intention devant l'absence de signes de méningite
8	• On peut aussi voir une hypercellularité à prédominance lymphocytaire
13	• Et oui, le vaccin contre le méningocoque B existe, mais il n'est pas encore utilisé dans les grands centres. Mais cela ne va par tarder

ITEMS ABORDES

TYPE	INTITULES		
	UE	NUMERO	
Question principale	4	99	Paralysie faciale
Questions accessoires	6	169	Zoonoses : maladie de Lyme
	6	148	Méningites infectieuses et méningo-encéphalites chez l'enfant et chez l'adulte

Le + : POUR MIEUX ASSIMILER

TABLEAU A QCM et QROC		Items 169 99
QUESTIONS (NOMBRE D'ELEMENTS)		**INTITULES**
Causes de paralysie faciale périphérique	Les 8	• Idiopathique • Cancer de la parotide • Traumatisme / post-chirurgicale • Zona / infectieuse • Diabète • Guillain-Barré • Sarcoïdose • Maladie de Lyme
Atteintes graves de la maladie de Lyme	Les 3	• Cardiaque : trouble de la conduction • Neurologique : démence, méningo-radiculite, encéphalite, myélite • Oculaire
Niveaux lésionnels de la paralysie faciale	Les 3	• Atteinte supérieure au ganglion géniculé : test de Schirmer positif • Atteinte au niveau mastoïdien : Schirmer normal + réflexe stapédien absent + électrogustométrie anormale • Atteinte en aval du foramen stylomastoïdien : Schirmer normal + électrogustométrie normale + réflexe stapédien normal

Notes personnelles

Dossier tour de synthèse 12

Un polytraumatisé

1 Enoncé

Un motard de 26 ans, Arthur J, escort-boy, vous est amené en plein hiver par le SAMU en salle de déchoquage. Il vient d'être victime d'un accident à haute vitesse alors qu'il roulait casqué, en route vers sa première cliente de la nuit. Le patient est conscient, exécute les ordres simples et bouge les 4 membres. Votre premier examen retrouve :

- PA = 90/60 mmHg, FC = 130 bpm, SpO2 = 88% en air ambiant et 96% sous oxygène

- Asymétrie de l'hémithorax gauche avec immobilité, murmure vésiculaire aboli dans l'hémi champ thoracique gauche et conservé à droit, emphysème sous-cutané axillaire gauche.

- Bruits du cœur réguliers, non assourdis

- Massif facial non déformé, indolore, immobile. Pas d'épistaxis ni d'otorragie.

- Bassin stable, déformation douloureuse de la cheville gauche, reste du cadre osseux indolore

- Abdomen souple, dépressible et indolore

- Hémocue = 10.5 g/dL

<u>Question 1 :</u>
Quels sont les examens morphologiques à pratiquer dès l´arrivée aux urgences ?
A – Body Scanner
B – Echographie abdominale
C – Echographie cardiaque
D – Echographie rénale
E – Radiographie thoracique
F – Radiographie du bassin

<u>Question 2 :</u>
Quel syndrome thoracique est mis en évidence par l'examen ?

Question 3 :

Quels seraient les signes cliniques en faveur d´un épanchement pleural ?

A – Abolition des vibrations vocales
B – Augmentation des vibrations vocales
C – Vibrations vocales normales
D – Matité à la percussion
E – Tympanisme à la percussion
F – Normalité de la percussion

Question 4 :

Quels sont les 5 éléments manquants de cet examen clinique ?

Question 5 :

Analysez l'iconographie 1 : Quelles sont les lésions visibles ?

A – Fracture sternale
B – Epanchement pleural
C – Hernie diaphragmatique
D – Pneumothorax
E – Cardiomégalie
F – Pneumomédiastin
G – Emphysème sous-cutané
H – Fractures costales

Question 6 :

Quelle est votre attitude thérapeutique ?

A – C´est une urgence thérapeutique
B – Drainage de l´hémothorax en urgence
C – Exsufflation en urgence de l´hémothorax
D – Pas d´urgence à mettre en place un traitement pour les poumons devant la bonne saturation
E – Nécessité d´une transfusion sanguine en urgence
F – Nécessité d´un remplissage vasculaire
G – Nécessité d´une oxygénothérapie au masque à haute concentration

Question 7 :

Quel bilan biologique devra être demandé en vue de la transfusion sanguine ?

A – NFS plaquettes
B – TP
C – TCA
D – Groupe ABO-Rhésus 1 détermination
E – Groupe ABO-Rhésus 2 déterminations
F – RAI 1 détermination
G – RAI 2 déterminations

Question 8 :
Concernant les RAI, de quoi s´agit-il ?
A – C´est l´acronyme pour : recherche d´anticorps irréguliers
B – Le mécanisme est le même que pour le test de Coombs indirect
C – C´est une recherche d´anticorps antiérythrocytaires induits
D – Les anticorps mis en évidence sont le plus souvent dirigé contre le groupe ABO
E – Le test consiste à confronter les globules rouges du patient avec un sérum avec des antigènes connus et est positif s´il y a agglutination
F – Ils sont valables 6 mois en absence de grossesse ou de transfusion sanguine

Question 9 :
Au vu de l'iconographie 2, et sachant que le reste de l'examen clinique était normal, quel traitement allez-vous proposer dans un deuxième temps ?

Question 10 :
Pourquoi s'agit-il d'un accident de travail ?

Question 11 :
Quels sont les 2 documents nécessaires pour établir la déclaration d'accident du travail ?

Question 12 :
Qui doit faire la demande à la sécurité sociale et dans quel délai ?
A – Le patient
B – L´employeur
C – Le médecin
D – Dans un délai de 24heures
E – Dans un délai de 48 heures
F – Dans un délai de 7 jours
G – Sans délai

Question 13 :
A quelles indemnisations le patient peut-il prétendre ?
A – Protection contre le licenciement
B – Indemnités journalières dès J1
C – Indemnités journalières après un délai de carence de 3jours
D – Prise en charge à 100%
E – Exonération du ticket modérateur
F – Principe du tiers payant
G – Exonération du forfait de l´hospitalisation
H – Rente

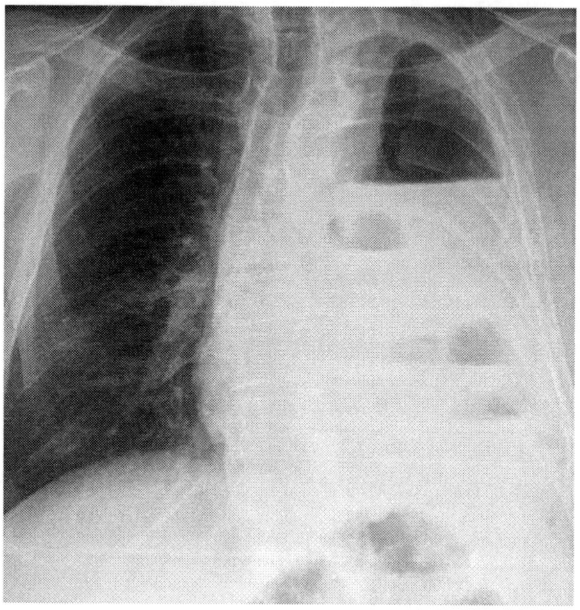

Iconographie 1

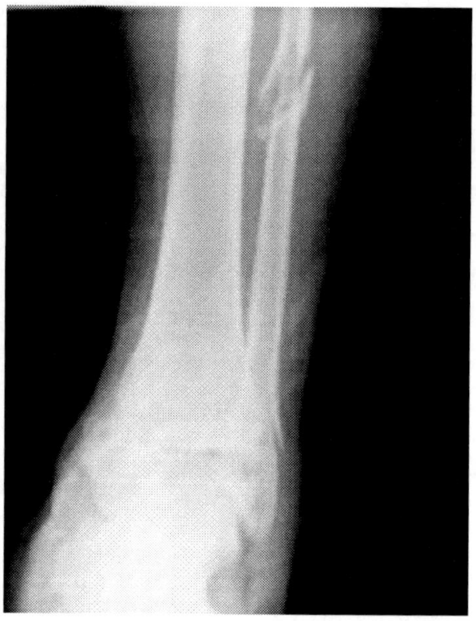

Iconographie 2

2 Corrigé

LE + : PREMIERE LECTURE, CONSEILS ET ASTUCES

- **Appréciation globale et difficulté du dossier :**
  - Difficulté : 3 / 3
  - A classer en 2ème position parmi les 3 dossiers de l'épreuve
- **Zéros et mots clés à inscrire sur le brouillon :**
  - Polytraumatisme & PMZ = toucher rectal, pupilles, hémocue, rectitude crânio-rachidienne
  - URGENCE
- **Astuces, réflexes et pièges :**
  - Un hémopneumothorax DOIT être drainé en urgence
  - Une fracture = recherche des complications locales
  - Une fracture = réduction / ostéosynthèse / immobilisation
  - Détresse respiratoire = libération VAS / oxygène +/- intubation
  - Tout polytraumatisé est un traumatisé crânien et rachidien jusqu'à preuve du contraire
  - Polytraumatisé + hiver : penser à l'hypothermie

GRILLE DE CORRECTION

Consignes : 1 point négatif pour toute réponse supplémentaire donnée, sauf consignes différentes pour certaines questions

1	**Quels sont les examens morphologiques à pratiquer dès l´arrivée aux urgences ?**	**Grille ECN**
•	B = Echographie abdominale	**2**
•	E = Radiographie thoracique	**2**
•	F = Radiographie du bassin	**2**
•	**(Si body-scanner / TDM : zéro à la question, car le patient est ici en état de choc donc instable)**	
		6

2	**Quel syndrome thoracique est mis en évidence par l'examen ?**	**Grille ECN**
•	**Syndrome d'épanchement de la plèvre :**	**5**
•	Sans possibilité de distinguer un épanchement liquidien ou aérique	**-**
		5

3	**Quels seraient les signes cliniques en faveur d´un épanchement pleural ?**	**Grille ECN**
	• A = Abolition des vibrations vocales	**3**
	• D = Matité à la percussion	**3**
		6

4	**Quels sont les 5 éléments manquants de cet examen clinique ?**	**Grille ECN**
	• Recherche des **signes de traumatisme crânien - (PMZ) :**	**3**
	- Notion de **perte de connaissance**	**-**
	- Examen des **pupilles** : taille / symétrie / réactivité	**2**
	- Déformation du crane / ouverture du scalp	**-**
	• Recherche d'une **hypothermie** : prise de la température	**3**
	• Recherche de **signes de pneumothorax compressif / insuffisance cardiaque droite** : turgescence jugulaire	**3**
	• Recherche d'un **traumatisme médullaire :**	**3**
	- Notion de niveau sensitif	**-**
	- Recherche de troubles sphinctériens / **toucher rectal**	**2**
	• Recherche de **complications locales de la fracture de cheville gauche :**	**3**
	- Vasculaires : pouls pédieux et tibial postérieur droits	**-**
	- Déficit sensitivo-moteur	**-**
	- Ouverture cutanée	**2**
		17

5	**Analysez l'iconographie 1 : Quelles sont les lésions visibles ?**	**Grille ECN**
	• B = Epanchement pleural (Opacité d'allure liquidienne avec niveau hydro-aérique gauche)	**2**
	• D = Pneumothorax (Hyperclarté au niveau du sommet gauche avec ligne bordante pleurale	**2**
	• G = Emphysème sous-cutané gauche	**2**
	• H = Fractures costales	**2**
	- Au total : Hémo-pneumothorax gauche	
		8

6	**Quelle est votre attitude thérapeutique ?**	**Grille ECN**
	• A = C´est une urgence thérapeutique	**2**
	• B = Drainage de l´hémothorax en urgence	**2**
	• E = Nécessité d´une transfusion sanguine en urgence	**1**
	• F = Nécessité d´un remplissage vasculaire	**2**
	• G = Nécessité d´une oxygénothérapie au masque à haute concentration	
		7

7	Quel bilan biologique devra être demandé en vue de la transfusion sanguine ?	Grille ECN
	• A = NFS plaquettes	2
	• D = Groupe ABO-Rhésus 1 détermination	2
	• G = RAI 2 déterminations	3
		7

8	Concernant les RAI, de quoi s´agit-il ?	Grille ECN
	• B = Le mécanisme est le même que pour le test de Coombs indirect	2
	• C = C´est une recherche d´anticorps antiérythrocytaires induits	2
		4

9	Au vu de l'iconographie 2, et sachant que le reste de l'examen clinique était normal, quel traitement allez-vous proposer dans un deuxième temps ?	Grille ECN
	• **Traitement chirurgical :**	3
	- **Réduction** par manœuvres externes	1
	- Puis **ostéosynthèse** à foyer ouvert ou fermé	2
	- **Immobilisation** par botte plâtrée	2
		8

10	Pourquoi s'agit-il d'un accident de travail ?	Grille ECN
	• Il s'agit d'un accident survenu **aux lieux et heures du travail**	2
	• Avec lésion évidente résultant de l'action d'un agent extérieur	-
	• Chez un **patient salarié**	2
	• Donc du fait de la **présomption d'imputabilité**, il s'agit d'un accident de travail	2
		6

11	Quels sont les 2 documents nécessaires pour établir la déclaration d'accident du travail ?	Grille ECN
	• Il s'agit du **triptyque ou certificat médical initial** :	4
	- Rédigé par le médecin et remis au patient	-
	• Et de **l'attestation de salaire** :	3
	- Sert au calcul des **indemnités journalières**	2
		9

12	Qui doit faire la demande à la sécurité sociale et dans quel délai ?	Grille ECN
	• B = L´employeur	2
	• E = Dans un délai de 48 heures	2
		4

13	A quelles indemnisations le patient peut-il prétendre ?	Grille ECN
	• A = Protection contre le licenciement	2
	• B = Indemnités journalières dès J1	2
	• D = Prise en charge à 100%	2
	• E = Exonération du ticket modérateur	2
	• F = Principe du tiers payant	2
	• G = Exonération du forfait de l´hospitalisation	2
		12

COMMENTAIRES

QUESTIONS	COMMENTAIRES
Général	• Cas difficile de polytraumatisé • Il faut passer 5 minutes sur l'énoncé qui est riche, et noter toutes les informations présentes et celles qui manquent
1	• L´échographie, la radiographie thoracique et du bassin sont réalisés systématiquement • Pas de scanner si le patient est en choc (zéro immédiat)
4	• Question à tiroirs un peu difficile … hiérarchisez avec les têtes de chapitre (numéro 1 à 5) puis remplir avec les éléments précis manquants • Les notes de l'ECN 2011 montrent que cette façon de répondre n'est pas pénalisée. • Toujours penser à la température chez un polytraumatisé : l'hypothermie aggrave l'hémorragie
	•
5	• Question longue : organiser en grands cadres de réponse pour ne rien manquer • Point épineux sur l'intubation : elle sera réalisée dans le traitement du choc et surtout en vue du bloc opératoire pour la fracture de cheville mais attention : il faut drainer le pneumothorax avant de passer en ventilation mécanique devant le risque d'apparition d'une compression cardiaque et d'une tamponnade (d'où le NC)
6	• On se répète : orthopédie => réduction / parage / ostéosynthèse / immobilisation • Ne pas oublier de préciser que le traitement est chirurgical et donc qu'il faut appeler le chirurgien ! • Attention à l'excès de méthodologie : pas d'anticoagulation préventive chez un patient qui sort d'un choc hémorragique ….
7	• LE mot clé : présomption d'imputabilité • Ensuite : reprendre la définition de l'accident du travail en essayant d'individualiser les mots –clés • « Action soudaine d'une cause extérieure responsable d'une lésion chez une personne au cours ou d'une fait du travail, qu'elle soit salariée ou non, et quelque soit le lieu et le type de travail »
12+13	• Question classique, l'accident du travail est à maitriser parfaitement

ITEMS ABORDES

TYPE	INTITULES		
	UE	NUMERO	
Question principale	11	329	Prise en charge initiale d'un sujet polytraumatisé
Questions accessoires	11	328	Choc
	7	199	Dyspnée
	6	180	Accident du travail

LE + : POUR MIEUX ASSIMILER

TABLEAU A QCM et QROC		Items 328 / 329
QUESTIONS (NOMBRE D'ELEMENTS)		**INTITULES**
Mesures essentielles chez un traumatisé crânien	Les 5	• Immobilisation cervicale • Voie veineuse / scope • Avis neurochirurgical en urgence • Lutte contre l'hypertension intracrânienne • Contrôle des agressions cérébrales systémiques d'origine secondaire
Arguments en faveur d'un état de mort encéphalique	Les 8	CLINIQUE • Pas de conscience • Pas d'activité motrice spontanée • Pas de ventilation spontanée confirmée par un test d'hypercapnie • Pas de réponse à la stimulation douloureuse • Abolition des réflexes du tronc cérébral PARACLINIQUE • 2 EEG nuls et aréactifs pendant 30 min, à 4 heures d'intervalle • Pas de flux sanguin cérébral dans les 4 axes sur une angiographie
Types de choc	Les 4	• Cardiogénique • Hypovolémique / hémorragique • Obstructif • Distributif / vasoplégique

Notes personnelles

Dossier tour de synthèse 13

Syndrome coronarien

1 Enoncé

Alors que vous êtes de garde au SMUR d'une grande ville, vous intervenez chez une patiente, Mathilde A., de 51 ans présentant une douleur thoracique.

Elle est en sueurs et vient de vomir. Ses antécédents sont une dyslipidémie non traitée et un tabagisme actif à 50 paquets-années. La douleur est intense, a débuté il y a 20 minutes, est constrictrice et irradie au bras gauche.

Votre examen retrouve une pression artérielle symétrique aux 2 bras à 105/65 mmHg, une fréquence cardiaque à 55 bpm. La saturation est normale. Il existe une turgescence jugulaire, l'auscultation cardio-pulmonaire est normale. Le reste de l'examen est normal.

Le 1er ECG réalisé est le suivant : cf. iconographie 1

Vous évoquez d'emblée un syndrome coronaire aigu avec sus-décalage du segment ST.

Question 1 :

Quelles sont les 2 complications présentées par la patiente ?

Question 2 :

Quel est le territoire atteint ?

A – Latéral
B – Antérieur
C – Antérieur étendu
D – Inférieur
E – Ventricule droit
F – Postérieur
G – Antéro-septo-apical

Question 3 :

Quelle(s) artère(s) vasculaire ce terrain ?

A – Interventriculaire antérieure
B – Artère circonflexe
C – Interventriculaire proximale
D – Artère coronaire droite
E – Artère coronaire gauche

Question 4 :
Prescrivez le bilan biologique minimal nécessaire :
A – NFS et plaquettes
B – Bilan d´hémostase
C – Bilan hépatocellulaire
D – Troponine
E – BNP
F – CPK
G – Fonction rénale
H – Ionogramme sanguin
I – LDH

Question 5 :
Quels sont les traitements à introduire en urgence en pré-hospitalier ?
A – Bétabloquants
B – Dérivés nitrés
C – Aspirine
D – Inhibiteur de l´enzyme de conversion
E – Morphine
F – Héparine non fractionnée
G – Héparine de bas poids moléculaire
H – Statine
I – Clopidogrel

Question 6 :
Quelle mesure doit être mise en œuvre le plus rapidement possible ? Citez 2 possibilités en justifiant celle que vous choisissez.

L'évolution immédiate est favorable, mais il persiste une insuffisance cardiaque séquellaire avec un FEVG évalué à 38% . La patiente estime qu'elle a été mal prise en charge et décide de porter plainte.

Question 7 :
Quelles sont vos 3 responsabilités qui peuvent être mises en cause ?
A – Responsabilité pénale
B – Responsabilité ordinale
C – Responsabilité civile
D – Responsabilité administrative

Question 8 :
Quelles classes de médicaments vont nécessairement figurer sur l'ordonnance de sortie de la patiente ?
A – Bétabloquant
B – Antialdostérone
C – Inhibiteur de l´enzyme de conversion
D – Statine
E – Aspégic
F – Dérivés nitrés

Question 9 :
Quels sont les 2 facteurs de risque cardio-vasculaires présentés par cette patiente ?

Question 10 :
La patiente désire arrêter son tabagisme. Quelles sont les approches admises en 1e intention ?
A – Psychothérapie de soutien
B – Psychothérapie cognitivo-comportementale
C – Substituts nicotiniques
D – Varénicline
E – Bupropion

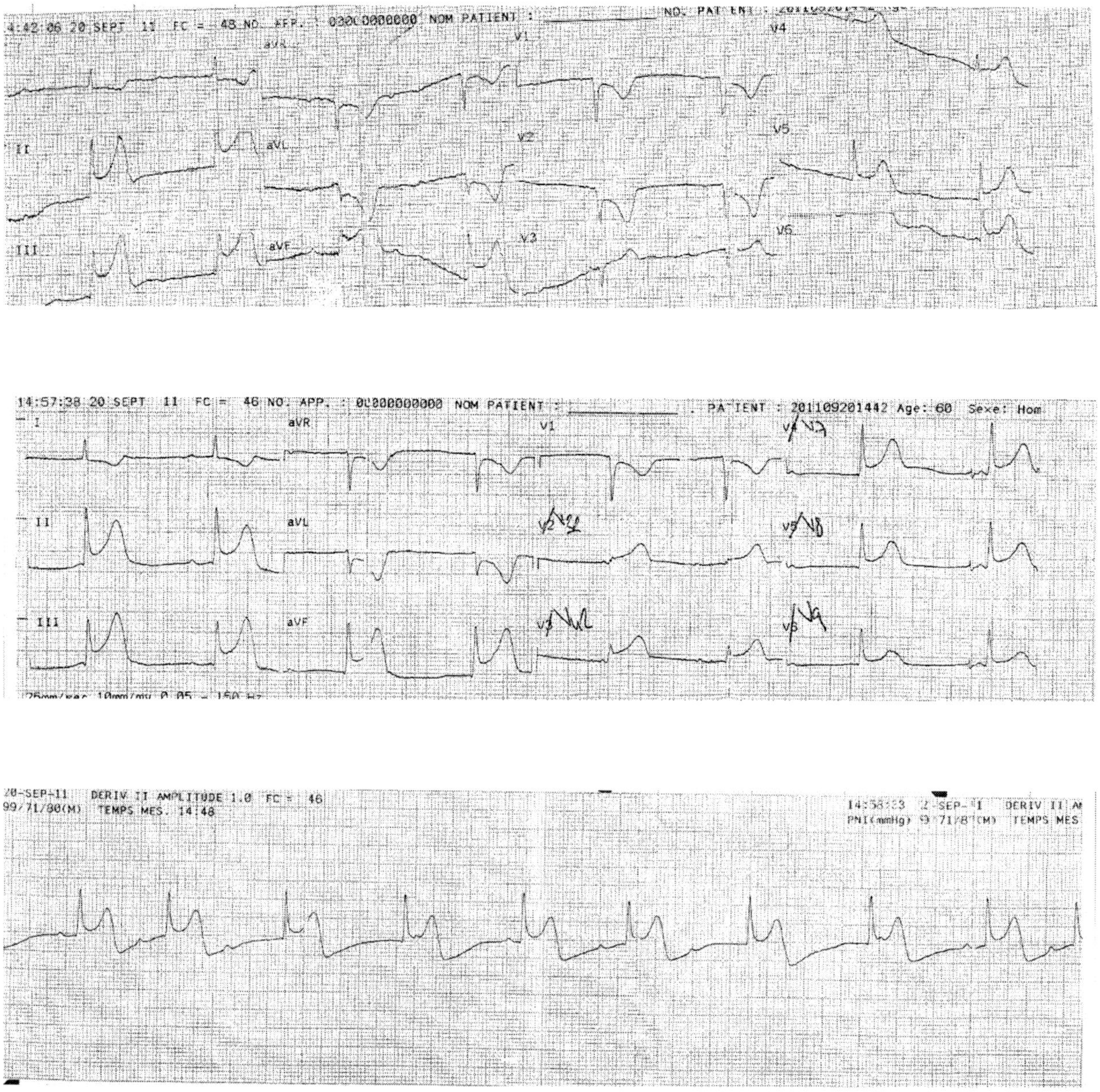

Iconographie 1

2 Corrigé

LE + : PREMIERE LECTURE, CONSEILS ET ASTUCES

- **Appréciation globale et difficulté du dossier :**
  - Difficulté : 2/3
  - A classer en 1ème position parmi les 3 dossiers de l'épreuve
- **Zéros et mots clés à inscrire sur le brouillon :**
  - Revascularisation = PMZ dans l'infarctus
  - Dossier cardio-vasculaire = traitement BASIC-N
  - Arrêt du tabac
- **Astuces, réflexes et pièges :**
  - On parle d'ordonnance : toujours se demander s'il s'agit d'une affection justifiant un 100%
  - Un ECG = une grille de lecture systématique (FRACHID)
    - × Fréquence
    - × Rythme : sinusal ? régulier ?
    - × Axe et Conduction : largeur des QRS : bloc de branche ? hémibloc ?
    - × Ischémie : analyse de la repolarisation : onde T, segment ST, onde Q
    - × Divers : signes de troubles métaboliques, pace-maker, signes de souffrance droite

    /!\ : Toujours préciser s'il s'agit d'un ECG 12 ou 18 dérivations

    On note toujours : ce qui est normal, ce qui ne l'est pas et les signes négatifs.

GRILLE DE CORRECTION

Consignes : 1 point négatif pour toute réponse supplémentaire donnée, sauf consignes différentes pour certaines questions

1	Quelles sont les 2 complications présentées par la patiente ?	Grille ECN
	• **Trouble du rythme** à type de :	-
	- **Bloc auriculo-ventriculaire**	3
	- **Du 3e degré**	3
	- Avec échappement jonctionnel : QRS fins	-
	• **Extension** de l'infarctus au ventricule droit :	3
	- Avec **insuffisance ventriculaire droite**	2
		11

2	Quel est le territoire atteint ?	Grille ECN
	• D = Inférieur	7
		7

3	Quelle(s) artère(s) vasculaire ce terrain ?	Grille ECN
	• B = **Artère circonflexe**	4
	• D = **Artère coronaire droite**	4
		8

4	Prescrivez le bilan biologique minimal nécessaire :	Grille ECN
	• A = NFS et plaquettes	1
	• B = Bilan d'hémostase	2
	• G = Fonction rénale	2
	• H = Ionogramme sanguin	2
		7

5	Quels sont les traitements à introduire en urgence en pré-hospitalier ?	Grille ECN
	• C = Aspirine	2
	• E = Morphine	2
	• F = Héparine non fractionnée	2
	• I = Clopidogrel	2
		8

6	Quelle mesure doit être mise en œuvre le plus rapidement possible ? Citez 2 possibilités en justifiant celle que vous choisissez.	Grille ECN
	• Il faut effectuer une **REVASCULARISATION** : désobstruction de l'artère coronaire occluse	10
	• Par une **angioplastie transluminale** :	5
	- Avec pose **d'endoprothèse (stent) coronaire**	2
	- Lors d'une **coronarographie**	2
	• Ou par une **thrombolyse immédiate**	5
	• Ici on préférera l'angioplastie :	5
	- **Car délai compatible : inférieur à 90 minutes**	2
	- **Méthode de référence en 1ère intention**	1
	- **Moins de complications hémorragiques**	2
		34

7	Quelles sont vos 3 responsabilités qui peuvent être mises en cause ?	Grille ECN
	• A = Responsabilité **pénale** : peut toujours être mise en cause • B = Responsabilité **ordinale** : idem • D = Responsabilité **administrative** : car exercice hospitalier donc la responsabilité civile ne peut être engagée	3 3 3
		9

8	Quelles classes de médicaments vont nécessairement figurer sur l'ordonnance de sortie de la patiente ?	Grille ECN
	• A = Bétabloquant • C = Inhibiteur de l´enzyme de conversion • D = Statine • E = Aspégic • Attention : contre-indication aux dérivés nitrés si persistance de l'insuffisacne ventriculaire : -2 si réponse F mentionnée	2 2 2 2 -2
		8

9	Quels sont les 2 facteurs de risque cardio-vasculaires présentés par cette patiente ?	Grille ECN
	• Tabagisme actif (si non précisé actif : pas de points) • Dyslipidémie non traitée	2 2
		4

10	La patiente désire arrêter son tabagisme. Quelles sont les approches admises en 1e intention ?	Grille ECN
	• A = **Psychothérapie de soutien** • B = **Psychothérapie cognitivo-comportementale** • C = **Substituts nicotiniques**	1 1 2
		4

COMMENTAIRES

QUESTIONS	COMMENTAIRES
Général	• Cas très classique, l'infarctus n'est jamais tombé à la phase aiguë à l'ECN mais qui sait ?
2+3	• A connaître sur le bout des doigts
4	• Il faut que ce soit clair dans votre tête que la troponine est totalement inutile devant une STA ST+ car on a déjà le diagnostic .
5	• Les médicaments suivants sont contre-indiqués devant toute défaillance cardiaque droite, notamment en cas d'infarctus : nitrés, IEC, bêtabloquants, du fait de leur effet vasodilatateur : risque de choc cardiogénique.
6	• Exemple type de la question où chaque mot-clé a son importance : il faut tout préciser et ne pas hésiter à détailler. • Essayer de ne pas se laisser limiter par le coté fermé de la question : répondre en hiérarchisant les 2 grands cadres puis
7	• Question jamais tombée à l'ECN mais grand classique de tous les bouquins de cas cliniques/concours blancs donc à connaitre
8	• Pour les anxieux, on peut rajouter l'arrêt du tabac ici, mais on ne l'a jamais vu figurer sur une ordonnance !
9	• Pas de mise en cause de l'âge et du sexe ici : la patiente a moins de 55 ans
10	• Le traitement médicamenteux n´est jamais un traitement de 1e intention d´après les nouvelles recommandations.

ITEMS ABORDES

TYPE	UE	NUMERO	INTITULES
Question principale	11	334	Infarctus du myocarde
Questions accessoires	1	12	Responsabilités médicales
	8	1219	Facteurs de risque cardio-vasculaires
	8	229	ECG : interprétations et indications

LE + : POUR MIEUX ASSIMILER

TABLEAU A QCM et QROC		Item 334
QUESTIONS (NOMBRE D'ELEMENTS)		INTITULES
Etapes physiopathologiques de l'infarctus du myocarde	Les 5	• **Rupture de plaque** d'athérome • **Agrégation plaquettaire** et formation d'un **thrombus** • **Obstruction endoluminale** d'une artère coronaire • **Ischémie** des cellules myocardiques • **Infarcissement et nécrose**
Traitement médicamenteux de l'angor d'effort	Les 5	• Bêtabloquants • Aspirine • IEC • Statine • Dérivés nitrés à la demande
Facteurs de gravité d'un syndrome coronaire aigu sans sus-décalage du segment ST	Les 7	• Choc, instabilité hémodynamique • Modifications ECG • Age > 70 ans • Diabète • Arythmie ventriculaire • Augmentation de la troponine • Douleurs résistantes au traitement médical maximal

Evaluation du patient tabagique minimale	Les 5	• Evaluation standardisée de la consommation • Evaluation de la dépendance / / échelle de FAGERSTROM • Recherche de co-addictions • Entretien motivationnel • Histoire de la consommation tabagique : tentative d'arrêt *C'est un minimum à compléter…*

Notes personnelles

Dossier tour de synthèse 14

Récidive

1 Enoncé

Mme Julie J, 28ans, 60 kg, consulte aux urgences de l'hôpital pour une douleur du membre inférieur droit. Elle vous dit qu'elle pense à une phlébite, en effet elle a déjà fait un épisode du même genre 8 mois plus tôt. L'examen clinique retrouve un fébricule à 38.2°C et retrouve une enflure du mollet avec un œdème prenant le Godet ainsi qu'un signe de Homans à gauche. La patiente ne présente par ailleurs aucune anomalie en dehors d'une dyspnée modérée qu'elle attribue à la douleur.

Question 1 :
A quoi correspond le signe de Homans lors de l'examen clinique?
A – La palpation d'un cordon induré
B – La visualisation d'un trajet bleuté de la veine correspondant au thrombus
C – Une douleur provoquée par la dorsiflexion du pied
D – Une douleur provoquée par la percussion du muscle gastronémien
E – Une douleur lors de la mise à l'appui de la jambe
F – Une douleur à la palpation du mollet
G – Aucun des précédents

Question 2 :
Quelle est la probabilité clinique de cette patiente?
A – faible
B – modérée
C – forte

Question 3 :
Quels est l´examen complémentaire à demander dans le cas de la patiente ?

Question 4 :

Citez 5 autres examens simples qui vous paraissent justifiés en urgence au vu du contexte

Le bilan a permis de confirmer le diagnostic de phlébite poplitée isolée du membre inférieur droit.

Question 5 :

Parmi les propositions suivantes, lesquelles allez-vous appliquer?

A – Il faut impérativement hospitaliser cette patiente
B – Le repos strict au lit est indispensable pendant 24 heures
C – L'arrêt de la pilule est recommandé
D – Interdiction à prendre l'avion pendant 2 semaines
E – Interdiction aux sports violents pendant 3 semaines

Question 6:

Concernant le traitement anticoagulant par Lovenox à introduire, quelles sont les propositions vraies?

A – la périodicité est de 2 fois par jour
B – la voie d'administration est intramusculaire
C – la dose à prescrire est de 0,6 mL/jour
D – la dose à prescrire est de 0,4mL/jour
E – un traitement par héparine induit un allongement isolé du TCA
F – aucun suivi biologique n'est nécessaire

Question 7 :

On introduit en même temps un AVK, donc au soir de J1. A quel moment faut-il doser le premier INR?

A – le lendemain matin
B – le lendemain soir
C – le surlendemain matin
D – le surlendemain soir
E – J3 le matin
F – J3 le soir
G – J4 le matin

Question 8 :

Quelle serait la durée du traitement anticoagulant ?

Question 9 :

Existe-il une indication à réaliser un bilan de thrombophilie ? Et si oui pourquoi ?

Le bilan est finalement réalisé et retrouve :
Hb 13,3g/L
Plaq 325000/mm^3
TP 98%
TCA 45s (TCA témoin = 30s). Non corrigé par l'ajout de plasma témoin.
Le reste des tests du bilan est en attente ou sans particularité.

Question 10 :
Quelle pathologie devez-vous maintenant évoquer sachant la patiente ne présente aucunes autres anomalies clinique que celle susmentionnées.

Question 11 :
Citez 4 éléments cliniques qui seraient en faveur du diagnostic.

Question 12:
Parmi les facteurs de coagulation suivants lesquels sont explorés par la TCA
A – fibrinogène
B – facteur II
C – facteur X
D – facteur VII
E – facteur IX
F – facteur XI
G – facteur XII

Question 13 :
La patiente vous revoit en consultation 5 mois plus tard car elle désire tomber enceinte vos conseils à ce sujet. Que lui répondez-vous ?
A – Toute grossesse doit être évitée devant le risque de complications très élevé
B – La grossesse peut être autorisé mais uniquement si les marqueurs biologiques dont le TCA se sont normalisés
C – La grossesse est autorisée quoi qu'il arrive

Question 14:
Concernant la grossesse dans le cas de la patiente, lesquelles des propositions sont vraies?
A – Les AVK sont tératogènes pendant toute la grossesse et ne doivent pas être employés
B – Il faut instaurer un traitement par héparine non fractionnée
C – Un suivi en centre spécialisé est indispensable
D – Il faut instaurer un traitement pas aspirine seule

2 Corrigé

Le + : PREMIERE LECTURE, CONSEILS ET ASTUCES

- **Appréciation globale et difficulté du dossier :**
  - **Dossier de médecine interne axé sur un SAPL. Particularité ici, il n'est pas accompagné de lupus.**
  - **Difficulté : 2/3**
  - **A classer en 2ème position parmi les 3 dossiers de l'épreuve**
- **Zéros et mots clés à inscrire sur le brouillon :**
  - **Diagnostic de phlébite = éliminer l'embolie pulmonaire**
  - **Femme jeune = bHCG**
  - **Grossesse = pas de iatrogénie, en cas de doute tout est tératogène**
- **Astuces, réflexes et pièges :**
  - **L'auto-immunité est un terrain, et les pathologies auto-immunes souvent associées les unes aux autres**
  - **Avoir le reflexe de toujours mettre au moins un mot du résultat attendu lors de la prescription d'un examen paraclinique**
  - **Toute prise en charge n'étant pas spécifiquement énoncée comme strictement hospitalière doit mettre jeu la médecine de ville.**

Grille de correction

1	**A quoi correspond le signe de Homans lors de l'examen clinique?**	**Grille ECN**
	• C = Une douleur provoquée par la dorsiflexion du pied	**5**
		5

2	**Quelle est la probabilité clinique de cette patiente?**	**Grille ECN**
	• C = forte • La probabilité est forte peu importe le score choisi. L´important est de comprendre que les D-dimères ne sont pas indiqué dans ce cas.	**3**
		3

3	**Quels est l´examen complémentaire à demander dans le cas de la patiente ?**	**Grille ECN**
	• Echographie-Doppler des membres inférieurs : - **Confirme le diagnostic par la visualisation directe du thrombus ou pas une incompressibilité de la veine**	**3** **2**
		5

4	**Citez 5 autres examens simples qui vous paraissent justifiés en urgence au vu du contexte**	**Grille ECN**
	• **βhCG** : - **élimine une grossesse** • **NFS plaquettes hémostase** créatininémie : - Bilan préthérapeutique	**3** **1** **2** **1**
	• L'objectif du reste du bilan est ici d'**éliminer une embolie pulmonaire associée.** • **Gaz du sang** : - **Arguments pour une embolie pulmonaire : effet shunt** • **Radio du thorax** : - **Arguments pour une embolie pulmonaire : atélectasie en bande, hyper-clarté vasculaire** • **ECG** : - **Arguments pour une embolie pulmonaire : tachycardie sinusale, signes droits**	**2** **2** **1** **2** **1** **2** **1**
		18

5	**Parmi les propositions suivantes, lesquelles allez-vous appliquer?**	**Grille ECN**
	• C = L'arrêt de la pilule est recommandé • Pas de repos au lit strict pour les TVP. Pas de contre-indication á prendre l´avion non plus	**4**
		4

6	**Concernant le traitement anticoagulant par Lovenox à introduire, quelles sont les propositions vraies?**	**Grille ECN**
	• A = la périodicité est de 2 fois par jour • C = la dose à prescrire est de 0,6 mL/jour • E = un traitement par héparine induit un allongement isolé du TCA • F = aucun suivi biologique n'est nécessaire • Le suivi des plaquettes n´est pas recommandé pour le Lovenox en dehors de cas particuliers	**2** **2** **2** **2**
		8

7	On introduit en même temps un AVK, donc au soir de J1. A quel moment faut-il doser le premier INR?	Grille ECN
	• G = **J4 le matin** • = le lendemain de la 3e prise	6
		6

8	Quelle serait la durée du traitement anticoagulant ?	Grille ECN
	• Devant TVP proximale (= poplitée ou plus haut) et absence de facteur déclencheur, d´autant plus que c´est le 2e épisode : • **6 mois ou plus**	6

9	Existe-il une indication à réaliser un bilan de thrombophilie ? Et si oui pourquoi ?	Grille ECN
	• **Oui**	5
	• Car thromboses veineuses profondes à répétition	5
		10

10	Quelle pathologie devez-vous maintenant évoquer sachant la patiente ne présente aucunes autres anomalies cliniques que celle susmentionnées.	Grille ECN
	• **Syndrome des anticorps antiphospholipides**	6
	• Primaire	2
		8

11	Citez 4 éléments de l'anamnèse qui appuieraient cette hypothèse.	Grille ECN
	• **Evènements obstétricaux :**	2
	- ≥ 3 fausses couches spontanées après 10SA	-
	- Mort fœtale in utéro	-
	- Accouchement d'un prématuré <34SA	-
	• Arguments pour un **Lupus** Erythémateux Systémique :	2
	- Lésions cutanées / vespertilio / lupus discoïde / ulcération / photosensibilité	-
	- Protéinurie à la bandelette / épanchement cardiaque / épanchement pleural	-
	• Arguments pour un **Gougerot-Sjögren :**	2
	- Syndrome sec	-
	• Arguments pour « une **autre pathologie auto-immune** »	2
		8

12	**Parmi les facteurs de coagulation suivants lesquels sont explorés par la TCA ?**	**Grille ECN**
	• A = **fibrinogène** • B = **facteur II** • C = **facteur X** • E = **facteur IX** • F = **facteur XI** • G = **facteur XII** • Globalement tout sauf le facteur VII, qui fait partie de la voie exogène	**2** **1** **2** **1** **1** **1**
		8

13	**La patiente vous revoit en consultation 5 mois plus tard car elle désire tomber enceinte vos conseils à ce sujet. Que lui répondez-vous ?**	**Grille ECN**
	• **C = La grossesse est autorisée quoi qu'il arrive**	**5**
		5

14	**Concernant la grossesse dans le cas de la patiente, lesquelles des propositions sont vraies?**	**Grille ECN**
	• A = **Les AVK sont tératogènes pendant toute la grossesse et ne doivent pas être employés** • C = **Un suivi en centre spécialisé est indispensable** • **Au total : maintien de l´héparine pour lutter contre une récidive de TVP et ajout de l´aspirine faible doses**	**3** **3**
		6

COMMENTAIRES

QUESTIONS	COMMENTAIRES
Général	• Ce n'est pas évoqué dans le dossier mais chez cette femme jeune, il faudra traiter la question de la contraception avec attention.
2	• Les scores peuvent vous être demandés sous cette forme. L´enjeu est de distinguer la probabilité forte des autres
4	• Toujours avoir en tête l'embolie pulmonaire au diagnostic de phlébite. La gravité immédiate est la. • Pour les questions bilan appliquer le plan : « diagnostic positif / gravité / différentiel / pré-thérapeutique / étiologique » est toujours utile. Ici une partie des éléments est incluse dans d'autres questions : adapter la méthodologie au dossier.
5+6	• A l'ECN sur une question de prescription de traitement anticoagulant il a déjà été coté les différentes options possibles, veillez donc, en l'absence de contre-indications, à être très complet sur ces réponses. • Pas de repose strict au lit pour les TVP Une petite fiche posologie semble sur ces sujets particulièrement fréquente et presque tous déjà tombés de bon goût.
9	• Les autres indications au bilan de thrombophilie sont : - Thromboses profondes inexpliquées ou récidivantes chez le sujet de moins de 50 ans - Thrombose veineuse chez une femme enceinte présentant de l'antécédent personnel ou familial de thrombose.
10	• Quelque soit la formulation de la question, donnez un diagnostic le plus complet possible.

ITEMS ABORDES

TYPE	PARTIE	NUMERO	INTITULES
Question principale	8	224	Thrombose veineuse profonde et embolie pulmonaire
Questions accessoires	10	326	Prescription et surveillance d'un traitement anti-thrombotique.
	-	-	Indications et stratégies d'utilisation des principaux examens d'imagerie
	7	190	Syndrome des anti-phospholipides.
	-	-	Troubles de l'hémostase et de la coagulation.

LE + : POUR MIEUX ASSIMILER

TABLEAU A QCM et QROC		Item 224
QUESTIONS (NOMBRE D'ELEMENTS)		**INTITULES**
Indications à la pose d'un filtre cave	Les 3	• Maladie veineuse thromboembolique ° contre indication stricte aux anticoagulants • Récidive thrombotique sous anticoagulation efficace • Cœur pulmonaire chronique post-embolique
Mesures préventive des phlébites en post opératoire	Les 4	• Lever précoce • Kinésithérapie motrice • Anticoagulation préventive (p) • Bas anti-thromboses
Facteurs vitamine K dépendants	Les 4	• 2 • 7 • 9 • 10 *Retenir 1972*
Contenu du bilan de thrombophilie	Les 4	• Dosage des protéines C, S et ATIII • Recherche d'un déficit en facteur V • Présence d'un anticorps antiphospholipide : anticardiolipine / anti-B2GP1 • Résistance à la protéine C activée / mutation Leyden *Avec consentement écrit du patient car recherche génétique*

Notes personnelles

Dossier tour de synthèse 15

Elle est si triste

1 Enoncé

Vous recevez Mlle E, 28 ans, en consultation. Elle vient vous voir car elle se sent triste depuis déjà plusieurs mois. Au début elle a pensé que les choses allaient s'améliorer mais elle pleure de plus en plus souvent. Depuis quelques jours elle a des idées de mort fréquentes, c'est d'ailleurs ce qui l'a poussé à consulter. Son dossier médical mentionne 2 épisodes similaires mais de plus courte durée il y a 8 et 5 ans, et elle ne prend qu'une contraception oestro-progestative. Elle n'a pas d'autres pathologies. Vous apprenez par la suite qu'elle ne travaille plus depuis 3 semaines, car elle n'en a pas la force. Elle reste au lit la majorité de la journée, et est incapable de vaquer à ses occupations habituelles. Elle refuse tout contact avec sa famille, sa sœur a déjà essayé plusieurs fois de l'amener consulter mais Mlle E ne veut plus les voir car elle a « honte de son état ». Elle pense que « plus personne ne peut rien pour elle », et veut « être tranquille ». Vous êtes frappé par la lenteur de sa voix et la rigidité de son visage. Elle se réveille la nuit, vers 3h du matin et n'arrive pas à se rendormir. Son poids relevé lors de l'examen est de 60 kg contre 70 kg il y a 6 mois. Le reste de votre examen clinique est entièrement normal.

Question 1 :

Parmi les éléments cliniques suivants lesquels identifiez-vous dans cet énoncé ?

A – Rupture avec l´état antérieur
B – Hyperthymie douloureuse
C – Aboulie
D – Anhédonie
E – Bradypsychie
F – Clinophilie
G – Prosodie monocorde
H – Mutisme
I – Athymhormie

Question 2 :

Quelle est l'urgence à rechercher ?

Question 3 :

Parmi les éléments suivants lesquels permettant d'évaluer la dangerosité de la situation ?

A – Antécédent familial de tentative de suicide
B – Rupture des soins
C – Isolement social
D – Nombreuses comorbidités somatiques
E – Impulsivité
F – Culpabilité
G – Dépression

Question 4 :

Quel diagnostic posez-vous ?

Question 5 :

Parmi les pathologies suivantes, quelles sont celles qui peuvent donner des états dépressifs ?

A – Hyperthyroïdie
B – Maladie de Parkinson
C – Abus d´alcool
D – AVC
E – Hypercorticisme
F – Syphilis
G – Sclérose en plaques

Question 6 :

Quelle mesure médico-légale peut devenir indispensable dans ce cas précis ?

Question 7 :

Quels sont les éléments administratifs admis et nécessaires à sa mise en place ?

A – Demande d´administration par un ami
B – Certificat médical datant de < 15jours fait par un médecin extérieur
C – Certificat médical sans limite de date fait par un médecin extérieur
D – Certificat médical fait par le psychiatre de l´établissement d´accueil
E – Certificat médical fait par un médecin de l´établissement d´accueil
F – Photocopie de la carte d´identité du tiers
G – Photocopie de la carte d´identité de la personne concernée
H – Demande d´admission faite par une personne de la famille

Question 8 :

Quelles sont les 2 autres mesures générales que vous allez prendre rapidement ?

Question 9 :
Quels éléments doivent figurer sur le bilan minimal initial ?
A – Imagerie cérébrale
B – Glycémie
C – Numération formule sanguine
D – Urée et créatinine
E – Bilan hépatocellulaire
F – CRP
G – Cortisol libre urinaire

Question 10:
Votre externe vous demande quels sont les 3 signes cliniques faisant parti du syndrome de Cotard?
A – Incurie
B – Négation d´organe
C – Négation de la mortalité
D – Incurabilité
E – Influençabilité
F – Idées délirantes de damnation
G – Attaque de paniques anxieuses

Question 11:
Quelles sont vos 3 alternatives thérapeutiques spécifiques (sans détailler) ?

Question 12 :
Quel est la durée minimale du traitement médicamenteux envisage ?
A – 9 mois puis arrêt progressif
B – 6 mois puis arrêt progressif
C – minimum 3 ans
D – à vie
E – minimum 3 mois

Vous décidez de traiter cette patiente par Anafranil® (clomipramine), par voie orale. Après 15 jours de traitement, l'humeur de la patiente s'est franchement améliorée. Elle ne cesse de rire pendant l'entretien et vous explique qu'elle va quitter l'hôpital bientôt car de grandes choses l'attendent. Georges Clooney doit passer la voir pour lui proposer de tourner dans son prochain film, mais elle ne sait pas si elle aura le temps. Sa tenue est franchement débraillée et vous avez le plus grand mal à repousser ses avances.

Question 13 :

Parmi les effets secondaires suivantes, lesquels se rencontrent fréquemment dans le traitement du traitement prescrit initialement ?

A – Levée d´inhibition
B – Trouble du rythme cardiaque
C – Trouble de l´accommodation
D – Virage maniaque
E – Prise de poids
F – Dyslipidémie
G – Constipation
H – Diarrhée

Question 14 :

Quel diagnostic complet pouvez-vous alors évoquer ?

Question 15 :

Quel traitement au long cours allez-vous devoir introduire ?

2 Corrigé

Le + : PREMIERE LECTURE, CONSEILS ET ASTUCES

- **Appréciation globale et difficulté du dossier :**
  - Dossier court et typique de psychiatrie
  - Difficulté : 1/3
  - A classer en 1ère position parmi les 3 dossiers de l'épreuve
- **Zéros et mots clés à inscrire sur le brouillon :**
  - Risque suicidaire / urgence
  - Arrêt des antidépresseurs en cas de virage maniaque
  - Hospitalisation à la demande d'un tiers
- **Astuces, réflexes et pièges :**
  - Examen de tous les cadres nosologiques en psychiatrie : troubles de l'humeur, troubles anxieux, troubles alimentaires, psychoses
  - Enoncé long et compact (comme souvent en psychiatrie), faire un relevé de mots-clés à la 2ème lecture

Grille de correction

Consignes : 1 point négatif pour toute réponse supplémentaire donnée, sauf consignes différentes pour certaines questions

1	Parmi les éléments cliniques suivants lesquels identifiez-vous dans cet énoncé ?	Grille ECN
	• A = Rupture avec l´état antérieur	**2**
	• C = Aboulie	**2**
	• D = Anhédonie	**2**
	• E = Bradypsychie	**1**
	• F = Clinophilie	**1**
	• G = Prosodie monocorde	**1**
	• I = Athymhormie	**2**
		11

2	**Quelle est l'urgence à rechercher ?**	**Grille ECN**
•	**Risque suicidaire / crise suicidair3**	**3**
		3

3	Parmi les éléments suivants lesquels permettant d'évaluer la dangerosité de la situation ?	**Grille ECN**
•	A = **Antécédent familial de tentative de suicide**	**2**
•	B = **Rupture des soins**	**2**
•	C = **Isolement social**	**1**
•	D = **Nombreuses comorbidités somatiques**	**1**
•	E = **Impulsivité**	**1**
•	F = **Culpabilité**	**2**
•	G = **Dépression**	**2**
		11

4	**Quel diagnostic posez-vous ?**	**Grille ECN**
•	**Trouble de l'humeur**	**2**
•	A type de 3ème **épisode dépressif majeur**	**2**
•	Sévère / **d'intensité mélancolique**	**2**
•	Non délirant	**-**
•	A risque suicidaire élevé	**1**
		7

5	Parmi les pathologies suivantes, quelles sont celles qui peuvent donner des états dépressifs ?	**Grille ECN**
•	B = Maladie de Parkinson	**2**
•	C = Abus d´alcool	**1**
•	D = AVC	**2**
•	G = Sclérose en plaques	**2**
		7

6	**Quelle mesure médico-légale est indispensable ?**	**Grille ECN**
•	**Hospitalisation sous contrainte**	**3**
	- De type **hospitalisation à la demande d'un tiers**	**2**
	- En **urgence**	**1**
	- Après contact avec la famille	**-**
		6

7	Quels sont les éléments administratifs admis pour sa mise en place ?	Grille ECN
	• A = Demande d´administration par un ami	2
	• B = Certificat médical datant de < 15jours fait par un médecin extérieur	3
	• E = Certificat médical fait par un médecin de l´établissement d´accueil	2
	• F = Photocopie de la carte d´identité du tiers	2
	• H = Demande d´admission faite par une personne de la famille	2
		11

8	**Quelles sont les 2 autres mesures générales que vous allez prendre rapidement ?**	Grille ECN
	• **Prévention du risque suicidaire**	2
	• **Dénutrition :**	3
	- Par voie orale	-
	- Progressive	-
		5

9	Quels éléments doivent figurer sur le bilan minimal initial ?	Grille ECN
	• A = Imagerie cérébrale	2
	• B = Glycémie	2
		4

10	Votre externe vous demande quels sont les 3 signes cliniques faisant parti du syndrome de Cotard?	Grille ECN
	• B = Négation d´organe	1
	• C = Négation de la mortalité	2
	• D = Incurabilité	2
		5

11	**Quelles sont vos 3 alternatives thérapeutiques spécifiques (sans détailler) ?**	Grille ECN
	• **Traitement médicamenteux par tricycliques**	2
	• **Traitement médicamenteux par inhibiteurs de la recapture de la sérotonine et de la noradrénaline**	- 2
	• **Sismothérapie :**	-
	- En l'absence de contre-indications	2
	- Après **bilan pré-thérapeutique**	-
		6

12	**Quel est la durée minimale du traitement médicamenteux envisage ?**	Grille ECN
	• C = **minimum 3 ans**	3
		3

13	Parmi les effets secondaires suivantes, lesquels se rencontrent fréquemment dans le traitement du traitement prescrit initialement ?	Grille ECN
• A = **Levée d´inhibition**		2
• B = **Trouble du rythme cardiaque**		1
• C = **Trouble de l´accommodation**		2
• D = **Virage maniaque**		1
• G = **Constipation**		1
		7

14	Quel diagnostic complet pouvez-vous alors évoquer ?	Grille ECN
• **Trouble de l'humeur**		-
• A type de **trouble bipolaire de type 3**		3
• Avec **virage maniaque**		2
		5

15	Quel traitement au long cours allez-vous devoir introduire ?	Grille ECN
• **Traitement thymorégulateur – (PMZ) :**		3
- Type **lithium**		1
- Après **bilan pré-thérapeutique**		1
- **En l'absence de contre-indications**		-
- Ou **neuroleptiques atypiques**		1
• Après **arrêt des antidépresseurs :**		1
- Rapide		-
- Avec prévention du syndrome de sevrage		-
		7

COMMENTAIRES

QUESTIONS	COMMENTAIRES
Général	• Dossier de psychiatrie assez classique, voisin de la moitié des dossiers de psychiatrie de l'ECN.
1	• Importance de connaître tous les mots scientifiques du champ de la psychiatrie
2	• La grande urgence psychiatrique est le risque suicidaire • Dans le doute, mieux vaut en parler à toutes les questions plutôt que de l'oublier à la seule ou ce sera coté
5	• Toutes les pathologies peuvent donner un syndrome dépressif, cependant les atteinte neurologiques sont particulièrement sujet à un syndrome dépressif. • Les corticoïdes et l´hyperthyroïdie sont plutôt élévateurs de l´humeur.
6	• Il faut être incollable sur l'hospitalisation en psychiatrie • Bien préciser que la tête de chapitre est « hospitalisation sous contrainte » • Connaitre : - **Les modalités de rédaction du certificat** - **Les pièces nécessaires à la mise en route** - **Les circonstances d'application** • Ici on parle de famille proche, la question de l'hospitalisation d'office ne se pose même pas
7	• La demande peut être faite par tout le monde, le certificat médical peut être fait par tout médecin
8	• Ne pas oublier la perte de poids dans l'énoncé : elle est classique dans la dépression mais son importance doit ici alerter (critères de dénutrition de l'adulte)
9	• Pas d´examens sont indispensables. Cependant il faut toujours mentionner l´imagerie cérébrale, la glycémie pour le bilan étiologique en psy et l´ECG pour le bilan pré-thérapeutique
11	• Ce sont les 3 traitements reconnus de l'épisode mélancolique, ils sont à connaitre et il est peu probable qu'on vous demande d'en choisir un parmi ces 3 là
13	• Question tombée à l'ECN 2007, les médicaments psychiatriques sont à bien connaitre
15	• Quand on parle de traitements médicamenteux en psychiatrie : - **En l'absence de contre-indications** - **Après bilan pré-thérapeutique (souvent mentionner au moins l'ECG)** • Ca semble évident mais c'est coté à chaque fois

ITEMS ABORDES

TYPE	UE	NUMERO	INTITULES
Question principale	3	62	Trouble bipolaire
Questions accessoires	1	11	Soins psychiatriques sans consentement
	3	72	Prescription des psychotropes
	11	328	Risque et conduites suicidaires

LE + : POUR MIEUX ASSIMILER

TABLEAU A QUESTIONS FERMEES (TYPE ECN 2011) — **Item 285**

QUESTIONS (NOMBRE D'ELEMENTS)		INTITULES
Contre-indications à la sismothérapie	Les 5	• Epilepsie • Saignement intracrânien récent • AVC • Prise de lithium • Fracture instable / non traitée
Critères définissant une dépression résistante au traitement médicamenteux	Les 3	• Echec de 2 traitements médicamenteux • Dont un imipraminique • Pendant au moins 6 semaines chacun
Critères DSM-IV de l'épisode maniaque	Les 5	• Durée supérieure à 7 jours • Au moins 3 symptômes maniaques • Pas de critères d'épisode mixte • Sévérité : retentissement socio-professionnel • Pas de cause organique ou toxique

Dossier tour de synthèse 16

Pascaline a un oeil rouge

1 Enoncé

Vous recevez en consultation Mlle Pascaline H, 36 ans, qui se plaint d'une douleur oculaire droite intense apparue la veille au soir. Votre interrogatoire approfondi retrouve depuis 2 mois la présence de diarrhées associées à une perte de poids. Il n'a aucun antécédent personnel, sa sœur est atteinte d'un vitiligo. Il présente également des insomnies et se plaint d'une anxiété inhabituelle.

Votre examen ophtalmologique retrouve :

- Un œil rouge à droite, blanc à gauche
- La présence d'une exophtalmie bilatérale,
- Une pression oculaire normale des 2 cotés
- Un angle irido-cornéen ouvert des 2 cotés
- Absence d'hypopion, absence de précipités rétro-cornéens

Votre examen général retrouve :

- L'existence d'un tremblement des 2 membres supérieurs, fin et régulier
- Poids = 68 kg, taille = 1,80m, température =36.7°C
- Abdomen souple, dépressible et indolore
- Palpation d'un goitre élastique, régulier avec souffle vasculaire à l'auscultation
- Murmure vésiculaire bilatéral et symétrique.

Question 1 :

Quel diagnostic évoquez-vous pour le problème oculaire ?

A – Conjonctivite aiguë droite
B – Uvéite antérieure aiguë droite
C – Glaucome aigu par fermeture de l´angle irido-cornéen droit
D – Kératite aiguë droite bactérienne
E – Cellulite orbitaire droite aigue

Question 2 :
Quels sont les autres signes cliniques à rechercher à l´examen clinique qui seraient en faveur du diagnostic ?
A – Aucun autre signe clinique
B – Baisse de la vision unilatérale
C – Ulcération cornéenne unique à l´examen à la lampe à fente avec test à la fluorescéine
D – Opacité cornéenne localisée à l´examen à la lampe à fente
E – Cercle périkératique
F – Mydriase

Question 3 :
Quel temps de l´examen ophtalmologique est essentiel afin d´éliminer un diagnostic différentiel qui contre-indiquerait le traitement ?
A – Examen de l´oculomotricité
B – Test à la fluorescéine
C – Fond d´œil
D – Etude du champ visuel

Question 4 :
Quelle pathologie sous-jacente allez-vous rechercher ?
A – HTIC
B – Hyperthyroïdie symptomatique dans le cadre d´une maladie de Basedow
C – Aucune, car il s´agit d´un tableau clinique fréquent chez les porteurs de lentilles
D – Hypothyroïdie dans le cadre d´une thyroïdite d´Hashimoto
E – Fistule carotido-caverneuse bilatérale

Question 5 :
Quels sont les examens indispensables à réaliser pour la confirmer en première intention ?
A Aucun, le diagnostic n'est clinique
B – TSHus
C – Hormones thyroïdiennes T3 et T4
D – Echographie thyroïdienne
E – Scintigraphie thyroïdienne à l´iode 123
F – Scintigraphie thyroïdienne à l´iode 131
G – IRM cérébrale
H – Anticorps antirécepteur TSH

Question 6 :
Quels sont les 2 éléments manquants à l´examen clinique y compris au niveau ophtalmologique ?

Question 7 :
Quels traitements allez-vous débuter en urgence pour la pathologie ophtalmologique ?
A – Corticothérapie locale pour l´oeil atteinte
B – Corticothérapie locale bilatérale
C – Corticothérapie générale pour voie IV
D – Pas de corticothérapie car celle-ci est contre- indiquée ici
E – Antibiothérapie locale pour l´oeil droit par collyres
F – Surélévation de la tête
G – Occlusion palpébrale bilatérale
H – Port de verres teintés
I – Larmes artificielles
J – Antibiothérapie générale

Question 8 :
Quelles alternatives thérapeutiques peut-on proposer pour la pathologie de fond dans ce cas précis en phase aigue?
A – Tous les traitements sont interdits à la phase aigue
B – Traitement médical conservateur par antithyroïdien de synthèse
C – Traitement radical par Chirurgie: Thyroïdectomie
D – Traitement radical par iode radioactif 131
E – Traitement radical par iode radioactif 123

Question 9 :
Citez les 2 inconvénients majeurs de chacun de ces traitements ?

Question 10 :
Existe-t-il un lien avec la pathologie de sa sœur ?

Question 11:
La maladie de Basedow est une hyperthyroïdie.... ?
A – centrale
B – périphérique

2 Corrigé

Le + : PREMIERE LECTURE, CONSEILS ET ASTUCES

- **Appréciation globale et difficulté du dossier :**
  - **Dossier très classique, 9 questions mais qui sont des questions courtes**
  - **Difficulté : 1/3**
  - **A classer en 1ère position parmi les 3 dossiers de l'épreuve**
- **Zéros et mots clés à inscrire sur le brouillon :**
  - **Ophtalmologie = œil adelphe / traitement bilatéral**
  - **Femme jeune = grossesse et contraception**
  - **Suspicion de la maladie de Basedow avec atteinte oculaire = arrét du Tabac impératif**
  - **Examen clinique = constantes**
  - **Goitre = compression d'organes ?**
- **Astuces, réflexes et pièges :**
  - **Une maladie auto-immune = recherche d'autres maladies auto-immunes**
  - **Hyperthyroïdie : penser à la recherche de la cardiothyréose**
  - **Penser aux traitements contre-indiqués par l'atteinte oculaire**
  - **Penser à la corticothérapie et pas seulement au traitement local**

Grille de correction

Consignes : 1 point négatif pour toute réponse supplémentaire donnée, sauf consignes différentes pour certaines questions

1	**Quel diagnostic évoquez-vous pour le problème oculaire ?**	**Grille ECN**
•	D = Kératite aigue droite, probablement par **inocclusion palpébrale** dans le cadre d´une exophtalmie	**9**
		9

2	Quels sont les autres signes cliniques à rechercher à l´examen clinique qui seraient en faveur du diagnostic ?	Grille ECN
	• B = Baisse de la vision unilatérale	2
	• C = Ulcération cornéenne unique à l´examen à la lampe à fente avec test à la fluorescéine	2
	• D = Opacité cornéenne localisée à l´examen à la lampe à fente	2
	• E = Cercle périkératique	2
		8

3	Quel temps de l´examen ophtalmologique est essentiel afin d´éliminer un diagnostic différentiel qui contre-indiquerait le traitement ?	Grille ECN
	• **B =** Il s'agit du **test à la fluorescéine :**	9
	- **Bilatéral**	-
	• Qui recherche une **ulcération cornéenne :**	-
	• **Notamment dendritique :** élimination d'une kératite herpétique	-
		9

4	Quelle pathologie sous-jacente allez-vous rechercher ?	Grille ECN
	• B = Hyperthyroïdie symptomatique dans le cadre d´une **maladie de Basedow**	8
		8

5	Quels sont les examens indispensables à réaliser pour la confirmer en première intention?	Grille ECN
	• B = **TSHus**	16
	• H = Anticorps antirécepteurs TSH	-
	•	
	• 2 points négatifs par autre réponse donnée	-2
		16

6	Quels sont les 3 éléments manquants à l´examen clinique y compris au niveau ophtalmologique ?	Grille ECN
	• Recherche d'une **cardiothyréose :**	3
	- Fréquence cardiaque / tachycardie	1
	- Prise de la pression artérielle / hypertension artérielle	1
	- Signes d'insuffisance cardiaque / crépitants / turgescence jugulaire	-
	- Douleur thoracique / angor	1
	• Recherche d'un **goitre compressif :**	3
	- Dyspnée	1
	- Désaturation / prise de la saturation en oxygène	-
	- Toux	1
	- Hoquet	-
	- Dysphonie	1
	• Autres **complications oculaires** :	2
	- Troubles oculomotrices	
	- Baisse de la vision	
		14

7	**Quels traitements allez-vous débuter en urgence pour la pathologie ophtalmologique ?**	**Grille ECN**
	• C = **Corticothérapie** générale pour voie IV • E = Antibiothérapie locale pour l´œil droit par collyres • F = Surélévation de la tête • G = **Occlusion** palpébrale bilatérale • H = Port de verres teintés • I = Larmes artificielles • *Une Corticothérapie générale est globalement indiquée dès d´une complications se présente, comme ici la kératite par inocclusion palpébrale* • Points négatifs pour toute autre réponse : -2 par réponse	6 2 2 1 1 1 1 -2
		14

8	Quelles alternatives thérapeutiques peut-on proposer pour la pathologie de fond dans ce cas précis en phase aigue?	**Grille ECN**
	• B = **Traitement médical conservateur par antithyroïdien de synthèse** • Zéro à la question si autre réponse	**10** **-10**
		10

9	Citez les 2 inconvénients majeurs de chacun de ces traitements ?	**Grille ECN**
	• Pour le traitement médical : - **Toxicité des antithyroïdiens de synthèse : risque** d'agranulocytose - **50% de** risque d'échec • Pour le traitement chirurgical radical par chirurgie: - **Opothérapie substitutive à vie** - **Risque de** complications opératoires **: hématome compressif, atteinte des nerfs récurrentiels laryngés** • Pour le traitement radical par iodothérapie : - **Aggravation de l´orbitopathie** - **Risque d´échec** - **50% de nécessité d´hormonothérapie substitutive**	**-** **2** **2** **-** **2** **2** **2** **2**
		12

10	Existe-t-il un lien avec la pathologie de sa sœur ?	Grille ECN
	• **Oui :**	**3**
	- **(Autre réponse / réponse nuancée :** zéro à la question)	**-**
	• Il s'agit de **pathologies auto-immunes :**	**2**
	- **L'existence de cas familiaux est un facteur de risque**	**-**
	- **De survenue de pathologies auto-immunes chez les apparentés**	**-**
		5

11	La maladie de Basedow est une hyperthyroïdie…. ?	Grille ECN
	• **Périphérique** car atteinte primaire de la glande thyroïdienne	**3**
		3

COMMENTAIRES

QUESTIONS	COMMENTAIRES
Général	• Dossier assez fermé, il faut bien connaitre son cours
1	• Devant un œil rouge et douloureux on peut évoquer un glaucome par fermeture de l'angle, une uvéite et une kératite • Ici, l'énoncé clinique vise clairement à éliminer le glaucome (pas d'hypertonie, angle ouvert) et l'uvéite (pas d'effet Tyndall)
2	• Question de cours • Normalement pas de modification de la pupille (si jamais il y en a une, ce serait un myosis, car l´œil a tendance à se protéger de l´infection, donc de se fermer)
3	• Réflexe devant une kératite : pas de corticothérapie locale avant élimination d'une origine herpétique (et donc recherche de l'aspect dendritique, typique de la kératite herpétique)
4	• Une fistule carotido-caverneuse se manifesterait par une exophtalmie pulsatile avec une vasodilatation en tête de méduse avec un souffle à l´auscultation de l´orbite : elle est habituellement d´origine traumatique
5	• Devant une orbitopathie Basedowienne (association de signe oculaires typiques et de signes d´hyperthyroïdie avec un goitre hypervasculaire) pas de nécessité d´échographie ou de scintigraphie thyroïdienne car le diagnostic est certain
6	• Devant un goitre, l'urgence est de rechercher une compression trachéale, oesophagienne, nerveuse … Et donc de penser aux syndromes médiastinaux • Le retentissement de l'hyperthyroïdie s'évalue lui sur le retentissement cardiaque, notamment chez les personnes âgées : angor, FA, … • Ne pas oublier les autres complications de l´orbitopathie
7	• Ne jamais oublier de protéger l'œil controlatéral en cas de pathologie ophtalmo • La corticothérapie IV est le traitement « d'urgence » des complications oculaires de la maladie de Basedow
8	• On privilégiera les antithyroïdiens de synthèse, surtout chez une personne jeune • Une orbitopathie contre-indique globalement un traitement radioactif par iode 131 • Jamais de traitement chirurgical à la phase aigue tant que l´athyroïdie n´est pas obtenue
9	• Ne pas oublier que les antithyroidiens sont tératogènes (en effet plusieurs cas de malformations fœtales graves ont été rapportés)
10	• Question classique

ITEMS ABORDES

TYPE	INTITULES		
	UE	NUMERO	
Question principale	8	240	Hyperthyroïdie
Questions accessoires	4	81	Œil rouge et/ou douloureux
	8	239	Goitre et nodule thyroïdien

LE + : POUR MIEUX ASSIMILER

TABLEAU A QCM ET QROC	Items 239 / 240 / 81
QUESTIONS	**INTITULES**
Causes d'œil rouge douloureux	• Kératite antérieure aiguë • Uvéite antérieure aiguë • Glaucome aigu par fermeture de l'angle irido-cornéen • Conjonctivite aiguë
Causes d'hypothyroïdie	• Thyroïdite d'Hashimoto • Iatrogène / médicamenteuse • Carence en iode • Thyroïdite auto-immune / atrophique • Post-thyroïdectomie • Congénitale
Caractéristiques échographiques d'un nodule thyroïdien suspect	• Hypoéchogène • Contours irréguliers • Fixé au plan profond • Hypervasculaire • Signe du halo • Plus haut que large • Microcalcifications • Adénopathies satellites

Notes personnelles

Dossier tour de synthèse 17

Toujours cette fatigue

1 Enoncé

Vous recevez en consultation Alexandre C, 65 ans, d'origine corse. Il se plaint d'une fatigue inhabituelle depuis bientôt 3 mois. Il est également essoufflé lorsqu'il monte ses escaliers. Son médecin traitant lui a prescrit le bilan suivant :

- Hb = 9.5 g/dL, VGM = 75 µ^3, plaquettes = 600 G/L, GB = 9 G/L

- CRP = 4 mg/L

- Créatininémie = 75 µmol/L, urée = 5 mmol/L

- Na = 140 mmol/L, Cl = 95 mmol/L, K = 4 mmol/L

Il lui a également fait réaliser un test Hémoccult2®, qui est revenu positif.

Votre examen clinique est sans particularités hormis une pâleur cutanéo-muqueuse et un souffle cardiaque systolique diffus. Le toucher rectal ne retrouve pas de masse, les aires ganglionnaires sont libres, il n'y pas de masse abdominale.

Question 1 :

Quel bilan biologique est à demander en 1e intention devant ce tableau biologique ?

A – Aucun n´est nécessaire car on a le diagnostic

B – Réticulocytes

C – Ferritine

D – Fer sérique

E – Transferrine

F – CRP

Question 2 :

Quel marqueur biologique peut être utilisé pour différencier une anémie inflammatoire d´une anémie carentielle si la CRP est élevée

A – aucun marqueur disponible pour cette indication

B – le dégrée de baisse de la ferritine

C – le récepteur soluble de la transferrine

D – la sidérophiline

E – la ferroportine

F – le récepteur de l´hepcidine

Question 3:
Une anémie par carence martiale est une anémie
A – par défaut de synthèse de l´hémoglobine
B – par défaut de synthèse de l´ADN
C – centrale
D – périphérique
E – par toxicité directe d´un métabolite produit par déficit en fer (défaut d´oxygénation des enzymes de la chaîne respiratoire mitochondriale)

Question 4 :
Quels autres résultats biologiques seraient en faveur du diagnostic évoqué ici ?
A – ferritine basse
B – ferritine élevée
C – fer sérique bas
D – fer sérique élevé
E – capacité de fixation de la transferrine basse
F – capacité de fixation de la transferrine élevée
G – coefficient de saturation de la transferrine basse
H – coefficient de saturation de la transferrine élevée

Question 5:
Quelle est l´origine probable du souffle cardiaque ?
A – Fonctionnelle
B – Endocardite infectieuse
C – Rhumatisme articulaire aigu
D – Bicuspidie aortique
E – Hypertension pulmonaire

Question 6 :
Quel examen (une seule réponse acceptée) devez-vous réaliser chez ce patient ? Détaillez.

Question 7 :
Etait-il justifié de prescrire un test Hémoccult2® chez ce patient ? Justifier en rappelant l'indication de ce test

L'examen réalisé retrouve une masse du moyen rectum, bourgeonnante, non sténosante, hémorragique au contact, circonférentielle, située à 9 cm de la marge anale.
Le compte-rendu anatomo-pathologique est le suivant : « prélèvements en faveur d'un adénocarcinome du moyen-rectum, avec franchissement de la musculeuse et extension en profondeur à la séreuse ».

Le scanner thoraco-abdomino-pelvien réalisé retrouve cette masse isolée, sans adénopathies ni autres localisations secondaires.
Le scanner cérébral est normal.

Question 8 :
Quel examen essentiel allez-vous prescrire à ce patient ? Dans quel(s) but(s) ?

Question 9 :
Quel est le stade TNM ?
A – TxN0M0
B – T0N0M0
C – TisN0M0
D – T1N0M0
E – T2N0M0
F – T3N0M0
G – T4N0M0

Question 10 :
La marge anale
A – se situe au niveau du sphincter anal
B – est synonyme de ligne pectinée
C – se situe au-dessus de la ligne pectinée
D – se situe en-dessous de la ligne pectinée

Question 11 :
Selon le stade TNM la patiente pourra recevoir un traitement
A – curatif
B – palliatif

Question 12 :
Quelle séquence thérapeutique allez-vous proposer à ce patient, en supposant que l'examen réalisé à la question 5 n'apporte aucune information supplémentaire ?
A – Traitement par chimiothérapie unique, pas de chirurgie
B – Traitement par radiochimiothérapie concomitante, pas de chirurgie
C – Traitement néoadjuvant par chimiothérapie suivi d´un traitement chirurgical par exérèse chirurgicale et anastomie colo-anale
D – Traitement néoadjuvant par chimiothérapie suivi d´un traitement chirurgical
E – Traitement néoadjuvant par radiochimiothérapie suivie d´un traitement chirurgical par exérèse chirurgicale et anastomie colo-anale
F – Traitement néoadjuvant par radiochimiothérapie suivi d´un traitement chirurgical par exérèse chirurgicale et amputation abdomino-périnéale
G– Traitement chirurgical unique par exérèse chirurgicale et anastomie colo-anale, complété par chimiothérapie selon les résultats chirurgicaux
H – Traitement chirurgical unique par exérèse chirurgicale et amputation abdomino-périnéale complété par chimiothérapie selon les résultats chirurgicaux

Question 13 :
Quelles sont les 4 informations attendues des comptes rendus histologiques et opératoires finaux ?

Question 14:

Quels signes cliniques autres que l´anémie peuvent être retrouvés en cas de carence martiale ?

A – Perlèche

B – Crampes

C – Ongles mous

D – Glossite

E – Nervosité excessive

F – Troubles de la vision

G – Infections bactériennes récidivantes

2 Corrigé

LE + : PREMIERE LECTURE, CONSEILS ET ASTUCES

- Appréciation globale et difficulté du dossier :
  - **Dossier de cancer rectal, débutant par une anémie par carence martiale**
  - **Le cancer colique est déjà tombé 3 fois à l'ECN (associé à : une endocardite, une carence martiale, une occlusion) mais jamais le cancer rectal ...**
  - **Difficulté : 2/3**
  - **A classer en 2ème position parmi les 3 dossiers de l'épreuve**
- **Zéros et mots clés à inscrire sur le brouillon :**
  - **Cancer = RCP / curatif ou palliatif / soins de support**
  - **Endoscopie = biopsies / examen histologique**
  - **Anémie ferriprive = ne pas oublier de la traiter**
  - **Hémorragie digestive = médicaments / symptômes**
- **Astuces, réflexes et pièges :**
  - **Cancer du haut rectum = cancer colique <u>MAIS</u> cancer bas et moyen rectum = IRM pelvienne et écho-endoscopie**
  - **Reprendre les éléments donnés en milieu de dossier pour guider les réponses aux premières questions**

GRILLE DE CORRECTION

Consignes : 1 point négatif pour toute réponse supplémentaire donnée, sauf consignes différentes pour certaines questions

1	Quel bilan biologique est à demander en 1e intention devant ce tableau biologique ?	**Grille ECN**
	• B = **Réticulocytes**	**2**
	• C = **Ferritine**	**3**
	• F = **CRP**	**3**
	• 2 Points négatifs par question pour D et E	**-2**
	• Au strict sensu, les réticulocytes ne sont pas recommandés par l´ANAES devant une suspicion d´anémie par carence martiale, car c´est toujours arégénératif. Pourtant en pratique ils sont le plus souvent demandés.	
		8

2	Quel marqueur biologique peut être utilisé pour différencier une anémie inflammatoire d´une anémie carentielle si la CRP est élevée	Grille ECN
	• C = **le récepteur soluble de la transferrine**	4
	• A connaitre car tombable • Il est normal dans le cas d´une anémie inflammatoire et diminué dans la cadre d´une anémie ferriprive	
		4

3	Une anémie par carence martiale est une anémie	Grille ECN
	• A = **par défaut de synthèse de l´hémoglobine**	3
	• C = **centrale**	3
		6

4	**Quels autres résultats biologiques seraient en faveur du diagnostic évoqué ici ?**	Grille ECN
	• A = ferritine basse	2
	• C = fer sérique bas	2
	• F = capacité de fixation de la transferrine élevée	2
	• G = coefficient de saturation de la transferrine basse	2
		8

5	**Quelle est l´origine probable du souffle cardiaque ?**	Grille ECN
	• A = **Fonctionnelle**	6
		6

6	**Quel examen (une seule réponse acceptée) devez-vous réaliser chez ce patient ? Détaillez.**	Grille ECN
	• **Coloscopie complète** – Pas de points si absence de « complète » :	4
	- **Avec** biopsies **systématiques / de toutes lésions**	1
	- **Pour** étude anatomo-pathologique	1
	- **Sous** anesthésie générale / consultation d'anesthésie	1
	- **Après** préparation orale	1
	- A jeun	1
	• **Evaluation du risque de transmission de maladies à prions**	1
	• Recueil du **consentement** éclairé	2
	• Après **information du** patient sur les **complications :**	2
	- Hémorragie	1
	- Perforation **avec péritonite**	1
	- **Et** trace écrite **de l'information donnée**	1
		17

7	**Etait-il justifié de prescrire un test Hémoccult2® chez ce patient ? Justifier en rappelant l'indication de ce test.**	**Grille ECN**
	• **NON** –	**3**
	• **Ce patient est symptomatique :**	**2**
	- **Anémie par carence martiale**	**-**
	- **Le test Hémoccult2® n'est indiqué que dans la** population à risque moyen asymptomatique	**1**
		6

8	**Quel est l'examen essentiel que vous devez réaliser ? Dans quel(s) but(s) ?**	**Grille ECN**
	• **IRM pelvienne, sans et avec injection de Gadolinium :**	**3**
	• Buts :	**-**
	- Guide le traitement **chirurgical / néo-adjuvant**	**1**
	- **Préciser la** distance de la tumeur par rapport au plan des sphincters	**2**
	- **Recherche d'**adénopathies suspectes **/ évaluation du** stade N	**2**
	- **Evaluation de l'**envahissement du mésorectum et des organes de voisinage / évaluation du stade T	**2**
		10

9	**Quel est le stade TNM ?**	**Grille ECN**
	• G = **T4N0M0** • Car atteinte de la **séreuse**	**6**
		6

10	**La marge anale**	**Grille ECN**
	• D = **se situe en-dessous de la ligne pectinée**	**5**
		5

11	**Selon le stade TNM la patiente pourra recevoir un traitement**	**Grille ECN**
	• A = **curatif**	**2**
		2

12	**Quelle séquence thérapeutique allez-vous proposer à ce patient, en supposant que l'examen réalisé à la question 8 n'apporte aucune information supplémentaire ?**	**Grille ECN**
	• **E = Traitement néoadjuvant par radiochimiothérapie suivie d´un traitement chirurgical par exérèse chirurgicale et anastomie colo-anale**	**10**
		10

13	**Quelles sont les 4 informations attendues des comptes rendus histologiques et opératoires finaux ?**	**Grille ECN**
	• **Stade T :**	**1**
	- **Extension en** profondeur	**1**
	- **Extension aux** organes de voisinage	**1**
	• **Stade N :**	**1**
	- **Nombre de ganglions examinés**	**1**
	- **Nombre de ganglions envahis**	**1**
	• **Exérèse complète / envahissement des marges de résection**	**2**
	• Constations opératoires :	**-**
	- Carcinose péritonéale	**1**
	- Métastases hépatiques	**1**
		10

14	Quels signes cliniques autres que l´anémie peuvent être retrouvés en cas de carence martiale ?	**Grille ECN**
	• A = **Perlèche**	**2**
	• C = **Ongles mous**	**2**
	• D = **Glossite**	**1**
	• G = **Infections bactériennes récidivantes**	**1**
		6

Commentaires

QUESTIONS	COMMENTAIRES
Général	• Dossier long et touffu, prendre 1h5 à 1h10 pour ce genre de dossiers à l'ECN • Méthodologie fondamentale
1	• Question de cours • Il est fondamental de connaître le bilan de première intention devant une anémie microcytaire, car c´est très fréquent et qui dit fréquent, dit problème de santé publique et donc dépenses pour la sécurité sociale
2	• Connaître le mot
3	• Il est impératif de connaître la physiopathologie derrière les anémie et aussi de comprendre la distinction entre central et périphérique car il y a toujours des gens qui réfléchissent selon le mode périphérique/central
4	• Question de compréhension donc très tombable
5	• Question classique
6	• Fiche mots-clés de la coloscopie / fibroscopie oeso-gastro-duodénale : 1. A jeun / arrêts des médicaments anticoagulants 2. Préparation orale 3. Information / consentement 4. Complications : hémorragie / perforations 5. Biopsies / étude histologique 6. Consultation d'anesthésie 7. Prévention des maladies à prions (Creutzfeldt-Jakob)
7	• Question de cours classique • Sur ce genre de questions sur l'hémoccult toujours répondre selon : 1. Niveau de risque du patient : moyen / élevé / très élevé 2. Symptomatique ou non
8	• Pas d'écho-endoscopie ici car la tumeur est volumineuse et circonférentielle donc le rendement sera moindre que celui de l'IRM pelvienne
9	• Il semble judicieux de connaître par cœur le TNM du cancer colorectal, vu qu´il est détaillé dans le collège d´HGE
10	• Connaître les différentes limites anatomiques pour le cancer rectal est impératif pour pouvoir décider de la chirurgie par la suite
11	• Toujours réfléchir en curatif/palliatif car l'enjeu est majeur et c´est ce que le patient veut savoir avant tout

12	• Question de méthodologie : être complet. • On pense à la RCP, on oublie souvent l'accord du patient (a déjà été coté) • Fondamental dans le cancer rectal : 1. Le traitement néo-adjuvant si stade T3/T4 ou N+ 2. L'exérèse totale du mésorectum
13	• Question classique, penser à la carcinose péritonéale dans les cancers digestifs
14	• Les autres signes cliniques mentionnés sont liés à une carence en Magnésium • Utile aussi pour la maladie cœliaque ou l´anorexie mentale

ITEMS ABORDES

TYPE	INTITULES		
	UE	NUMERO	
Question principale	9	298	Cancer colorectal
Questions accessoires	7	209	Anémie de l´adulte et de l´enfant
	9	289	Diagnostic des cancers
	9	291	Traitement des cancers

LE + : POUR MIEUX ASSIMILER

TABLEAU A QCM et QROC		Items 298/ 209/ 289/291
QUESTIONS (NOMBRE D'ELEMENTS)		INTITULES
Effets secondaires du 5-FU	Les 3	• Spasme coronarien • Syndrome pieds-mains • Stomatite / mucite
Causes d'anémie microcytaire	Les 4	• Carence martiale • Syndrome inflammatoire • Thalassémies • Saturnisme
Facteurs de risque de transformation maligne d'un polype adénomateux	Les 3	• Proportion du contingent villeux • Taille • Nombre de polypes adénomateux

Notes personnelles

Dossier tour de synthèse 18

Un flou visuel

1 Enoncé

Mme Alice F. consulte chez son ophtalmologue pour une gêne visuelle, elle est agent de la circulation et a en effet remarqué qu'elle n'est plus aussi performante qu'avant dans ses taches. Son acuité visuelle, testée quelques semaines plus tôt à la médecine du travail, qu'elle avait consulté par ailleurs pour une aménorrhée secondaire depuis 4 mois, est normale au deux yeux. L'examen externe de l'œil est d'ailleurs ce jour strictement normal. Le champ visuel au doigt retrouve un déficit temporal bilatéral net.

Question 1 :
Quel est le niveau anatomique de la lésion?
A – Cortex occipital
B – Radiations optiques inférieures ou supérieures
C – Corps genouillés latéraux
D – Bandelette optique
E – Chiasma optique
F – Nerf optique bilatéral
G – Rétine bilatérale
H – Niveau prérétinien

Question 2 :
Quel est le terme médical pour caractériser son atteinte ?
A – Héminégligence bitemporale
B – Hémiasonognosie bitemporale
C – Hémianopsie bitemporale
D – Hémiachromatopsie bltemporale
E – Syndrome alterne
F – Hémianopsie latérale homonyme

Question 3 :
Quels seront pas la suite les 3 axes de votre examen clinique chez cette patiente?

Question 4:
Quels signes cliniques font partis du syndrome caverneux (envahissement d´un masse du sinus caverneux droit ou gauche?
A – Ophtalmoplégie par paralysie des III
B – Ophtalmoplégie par paralysie des IV
C – Ophtalmoplégie par paralysie des VI
D – Mydriase
E – Ptosie
F – Myosis
G – Hypoesthésie du territoire trigéminal
H – Exophtalmie par compression des veines ophtalmiques
I – Anesthésie du globe oculaire

Question 5:
Prescrivez le bilan biologique minimal de première intention.

Question 6 :
Citez les 6 mécanismes susceptibles ici d'expliquer une aménorrhée secondaire.

Question 7:
Nommez les structures fléchées

Question 8:
Quel est par argument de fréquence le type d´adénome mixte le plus probable ?
A – Prolactine et ACTH
B – ACTH et TSH
C – LH/FSH et ACTH
D – TSH et Prolactine
E – GH et TSH
F – GH et Prolactine

Question 9 :
Sur les iconographies on peut voir :
A – Hydrocéphalie
B – Engagement sous-falcoriel
C – Engagement temporal
D – Elargissement des ventricules latéraux sans hydrocéphalie
E – Microadénome hypophysaire
F – Macroadénome hypophysaire
G – Masse dans la selle turcique plutôt évocatrice d´un craniopharyngiome
H – Envahissement du sinus carotidien
I – Extension suprasellaire
J – Extension infrasellaire

Question 10:

La première IRM montrée est

A – une séquence T1 non injecté

B – une séquence T2

C – une séquence T1 injectée

D – une séquence FLAIR

E – une coupe axiale

F – une coupe sagittale

G – une coupe coronale

Question 11:

La pathologie s'étant révélée sur les lieux de son travail, la patiente souhaite que la pathologie soit prise en charge au titre de maladie professionnelle. Est-ce que cela est possible ?

A – Oui

B – Non

Iconographie 1

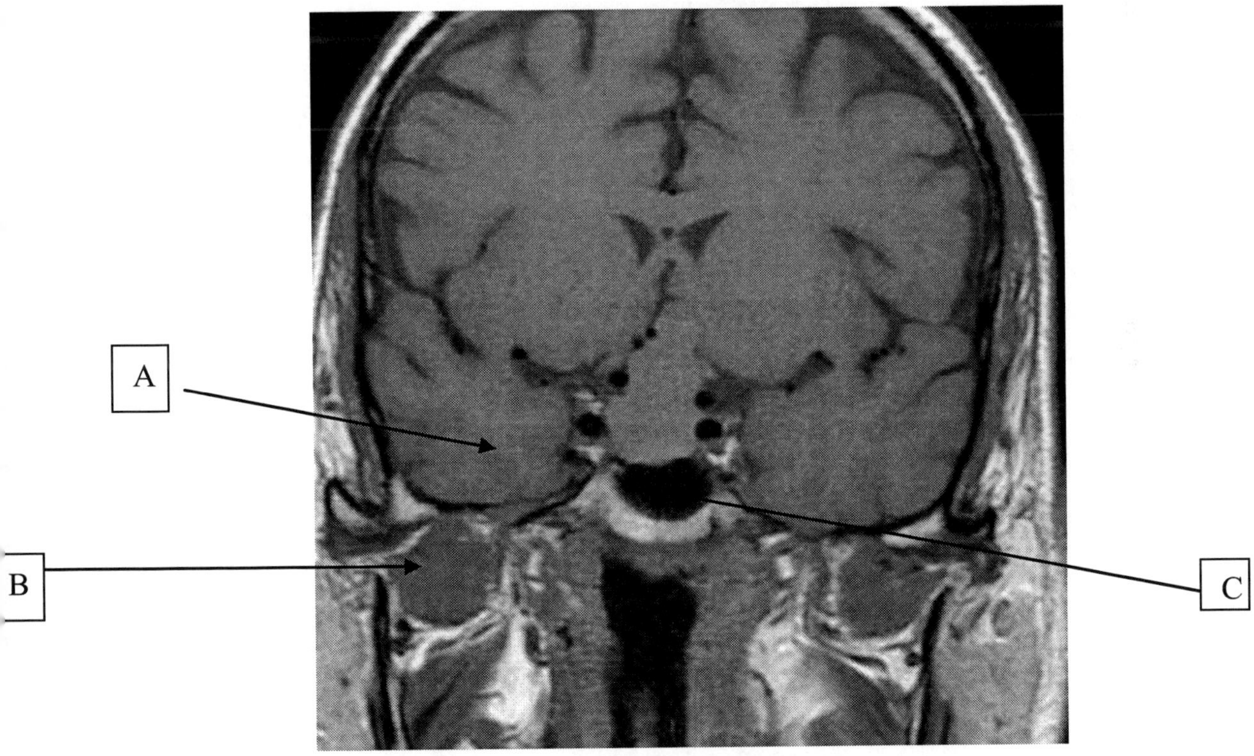

Iconographie 2

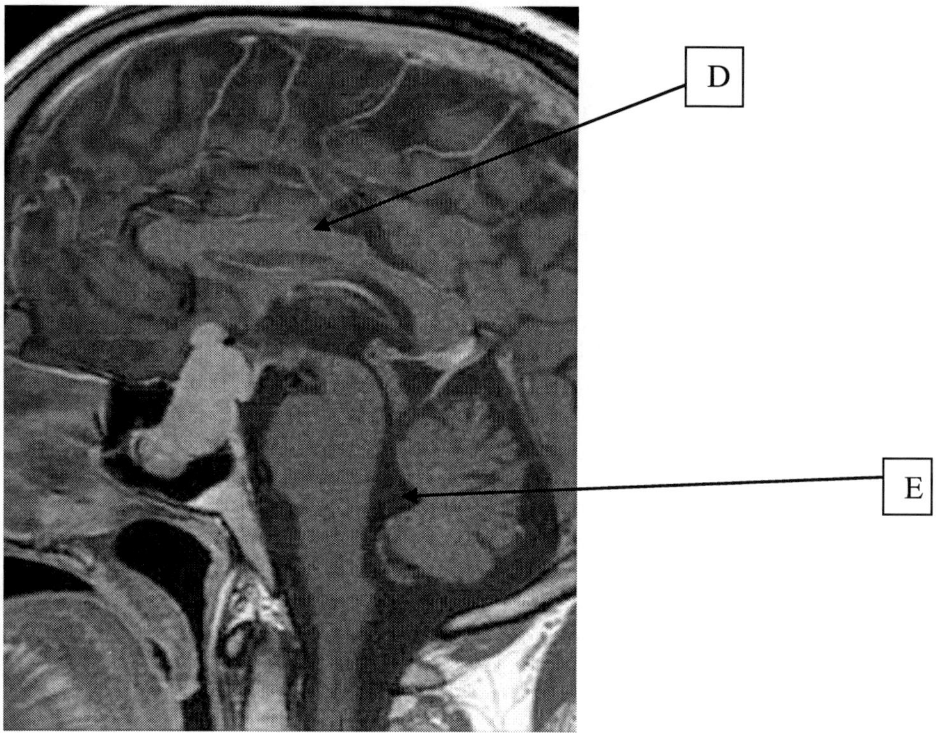
D
E

2 Corrigé

LE + : PREMIERE LECTURE, CONSEILS ET ASTUCES

- **Appréciation globale et difficulté du dossier :**
  - **Dossier simple sur le fond... mais pas sur la forme.**
  - **Difficulté : 2/3**
  - **A classer en 1ème position parmi les 3 dossiers de l'épreuve**
- **Zéros et mots clés à inscrire sur le brouillon :**
  - **Icono à l'ECN = type d'examen + description + interprétation**
  - **Icono à l'ECN = récitez votre cours ET adaptez à l'image proposée.**
  - **Aménorrhée secondaire = grossesse.**
  - **Syndrome tumoral + cérébral = HTIC ?**
- **Astuces, réflexes et pièges :**
  - **Adénome : raisonnez toujours axe par axe.**
  - **Le diagnostic est rarement ce qui rapporte le plus de point dans une icono à l'ECN.**
  - **Séquence T1 : substance blanche = blanche !**
  - **Pour le bilan biologique on peut s´aider en refléchissant par bilan statique et dynamique**

GRILLE DE CORRECTION

Consignes : 1 point négatif pour toute réponse supplémentaire donnée, sauf consignes différentes pour certaines questions

1	Quel est le niveau anatomique de la lésion?	Grille ECN
• **E = Chiasma optique**		**6**
		6

2	Quel est le terme médical pour caractériser son atteinte ?	Grille ECN
• **C = Hémianopsie bitemporale**		**5**
		5

3	**Quels seront par la suite les 3 axes de votre examen clinique chez cette patiente ?**	**Grille ECN**
	• Syndrome **tumoral**	**5**
	• Syndrome **d'hypersécrétion**	**5**
	• Syndrome **d'insuffisance antéhypophysaire**	**5**
		15

4	Quels signes cliniques font partis du syndrome caverneux (envahissement d´un masse du sinus caverneux droit ou gauche) ?	**Grille ECN**
	• A = Ophtalmoplégie par paralysie des III	2
	• B = Ophtalmoplégie par paralysie des IV	2
	• C = Ophtalmoplégie par paralysie des **VI**	2
	• D = Mydriase	2
	• E = Ptosie	2
	• G = **Hypoesthésie du territoire trigéminal**	2
	• H = Exophtalmie par compression des veines ophtalmiques	2
	• I = Anesthésie du globe oculaire	2
		12

5	**Prescrivez le bilan biologique minimal de première intention.**	**Grille ECN**
	• βHCG	**3**
	• **Axe corticotrope :**	**-**
	- **Hypersécrétion :**	**-**
	× ACTH élevé	**-**
	× Cortisol à 0h élevé : abolition du cycle (test salivaire)	**2**
	× Freinage minute négatif	**2**
	× Cortisol libre urinaire des 24heures	**2**
	- **Insuffisance :**	**-**
	× Pas de réponse à l'hypoglycémie insulinique	**2**
	• **Axe gonadotrope**	**-**
	- **LH FSH (si complet)**	**-**
	- **Œstradiol**	**2**
	• **Axe thyréotrope :**	**1**
	- **TSH T3 T4 (si complet)**	**-**
	• **Axe somatotrope :**	**2**
	- **Hypersécrétion :**	**-**
	× IGF1 élevé	**-**
	- **Insuffisance :**	**2**
	× Pas de freinage de la sécrétion de GH après hyperglycémie orale	**-**
	provoquée	**2**
	• **Axe lactotrope :**	**-**
	- **Prolactine**	**-**
		3
		23

6	Citez les 6 mécanismes susceptibles ici d'expliquer une aménorrhée secondaire.	Grille ECN
	• Grossesse	**2**
	• Menopause débutante	**2**
	• Hyperprolactinémie de déconnexion	**2**
	• Hyperprolactinémie par hypersécrétion	**2**
	• Insuffisance gonadotrope	**2**
	• iatrogénie	**-**
		10

7	**Nommez les structures fléchées**	Grille ECN
	• A = lobe temporal droit	**2**
	• B = parotide droite	**2**
	• C = sinus sphénoidal	**2**
	• D = corps calleux	**2**
	• E = 4e ventricule	**2**
		10

8	**Quel est par argument de fréquence le type d´adénome mixte le plus probable ?**	Grille ECN
	• F = GH et Prolactine	3
		3

9	**Sur les iconographies on peut voir :**	Grille ECN
	• F = Macroadénome hypophysaire	**3**
	• I = Extension suprasellaire	**3**
	• J = Extension infrasellaire	**3**
		9

10	**La première IRM montrée est**	Grille ECN
	• A = une séquence T1 non injecté	2
	• G = une coupe coronale	2
		4

11	**La pathologie s'étant révélée sur les lieux de son travail, la patiente souhaite que la pathologie soit prise en charge au titre de maladie professionnelle. Est-ce que cela est possible ?**	Grille ECN
	• A = Non, C'est **impossible**	**3**
	• Ne **figure pas aux tableaux** / pas de causalité entre la profession et la pathologie	**-**
		-
	• Mais :	**-**
	• Prise en charge à **100%**	**-**
	• Consultation à la **médecine du travail**	**-**
	• Pour **reclassement professionnel** au sein de la police	**-**
	• Car la police est une structure de grande taille (cf. annales.. !)	
		3

COMMENTAIRES

QUESTIONS	COMMENTAIRES
Général	• La difficulté du dossier est ici clairement sur la question 5.
1	• Nommer la lésion avant de l'expliquer permet de prouver que vous en connaissez la terminologie.
2	• Ne pas se laisser embrouiller pas les termes
3	• Une astuce ici devant ce genre de question si on ne sait pas tout de suite : Réfléchir en PEDAG • P= positif : recherche de signes pour le diagnostic positif • E= étiologique : recherche de signes pour le diagnostic étiologique • D= différentiel • A= pathologies associées • G= signes de gravité • Ce sigle peut s´utiliser un pu partout et aide à être complet : dans le diagnostic, l´examen clinique ´, le bilan complémentaire à demander, etc. • La triade classique
4	• Question de cours
5	• Pour être sûr de ne rien rater soyez méthodologique. : Axe par axe. Insuffisance et hypersécrétion à chaque fois. • Pour l´hypersécrétion de l´axe corticotrope on peut retenir que le patient doit arriver le matin avec son pot d´urine (CLU) et son petit bâtonnet de salive fait à minuit (cortisol à minuit) pour faire une prise de sang à 8 au labo (ACTH et freinage minute) • Ne pas omettre de préciser ce qui est attendu quand cela se justifie. C'est la que vous montrerez que vous avez compris et ferez la différence.
6	• Ne pas oublier les choses évidentes : la grossesse
7	• Les grands chefs adorent l´anatomie et c´est très tombable car on est supposé connaître l´anatomie depuis la P1
8	• Le seul des adénomes mixtes à connaître • le plus fréquents des monosécrétans : prolactinome
9	• Si on connaît l´anatomie, le reste devient easy
10	• Question de cours
7	• Dire ce qui est impossible • Les maladies professionnelles sont tombées à une exception près tous les ans à l'ECN. Je répète UN item qui tombe TOUS les ans.

ITEMS ABORDES

TYPE	INTITULES		
	UE	NUMERO	
Question principale	8	242	Adénome hypophysaire
Questions accessoires	-	-	Prescription d'examens complémentaires
	2	40	Aménorrhée

	6	180	Maladies professionnelles et accident du travail
	4	79	Altération de la fonction visuelle

LE + : POUR MIEUX ASSIMILER

TABLEAU A QCM ou QROC		Items 242/40/180/79
QUESTIONS (NOMBRE D'ELEMENTS)		**INTITULES**
Etiologies des aménorrhées secondaires	Les 9	• Grossesse • Ménopause / insuffisance ovarienne précoce • Hyperprolactinémie • Hypercorticisme • Syndrome des ovaires polykystiques • Dépression • Anorexie mentale • Stress / sportifs de haut niveau / maladie chronique • Synéchie utérine • Sténose cicatricielle du col utérin
Causes de baisse d'acuité visuelle à examen ophtalmologique normal	Les 3	• Névrite optique rétrobulbaire • Compression des voies optiques • AVC / tumeur cérébrale / atteinte corticale • Aura migraineuse
Modalités de substitution d'une insuffisance antéhypophysaire globale de l'adulte	Les 8	• A vie / éducation du patient • Hormonothérapie substitutive • Hormone thyroïdienne / Levothyrox • Glucocorticoïdes / hémisuccinate d'hydrocortisone • Pas de supplémentation en minéralo-corticoïdes • Pas de supplémentation en hormone de croissance • Prise en charge de l'insuffisance gonadotrope / testostérone / pilule oestro-progestative • Prévention de l'ostéoporose

Notes personnelles

Dossier tour de synthèse 19

Des douleurs abdominales aiguës

1 Enoncé

Une patiente de 26 ans, Pernelle L, se présente aux urgences pour des douleurs abdominales intenses ayant débuté il y a 48 heures. Elle se plaint par ailleurs de beaucoup uriner depuis une dizaine de jours et a perdu 8 kg. Elle a comme principal antécédent un vitiligo. Ses constantes sont les suivantes :

PA = 90/60 mmHg, FC = 130 bpm, Sp02 = 99%, FR = 30 / min, T° = 38,9°C

Hémoglucotest = 4 g/L

L'examen clinique retrouve une douleur provoquée diffuse abdominale, sans défense ni contracture. L'examen neurologique est normal, l'auscultation cardio-pulmonaire également. Tous les pouls sont perçus. L'ébranlement lombaire est douloureux à droite. Les muqueuses sont sèches, ses traits sont tirés.

Question 1:

Quel élément fondamental manque-t-il à l´examen clinique ?

Question 2 :

Quels sont les résultats de la BU que vous allez attendre ?

A – Gly +++ Prot + Cet+++ Nitrites - leuco- hematies -

B – Gly +++ Prot + Cet - Nitrites +++ leuco +++hematies +

C – Gly +++ Prot + Cet +++ Nitrites ++ leuco +++ hematies -

D – Gly +++ Prot + Cet Nitrites +++ leuco – hematies -

E – Gly - Prot +++ Cet +++ Nitrites - leuco- hematies +

F – Gly - Prot - Cet+++ Nitrites +++ leuco+++ hematies +

G – Gly +++ Prot + Cet +++ Nitrites - leuco +++ hematies -

Question 3:

Quelles sont les autres causes possibles de polyuro-poldipsie

A – Diabète insipide

B – Hypercalcémie

C – Cancer colorectal

D – Alcoolisme

E – Hyperkaliémie

F – Potomanie

G – Saturnisme

Question 4 :
Quels sont les 2 examens complémentaires nécessaires pour porter le diagnostic pour le facteur déclencheur suspecté ?

Question 5 :
Quel médicament fondamental devra être administré ? Précisez les modalités d'administration.

Question 6:
La supplémentation potassique:
A – est indiquée dès le début du traitement sans aucune exception
B – n´est pas débutée en cas d´hyperkaliémie asymptomatique
C – n´est pas débutée en cas d´hyperkaliémie symptomatique
D – est uniquement indiquée en cas d´hypokaliémie ou kaliémie normale

Question 7 :
Quels seront les 3 autres axes de traitement ?

Question 8:
Quelles sont les actions physiologiques de l´insuline en période postprandiale ?
A – Hypoglycémiante
B – Hyperglycémiante
C – Stimulation de la glycogénogénèse
D – Stimulation de la néoglucogenèse
E – Stimulation de la lipogenèse
F – Stimulation de la lipolyse
G – Inhibition de la glycogénolyse

Votre bilan confirme le diagnostic évoqué et le facteur déclenchant causal.
Vous recevez notamment le résultat suivant :
Na = 145 mmol/l
Cl = 105 mmol/l
K= 4 mmol/l

Pa02 = 110 mmHg
PaCO2 = 28 mmHg
HCO3- = 12 mmol/L
pH = 7.20
Lactatémie = 1.2 mmol/l

Question 9:

Le gaz du sang présente:

A – Une acidose lactique
B – Une acidose métabolique à trou anionique augmenté
C – Une acidose métabolique à trou anionique normal
D – Une alcalose métabolique à trou anionique augmenté
E – Une alcalose métabolique à trou anionique normal
F – Une acidose respiratoire
G – Une alcalose respiratoire
H – Aucune des réponses susmentionnées

Question 10 :

Par rapport à la fréquence respiratoire de la patiente,

A – la fréquence respiratoire est inadaptée
B – la fréquence respiratoire est adaptée
C – on peut parler ici d´une polypnée de Kussmaul
D – cette fréquence respiratoire va entraîner une hypocapnie
E – cette fréquence respiratoire va entraîner une hypercapnie

L'état de la patiente s'améliore et un retour à domicile est décidé après 14 jours d'hospitalisation. Elle ne reçoit plus d'antibiothérapie et l'affection évoquée à la question 3 est considérée guérie.

Question 11 :

L´ordonnance de sortie est rédigée. Etes-vous d´accord avec cette ordonnance ?

Ordonnance à 100 % / ALD 30
Insulinothérapie selon schéma basal / bolus :
Avec stylos d'insuline
Aiguilles pour injection
Boite à aiguilles
Bandelette urinaire réactive :
A faire en cas de signes urinaires ou de glycémie capillaire > 2g/l
Matériel d'auto surveillance : glycémie capillaire 3 fois par jour :
Lecteur de glycémie
Bandelettes réactives
Lancettes auto-piqueuses
Contraception / pilule microprogestative, à prendre en continu
Date, signature et cachet

Question 12 :

Quelles sont les 2 mesures d'autosurveillance fondamentales ?

Question 13 :

Quelle grande entité de pathologie sous-jacente peut être recherchée ?

A – Polyendocrinopathie autoimmune de type I

B – Polyendocrinopathie autoimmune de type II

C – Polyendocrinopathie autoimmune de type III

D – Polyendocrinopathie autoimmune de type IV

2 Corrigé

Le + : PREMIERE LECTURE, CONSEILS ET ASTUCES

- **Appréciation globale et difficulté du dossier :**
  - **Dossier difficile et long : beaucoup d'informations, 9 questions sur des sujets variés**
  - **Difficulté : 3/3**
  - **A classer en 2ème position parmi les 3 dossiers de l'épreuve**
- **Zéros et mots clés à inscrire sur le brouillon :**
  - **Femme jeune = beta-hcg**
  - **Hypotension = traitement du choc**
  - **Examen clinique = BU / dextro / constantes**
  - **Ordonnance = 100 % / ALD 30**
  - **Acidocétose diabétique = penser à la supplémentation potassique**
  - **1 maladie autoimmune = rechercher les autres maladies autoimmunes**
- **Astuces, réflexes et pièges :**
  - **Toujours préciser le nom complet d'un examen et les buts de celui-ci**
  - **Ne pas oublier le 2ème diagnostic, la pyélonéphrite, tout au long du dossier : du traitement jusqu'à la surveillance à distance**
  - **Lire le dossier dans son ensemble dès le début : on parle d'antibiotiques à la fin,**

GRILLE DE CORRECTION

Consignes : 1 point négatif pour toute réponse supplémentaire donnée, sauf consignes différentes pour certaines questions

1	Quel élément fondamental manque t-il à l'examen clinique ?	Grille ECN
	• **Bandelette urinaire :**	4
	- **Autre réponse :** zéro à la question	-
	A la recherche :	-
	- **De corps cétoniques :** cétonurie	3
	- **De** signes d'infection urinaire **: nitriturie, leucocyturie**	2
		9

2	Quels sont les résultats de la BU que vous allez attendre ?	Grille ECN
	• C = Gly +++ Prot + Cet +++ Nitrites ++ leuco +++ hematies –	3
	• G = Gly +++ Prot + Cet +++ Nitrites - leuco +++ hematies -	3
		6

3	Quelles sont les autres causes possibles de polyuro-poldipsie ?	Grille ECN
	A = Diabète insipide **B = Hypercalcémie** **D = Alcoolisme** **F = Potomanie**	**2** **2** **2** **2**
		8

4	Quels sont les 2 examens complémentaires nécessaires pour porter le diagnostic pour le facteur déclencheur suspecté ?	Grille ECN
	• On recherche : une **infection urinaire haute / pyélonéphrite droite**	**-**
	• Par les examens suivants :	
	- ECBU :	**3**
	× Affirme le diagnostic : **leucocyturie / nitriturie**	**1**
	× Identifie le germe / examen direct	**1**
	× Réalisation d'un **antibiogramme**	**1**
	- Echographie vésico-rénale et des voies urinaires :	**3**
	× Recherche de **complications : abcès**	**1**
	× Recherche d'un **obstacle / dilatation des cavités pyélo-calicielles**	**1**
		12

5	Quel médicament fondamental devra être administré ? Précisez les modalités d'administration.	Grille ECN
	• **Insuline / insulinothérapie**	**3**
	• Elle doit être administrée :	**-**
	- Par voie intraveineuse - (PMZ) / (zéro si autre voie - voie sous cutanée)	**3**
	- **Avec un** bolus	**1**
	- **Puis relais à la** seringue électrique	**1**
	• Jusqu'à **disparition de la cétonurie**	**2**
		10

6	La supplémentation potassique:	Grille ECN
	• C = n´est pas débutée en cas d´hyperkaliémie symptomatique	**4**
		4

7	Quels seront les 3 autres axes de traitement ?	Grille ECN
•	Traitement de la pyélonéphrite / **antibiothérapie :**	4
	- **Probabiliste, large spectre, intraveineuse**	-
	- **Efficace sur les** bacilles gram négatifs	1
	- En l'absence d'allergies	2
	- **Type béta-lactamines : céphalosporine 3e génération : Ceftriaxone**	2
•	**Traitement de l'état de choc / remplissage vasculaire**	3
•	Traitement **symptomatique :**	3
	- **Antalgiques : paracétamol 1g IV**	-
	- **Prévention des complications de décubitus :**	-
		15

8	Quelles sont les actions physiologiques de l´insuline en période postprandiale ?	Grille ECN
•	A = Hypoglycémiante	2
•	C = Stimulation de la glycogénogénèse	2
•	E = Stimulation de la lipogenèse	2
•	G = Inhibition de la glycogénolyse	2
		8

9	Le gaz du sang présente:	Grille ECN
•	B = Une acidose métabolique à trou anionique augmenté	4
		4

10	Par rapport à la fréquence respiratoire de la patiente,	Grille ECN
•	B = la fréquence respiratoire est adaptée	3
•	C = on peut parler ici d´une polypnée de Kussmaul	3
•	D = cette fréquence respiratoire va entraîner une hypocapnie	3
		9

11	L´ordonnance de sortie est rédigée. Etes-vous d´accord avec cette ordonnance ?	Grille ECN
•	Oui	3
		3

12	Quelles sont les 2 mesures d'autosurveillance fondamentales ?	Grille ECN
•	**Auto-surveillance glycémique :**	2
	- **S'assurer de l'**équilibre **du diabète**	1
	- **Recherche de** complications **: hypoglycémie / hyperglycémie**	1
•	**Auto-surveillance de la bandelette urinaire :**	2
	- **Recherche de** signes d'infection urinaire	1
	- **Recherche de** cétonurie / décompensation acido-cétosique	1
		8

13	Quelle grande entité de pathologie sous-jacente peut être recherchée ?	Grille ECN
	• B = Polyendocrinopathie autoimmune de type II	4
		4

COMMENTAIRES

QUESTIONS	COMMENTAIRES
1	• Quand on pose une question fermée sur l'examen clinique, toujours penser à vérifier : BU / glycémie capillaire / constantes. • Ici : on suspecte clairement une acido-cétose, le réflexe BU doit être immédiat.
2	• C´est une question facile, mais qui demande un moment de concentration intense afin de ne pas se tromper
3	• Il est important de connaître l´hypercalcémie même si la physiopathologie n´est pas complètement élucidée. Il s´agit néanmoins d´une cause classique
4	• Toujours préciser « échographie vésico-rénale et des voies urinaires », ça montre que vous avez bien compris de quoi il s'agit. • De manière générale : quand on vous demande un examen, mettez toujours ses buts ou au moins la séquence classique « diagnostic positif / étiologique / complications / terrain », pour attraper tous les points. • Ici pour une pyélonéphrite, la grille reprend celle de l'ECN 2008.
5	• 2 pièges de l'insulinothérapie dans l'acido-cétose : - **elle doit être administrée IV (schéma bolus puis seringue à la limite du programme je pense, les posologies ne sont clairement pas à connaitre)** - **on ne l'arrête qu'après disparition de la cétonurie, en cas d'hypoglycémie on perfuse du glucose mais on n'arrête pas l'insuline**
6	• En gros, toujours supplémenter sauf si hyperkaliémie symptomatique (ECG +++)
7	• Antibiothérapie = en l'absence d'allergies, c'est ce qui a été le plus souvent coté à l'ECN • De la même manière, toujours préciser les germes ciblés • Dans l'acido-cétose : toujours penser à vérifier la kaliémie, le risque est plus à l'hypokaliémie qu'à l'hyperkaliémie donc pensez à supplémenter
8	• Question de cours • Très utile pour comprendre la physiopathologie derrière l´acido-cétose diabétique (ce qui est tombé à l´ECN en 2013) • Donc à connaître • Globalement : L´insuline fait le stockage du sucre et des graisses, est donc anabolisant et hypoglycémiant
9	• Dès que vous parlez d'acidose métabolique il faut avoir le réflexe de : - **calculer le trou anionique : augmenté / normal (synonyme d'acidose hyperchlorémique).** - **évaluer la réponse ventilatoire : adaptée ou acidose mixte en cas d'hypercapnie associée** • /!\ On peut avoir une acidose à pH normal (pas le cas ici mais à savoir) !
10	• Question de physiopathologie assez simple. • Ne pas hésiter à réinterpréter le gaz du sang pour être sur d'attraper tous les points.

11	• S'aider de la question 12 pour ne pas oublier de détailler le matériel nécessaire à l'autosurveillance. • A mon avis, pas de schéma d'insulinothérapie avec les posologies à connaitre pour l'ECN. Le schéma « basal-bolus » est suffisant.
12	• Si l'on pense assez facilement à la surveillance glycémique, ne pas oublier l'éducation à la surveillance de la BU. • Là encore, toujours préciser le but de cette autosurveillance.
13	• 3 choses à connaître sur les PEAI (car ils peuvent tomber, comme le VHL) • Les PEAI I= chez les enfants, et rare • Les PEAI II = les plus fréquentes de l´adulte +++ • Les PEAI III et IV sont à oublier

ITEMS ABORDES

TYPE	INTITULES		
	UE	NUMERO	
Question principale	8	245	Diabète
Questions accessoires	6	157	Infections urinaires
	8	265	Troubles hydro-électrolytiques
	11	328	Choc

LE + : POUR MIEUX ASSIMILER

TABLEAU A QCM ou QROC			Items 157 / 245
QUESTIONS (NOMBRE D'ELEMENTS)		**INTITULES**	
Physiopathologie de l'acidocétose diabétique	Les 5	• Carence en insuline / insulinopénie • Pas d'entrée de glucose dans les cellules • Hyperglycémie sanguine • Catabolisme lipidique / cétogenèse • Accumulation progressive corps cétoniques	

Bilan annuel paraclinique chez un diabétique de type 2	Les 6	• ECG / épreuve d'effort • Fond d'oeil • HbA1c • Bandelette urinaire / recherche de microalbuminurie • Créatininémie • Index de pression systolique aux 2 membres inférieurs
Indications à traiter une colonisation urinaire	Les 5	• Neutropénie / immunodépression • Situation préopératoire • Femme enceinte • Prothèse articulaire / cardiaque • Epidémie de bactéries multi-résistantes, en accord avec le CLIN

Dossier tour de synthèse 20

A court de souffle

1 Enoncé

De retour des vacances de Pâques, Madame A. vous présente en consultation Nathan, 7 ans, car celui-ci présente depuis quelques mois des épisodes de toux à l'effort signalés par son enseignante et s'étant récemment majoré la nuit.

En dehors d'un écoulement nasal clair, l'examen ne retrouve aucun signe d'insuffisance cardiaque, l'auscultation pulmonaire est strictement normale. Le carnet de santé rapporte des vaccinations à jour.

Les constantes sont les suivantes :

TA : 120/70 mmHg ; FC : 60bpm ; BMI > 97ème percentile ; T : 37°C

Le débit expiratoire de pointe réalisé sur place est évalué à 98% de la théorique.

<u>Question 1 :</u>

Concernant l´IMC du patient :

A – on peut parler d´obésité

B – on peut parler de surpoids

C – on ne peut parler ni d´obésité ni de surpoids car ce sont des termes réservés aux adultes

D – on peut parler d´un poids dans les limites supérieures de la normale

<u>Question 2 :</u>

Quels sont les 4 facteurs prédictifs d´obésité ?

A – Poids à la naissance

B – Obésité d´un ou des 2 parents

C – Obésité de la fratrie

D – Précocité du rebond d´adiposité sur la courbe de croissance

E – Retard du rebond d´adiposité sur la courbe de croissance

F – Origine ethnique

G – Ascension continue lente de la courbe IMC depuis la naissance

H – Changement rapide de couloir de la courbe IMC vers le haut

Question 3 :
Quel est le diagnostic à suspecter en priorité ?
A – Asthme aigu grave
B – Asthme intermittent
C – Asthme d´effort
D – Syndrome de menace d´asthme aigu grave
E – Syndrome restrictif
F – Syndrome d´apnée-hypopnée du sommeil
G – Syndrome obésité hypoventilation
H – Mucoviscidose

Question 4 :
Quels sont les 6 arguments que vous retrouvez en faveur du diagnostic dans l'énoncé ?

Question 5 :
Certains éléments auraient du être recherché à l'anamnèse, citez en 4.

Question 6 :
Vous demandez finalement des explorations fonctionnelles respiratoires. Quelles sont les 3 principales informations que vous en attendez ?

Question 7 :
Quel(s) autre(s) examen(s) aurait seront demandé par la suite ?
A – Radiographie thoracique de face
B – Radiographie thoracique de face et de profil
C – Recherche d´une carence martiale: NFS et ferritinémie
D – Recherche d´un déficit immunitaire
E – Bilan immunologique: Prick-test
F – Bilan métabolique: transaminases, bilan lipidique, glycémie à jeun

Question 8:
Parmi les propositions suivantes relevez celles qui sont vraies :
A – Un asthme est une affection de longue durée qui donne droit à une prise en charge à 100%
B – L´obésité est une affection de longue durée qui donne droit à une prise en charge à 100%
C – Un traitement de fond est indiqué pour tout asthme non contrôlé
D – L´asthme est une pathologie fréquente : 10% de la population en France
E – La physiopathologie de la réaction inflammatoire de l´asthme es une réaction d´hypersensibilité directe, type I
F – Atopie est synonyme d´allergie

Question 9 :

Parmi les propositions suivantes, quels sont les bons conseils pour la mère concernant le mode de vie de son enfant

A – Arrêt des activités physiques
B – Exposition graduelle aux facteurs déclencheurs afin de diminuer l´allergie
C – Arrêt du tabac passif
D – Perte de poids
E – Interdiction formelle de toutes les sucreries et aliments riches en graisse saturée
F – Bilan biologique de base tous les 3 mois: EAL, glycémie à jeun
G – Vaccinations pour pneumocoque et grippe
H – Carte d´allergique
I – Ecole de l´asthme
J – Un suivi psychologique est conseillé

Question 10 :

Au vue de son âge, quel sera le dispositif d´inhalation le plus adapté ?

A – Masque Faciale
B – Chambre d´inhalation
C – Aérosols-doseurs
D – Aucun des précédents

Question 11:

Madame A. vous demande en fin de consultation un certificat médical exemptant son fils de la pratique sportive à l'école (qu'il vit particulièrement mal). Quelle est votre réponse ? Rédigez au besoin le certificat demandé.

2 Corrigé

LE + : PREMIERE LECTURE, CONSEILS ET ASTUCES

- **Appréciation globale et difficulté du dossier :**
  - **Dossier très à la mode. Obésité et asthme sont 2 problèmes de santé publique qui ont fait l'objet de recommandations récentes**
  - **Difficulté : 2/3**
  - **A classer en 2ème position parmi les 3 dossiers de l'épreuve**
- **Zéros et mots clés à inscrire sur le brouillon :**
  - **Pédiatrie = information et accord des parents**
  - **Asthme = traitement + sociothérapie + éducation**
- **Astuces, réflexes et pièges :**
  - **Asthme = traitement de la crise ET traitement de fond**
  - **Pour tout examen mentionner : toujours préciser ce qui est attendu.**

GRILLE DE CORRECTION

Consignes : 1 point négatif pour toute réponse supplémentaire donnée, sauf consignes différentes pour certaines questions

1	Concernant l´IMC du patient :	Grille ECN
•	B = on peut parler de surpoids	5
		5

2	Quels sont les 4 facteurs prédictifs d´obésité ?	Grille ECN
•	B = Obésité d´un ou des 2 parents	2
•	D = Précocité du rebond d´adiposité sur la courbe de croissance	2
•	G = Ascension continue lente de la courbe IMC depuis la naissance	2
•	H = Changement rapide de couloir de la courbe IMC vers le haut	2
		8

3	**Quel est le diagnostic à suspecter en priorité ?**	**Grille ECN**
	• C = Asthme d´effort	**6**
		6

4	**Quels sont les 6 arguments que vous retrouvez en faveur du diagnostic dans l'énoncé ?**	**Grille ECN**
	• Rhinite allergique	**2**
	• Présence d'un facteur déclenchant typique : nocturne et à l'effort	**2**
	• Age compatible	**2**
	• Obésité	**2**
	• Examen inter-critique normal	**2**
	• Examen per-critique compatible	**2**
	• Pas d'arguments pour un diagnostic différentiel	**-**
		12

5	**Certains éléments auraient du être recherché à l'anamnèse, citez en 4.**	**Grille ECN**
	• **Terrain atopique**	**4**
	• Exposition à un **allergène** : tabagisme passif - **(PMZ)**	**4**
	• Existence de signe de **gravité** (per-critique ou anamnèse)	**3**
	• Evaluation du **niveau de contrôle** de la maladie asthmatique	**3**
		14

6	**Vous demandez finalement des explorations fonctionnelles respiratoires. Quelles sont les 3 principales informations que vous en attendez ?**	**Grille ECN**
	• Existence d'un **trouble ventilatoire obstructif** (spontanément ou après provocation) :	**2**
	- **VEMS / CV < 0.7**	**1**
	• **Réversible** :	**3**
	- **Augmentation de 12% et 200mL**	**1**
	• Pas de syndrome restrictif :	**3**
	- **Capacité Pulmonaire Totale (CPT) > 80% de la valeur attendue**	**-**
		10

7	**Quel(s) autre(s) examen(s) seront demandé par la suite ?**	**Grille ECN**
	• B = Radiographie thoracique de face et de profil	**4**
	• E = Bilan immunologique: Prick-test	**4**
		8

8	**Parmi les propositions suivantes relevez celles qui sont vraies :**	**Grille ECN**
	• C = L´asthme est une pathologie fréquente : 10% de la population en France • E = La physiopathologie de la réaction inflammatoire de l´asthme es une réaction d´hypersensibilité directe, type I	**3** **3**
		6

9	**Parmi les propositions suivantes, quels sont les bons conseils pour la mère concernant le mode de vie de son enfant**	**Grille ECN**
	• C = Arrêt du tabac passif • D = Perte de poids • G = Vaccinations pour pneumocoque et grippe • I = Ecole de l´asthme	**3** **3** **4** **4**
		14

10	**Au vue de son âge, quel sera le dispositif d´inhalation le plus adapté ?**	**Grille ECN**
	• C = Aérosols-doseurs	**10**
		10

11	**Quelle est votre réponse, rédigez au besoin le certificat demandé.**	**Grille ECN**
	• **NON, Pas de certificat** • Education de la patiente : le maintient d'une activité sportive fait partie intégrante de la prise en charge de cet enfant. • **<u>(Nuance = 0 à la question)</u>**	**10** **3** **-**
		13

COMMENTAIRES

QUESTIONS	COMMENTAIRES
Général	• A chaque question : l'asthme et l'obésité
1	• La définition selon l´HAS : • Surpoids = >97e percentile • Obésité = > seuil IOTF-30 (courbe passant par un IMC à 30 à 18 an)
3	• On ne peut pas parler d´asthme intermittent car on ne connait pas la fréquence des crises • Le syndrome d´obésité hypoventilation est tout simplement une association entre une obésité massive et une hypoventilation alvéolaire
4	• Le relevé de l'énoncé peut mettre en évidence plus de 6 points : ne tombez pas dans le piège : respectez la consigne en priorité.
6	• Question de cours • Attention à penser à rechercher un syndrome restrictif du fait de son obésité
7	• Asthme = radio du thorax • pas d´indication à un bilan de carence martiale ou de déficit immunitaire en 1e intention • Pas d´indication non plus à un bilan métabolique en cas de surpoids sans antécédent familial de diabète ou de dyslipidémie
8	• Classification de Gell et Combs • Asthme et rhinite allergique = type I, immédiate, IgE-dépendants • Pneumopathie d´hypersensibilité = type III, retardée, par dépôts de complexes Ag-Ac
9	• Pas d´exposition graduelle aux allergènes car c´est dangereux • Pas d´interdiction aux sucreries et ou de régime trop stricte chez l´enfant • Le But est une stabilisation du poids et non pas une perte • Pas de suivi psychologique ici car pas d´échec du régime, pas de comorbidités psychiatriques,....
10	• Masque facial+chambre d´inhalation+aérosols doseurs = pour les <36mois • Chambre d´inhalation+aérosols doseurs = entre 3-6 ans • Aérosols doseurs = pour les >6 ans
11	• Prendre une position claire • L´asthme n´est jamais une contre-indication aux activités sportives à l´école

ITEMS ABORDES

TYPE	INTITULES		
	UE	NUMERO	
Question principale	7	184	Asthme de l'adulte et de l'enfant
Questions accessoires	8	251	Obésité de l'adulte et de l'enfant
	8	247	Prescription d'un régime diététique
	1	9	Certificats
	7	184	Allergies respiratoires

Le + : POUR MIEUX ASSIMILER

TABLEAU A QCM et QROC		Items 44 184 / 251
QUESTIONS **(NOMBRE D'ELEMENTS)**		**INTITULES**
Etiologies d'obésité secondaire	Les 4	• Déficit en hormone de croissance • Syndrome de Turner • Prader-Willi • Hypothyroïdie
Points d'évaluation systématiques à chaque consultation chez un enfant	Les 6	• Calendrier vaccinal • Développement staturo-pondéral • Développement psychomoteur • Alimentation • Dépistage des anomalies sensorielles / orthopédiques • Evaluation de l'entourage
Causes à évoquer en cas d'asthme résistant sous traitement maximal	Les 5	• Prise de médicaments contre-indiqués • Inobservance • Défaut de contrôle de l'environnement / tabagisme passif • Erreur de diagnostic / Churg et Strauss / … • Mauvaise technique de prise des thérapeutiques inhalées

Notes personnelles

Dossier tour de synthèse 21

Le foie a un problème

1 Enoncé

Mr Lee N. 33 ans est hospitalisé suite à un bilan sanguin réalisé dans le cadre d'une asthénie. Il présente une cytolyse à 3 fois la normale, qui était déjà présente il y a un an. Le reste du bilan réalisé en ville est normal : NFS-plaquettes, GammaGT, phosphatases alcalines, ionogramme sanguin, urée et créatinine. L'examen clinique ne présente aucune particularité.
Vous demandez un bilan complémentaire qui retrouve :
- PCR VHC : négative, PCR VHB : 1 000 000 copies/ml
- Ag anti-Hbs : positive, IgM anti-Hbc : négative
- Ferritinémie : 500 µg/l, CST = 25
Le score METAVIR est évalué à A1/F2.

Question 1 :
Parmi les propositions suivantes, lesquelles son vraies ?
Le score METAVIR….
A – permet de poser l´indication thérapeutique
B – ne permet pas le diagnostic de cirrhose
C – évalue le pronostic
D – se calcule lors d´une échographie/élastopgraphie
E – est un score composite entre des marqueurs biologiques et les résultats d´une échographie
F – permet le diagnostic de cirrhose
G – le A du score correspond à « activity », donc l´activité du processus pathologique
H – le F du score correspond à « failure », le degré d´insuffisance hépato-cellulaire

Question 2 :
Quel est votre diagnostic ?

Question 3 :
Comment auriez-vous pu prévenir cette affection ?Selon quelles modalités?

Question 4 :

Quels sont les modes de transmission de cette affection ?

A – Sanguine
B – Sexuelle
C – Par Tatouage
D – par gouttelettes de Pflügge
E – Oro-fécale
F – Périnatale
G – Entérale
H – Parentérale

Question 5:

Le profil biologique d´un patiente vacciné n´ayant jamais été en contact avec le virus par ailleurs est le suivant :

A – Ag HBs+ AC anti-HBs - Ac anti-HBc+ Ag HBe +
B – Ag HBs - AC anti-HBs + Ac anti-HBc + Ag HBe -
C – Ag HBs + AC anti-HBs - Ac anti-HBc + Ag HBe -
D – Ag HBs + AC anti-HBs - Ac anti-HBc + Ag HBe +
E – Ag HBs - AC anti-HBs + Ac anti-HBc - Ag HBe -

Question 6 :

Quel examen biologique indispensable manque ?

Question 7 :

Quelles sont les 2 alternatives thérapeutiques ? Laquelle allez-vous choisir ?

Question 8 :

Quels sont les 4 conseils indispensables à donner à ce patient ?

Le traitement échoue du fait d'un défaut d'observance et de suivi. Le patient consulte 10 ans plus tard pour une altération de l'état général avec perte de 6 kg, fièvre depuis 15 jours et asthénie. Il présente une ascite volumineuse, ainsi que des œdèmes des membres inférieurs et des ecchymoses cutanées. Vous notez :

PA = 110/60 mmHg, FC = 90 bpm, T°=38.9°C.

Son abdomen est volumineux mais souple, le toucher rectal ne ramène pas de sang.

Question 9 :

Quel est votre diagnostic et quel est l´examen complémentaire qui permet de poser le diagnostic de la pathologie aiguë ?

Question 10 :

Quelles vont être les 2 mesures thérapeutiques essentielles ?

Question 11 :

Comment surveillerez-vous votre traitement (une seule réponse autorisée) ?

Question 12:

Pour lutter contre l´ascite quel(s) moyen(s) seront utilisés en 1e intention ?

A – Ponctions évacuatrices répétées

B – Diurétiques de l´anse

C – Anti-aldostérones

D – Association de diurétiques de l´anse et d´anti-aldostérones

E – Diurétiques thiazidiques

F – Tous les diurétiques sont contre-indiqués du fait du risque élevé d´insuffisance rénale

Question 12:

Dans la pathologie cirrhotique, une ascite est le résultat de

A – L´hypertension portale

B – L´insuffisance hépato-cellulaire (par hypoalbuminémie)

Question 13 :

Quelles sont les autres complications liées à sa maladie hépatique à redouter chez ce patient ?

2 Corrigé

Le + : PREMIERE LECTURE, CONSEILS ET ASTUCES

- **Appréciation globale et difficulté du dossier :**
  - **Difficulté : 3 / 3**
  - **A classer en 3ème position parmi les 3 dossiers de l'épreuve : long et atypique**
- **Zéros et mots clés à inscrire sur le brouillon :**
  - **Cirrhose = arrêt de l'alcool et HEPATOPROTECTION**
  - **VHB = rapports sexuels protégés, recherche des autres hépatites**
  - **IST = rapports sexuels protégés**
- **Astuces, réflexes et pièges :**
  - **Une complication de la cirrhose = recherche et prévention des autres complications de la cirrhose**
  - **Une IST = recherche de toutes les IST**

Grille de correction

1	Parmi les propositions suivantes, lesquelles son vraies ? Le score METAVIR….	Grille ECN
•	A = permet de poser l´indication thérapeutique	**2**
•	C = évalue le pronostic	**2**
•	F = permet le diagnostic de cirrhose	**2**
•	G = le A du score correspond « activity », donc l´activité du processus pathologique	**2**
		8

2	Quel est votre diagnostic ?	Grille ECN
•	Infection par le **virus de l'hépatite B**	**4**
•	**Chronique**	**2**
•	Et **active**	**2**
		8

3	**Comment auriez-vous pu prévenir cette affection ?**	**Grille ECN**
	• Par la **vaccination anti-hépatite B**	**4**
	• Schéma de 3 injections : M0, M1, M6	**-**
		4

4	Quels sont les modes de transmission de cette affection ?	**Grille ECN**
	• A = **Sanguine**	**1**
	• B = **Sexuelle**	**1**
	• C = **Par Tatouage**	**1**
	• F = **Périnatale**	**1**
	• H = **Parentérale**	**1**
		5

5	Le profil biologique d´un patiente vacciné n´ayant jamais été en contact avec le virus par ailleurs est le suivant :	**Grille ECN**
	• E = **Ag HBs - AC anti-HBs + Ac anti-HBc - Ag HBe -**	**4**
		4

6	**Quel examen biologique indispensable manque ?**	**Grille ECN**
	• **Sérologie VIH 1 et 2**	**4**
	• A la recherche d'une co-infection car **pathologie sexuellement transmissible**	**-**
		4

7	**Quelles sont les 2 alternatives thérapeutiques ? Laquelle allez-vous choisir ?**	**Grille ECN**
	• **Traitement antiviral :**	**3**
	- **Par entécavir® ou ténofovir®**	**-**
	- **Per os, de longue durée**	**-**
	• **Traitement immunomodulateur :**	**3**
	- Par inteferon-pégylé®	**-**
	- En intramusculaire pendant un an	**-**
	• **Ici : on choisit le traitement antiviral :**	**3**
	- Car charge virale élevée et cytolyse faible	**2**
	- Avec fibrose évoluée (stade F3)	**2**
		13

8 Quels sont les 4 conseils indispensables à donner à ce patient ?	Grille ECN
• **Hepatoprotection : Eviction totale et définitive de l'alcool - (PMZ)**	3
• **Rapports sexuels protégés - (PMZ)**	3
• Prise en charge de l'**entourage** proche :	3
• Avec dépistage sanguin de l'hépatite B :	1
- Vaccination anti-hépatite B	1
- Education thérapeutique	1
• Vaccination de l´hépatite A	
	12

9 Quel est votre diagnostic et quel est l´examen complémentaire qui permet de poser le diagnostic de la pathologie aiguë ?	Grille ECN
• On évoque une **infection spontanée du liquide d'ascite**	2
• Il faut réaliser une **ponction exploratrice du liquide d'ascite :**	2
- Avec **analyse cytologique : on attend des PNN > 500 / ml**	1
- Et **biochimique** : ascite pauvre en protides	1
- Et **bactériologique** (non contributive le plus souvent)	-
	6

10 Quelles vont être les 2 mesures thérapeutiques essentielles ?	Grille ECN
• **Antibiothérapie** :	4
- Parentérale initialement, large spectre, bactéricide	-
- **En l'absence d'allergie** aux beta-lactamines – (**PMZ**)	1
- Efficace sur les **bacilles gram négatifs**	1
- Type ceftriaxone IV	-
• **Perfusion d'albumine** par voie IV (pour prévenir le **syndrome hépatorénal)**	4
	10

11 Comment surveillerez-vous votre traitement (une seule réponse autorisée) ?	Grille ECN
• **Ponction de contrôle du liquide d'ascite à 48 heures :**	3
- Pour analyse cytologique	-
- Avec compte du taux de PNN	-
- On attend une **diminution de plus de 50%**	2
	5

12 Pour lutter contre l´ascite quel(s) moyen(s) seront utilisés en 1e intention ?	Grille ECN
• C = Anti-aldostérones	4
	4

13	Dans la pathologie cirrhotique, une ascite est le résultat de…	Grille ECN
	• A = L´hypertension portale	3
		3

14	**Quelles sont les autres complications liées à sa maladie hépatique à redouter chez ce patient ?**	Grille ECN
	• **Hémorragie digestive :**	2
	- Rupture de **varices oesophagiennes**	2
	- Hypertension portale	-
	- Favorisée par une **coagulopathie**	2
	• Insuffisance rénale fonctionnelle : **syndrome hépatorénal**	2
	• **Insuffisance hépatique terminale**	2
	• **Encéphalopathie hépatique**, voire coma	2
	• **Carcinome hépato-cellulaire**	2
		14

COMMENTAIRES

QUESTIONS	COMMENTAIRES
Général	• Dossier assez précis, exigeant de bien connaitre son cours. La prise en charge de l'hépatite B est à présent bien codifiée, donc risque de dossier ! • Le risque ici est de se laisser entrainer par un « excès de connaissances » et de noyer les mots-clés. Il faut bien coller aux questions
1	• Le score METAVIR est calculé lors d´une PBH • Ne pas confondre avec le Fibrotest ou Firbroscane • Le diagnostic de certitude d´un cirrhose est l´Anapa th, donc peut se faire lors du score METAVIR
2	• Bien penser à porter un diagnostic complet
3	• Classique
4	• Ne pas oublier la transmission périnatale
5	• Question de cours classique
6	• Toujours penser aux autres IST • Devant une infection à VHB, il convient aussi de penser à l´hépatite Delta
7	• Il faut connaitre les modalités de traitement de l'hépatite B. • Ici le tableau est clairement en faveur des antiviraux : cytolyse faible, charge virale élevée et début de fibrose • On préférera les immunomodulateurs en cas de cytolyse élevée avec charge virale faible, traduisant une bonne réponse antivirale de l'organisme
8	• Penser à l'entourage dans l'hépatite B, le risque de contamination est important • IST = rapports sexuels protégés
9	• Complication classique chez le cirrhotique
10	• Quand on parle d'antibiotiques : toujours préciser - **L'absence d'allergies (le zéro est sévère mais ça a toujours été coté à l'ECN donc il faut y penser)**

	- **Les germes ciblés : ici du digestif donc des BGN** • La perfusion d'albumine est recommandée dans l'infection du liquide d'ascite
11	• D´autres paramètres de surveillance importants : diurèse, périmètre abdominale, natriurèse, température
12	• Pas de ponctions itératives car le risque d´infection est trop élevé
13	• Confusion classique entre les 2 mécanismes

ITEMS ABORDES

TYPE	INTITULES		
	UE	NUMERO	
Question principale	8	276	Cirrhose
Questions accessoires	6	163	Cytolyse et hépatites virales
	10	326	Prescription des antibiotiques
	6	158	Infections sexuellement transmissibles

LE + : POUR MIEUX ASSIMILER

TABLEAU A QCM et QROC		Items 163 / 276
QUESTIONS (NOMBRE D'ELEMENTS)		**INTITULES**
Causes fréquentes de cirrhose	Les 4	• Ethylique • Virale : hépatite B et C • Stéatose hépatique non alcoolique (NASH) • Hémochromatose
Indications de traitement d'une hépatite B	Les 4	• Charge virale élevée • Score METAVIR > A1 et/ou F1 • Cirrhose décompensée : en urgence • Cirrhose
Traitement du carcinome hépato-cellulaire	Les 4	• Transplantation hépatique • Chimio-embolisation • Ablation par radiofréquence • Hépatectomie segmentaire

Causes d'hématémèse chez le cirrhotique	Les 5	• Rupture de varices œsophagiennes • Gastropathie d'hypertension portale • Ulcère gastroduodénal • Coagulopathie / troubles de la coagulation • Cancer de l'œsophage / estomac
Anomalies échographiques du foie cirrhotique	Les 4	• Foie dysmorphique • Signes d'hypertension portale • Signes de stéatose • Recherche d'un nodule de carcinome hépato-cellulaire

Notes personnelles

Dossier tour de synthèse 22

Elle a tout pour plaire

1 Enoncé

Vous voyez en consultation de médecine générale Mme Emilie B, 67 ans, accompagnée de son époux. C'est une patiente que vous connaissez bien, la suivant depuis de nombreuses années pour un diabète sévère de type 2 sous metformine® relativement bien contrôlé, une HTA bien équilibrée sous périndopril® et un surpoids. Elle vient vous voir ce jour pour une douleur importante du membre inférieur droit évoluant depuis maintenant près d'une semaine, et résistante même au PROFENID® emprunté à son mari. A l'examen général on retrouve une fièvre à 38.8°C, une tension à 135/80 mmHg pour un pouls à 115/mn. L'examen des membres révèle des œdèmes de stase bilatéraux avec en regard de la zone douloureuse un placard inflammatoire. La patiente présente également une dermite ocre bilatérale avec quelques excoriations bilatérales millimétriques.

Question 1 :
Quelles sont les 3 complications graves à rechercher dans l'immédiat ?

Question 2 :
Citez pour chacune de ces 3 complications les 2 signes cliniques qui vous paraissent les plus pertinents.

Question 3:
Qu´est ce qui définit un syndrome de réponse inflammatoire systémique ?
Il s´agit de > ou = à 2 des signes suivants
A – Température > 38.3 °C
B – Température < 36 °C
C – Hypotension artérielle
D – Fréquence respiratoire > 30/min
E – PaCO2 < 32mmHg (hyperventilation)
F – Leucocytose > 12 000/mm3
G – Oligoanurie
H – Trouble de la conscience
I – Saturation <95%

La patiente ne présente aucun argument pour de telles complications.

Question 4 :

Parmi les propositions suivantes, lesquelles sont vraies ?

A – Il faudra hospitaliser cette patiente en urgence

B – Il faudra hospitaliser sans urgence

C – Une prise en charge ambulante sera suffisante

D – L´arrêt du PROFENID est primordial dans ce cas

E – L´arrêt de la METFORMINE est primordial dans ce cas

F – L´association du PERINDOPRIL et du PROFENID est toujours déconseillé

G – La tension de la patiente est trop élevée par rapport aux valeurs ciblées chez elle

H – Elle présente 3 facteurs de risqué cardiovasculaire majeurs

La patiente est finalement hospitalisée en urgence en service de maladie infectieuse pour initier la prise en charge. Voila les résultats du bilan prescrit à son arrivée :

Leucocytes : 15600/mm^3 dont 92% de PNN

Hb : 13.8g/L

Plaquettes : 286000/mm^3

Créatininémie : 225 µmoles/L

Urée : 7 mmol/L

Na : 141 mmol/L

K : 4.2mmol/L

CRP : 255 UI/L

Procalcitonine : 4.3 UI/L

Glycémi à jeun : 2.5g/L

BU : nitriturie : négative ; Glucose : 3 croix ; cétone : 1 croix ; leucocyturie : négative

Hémocultures : pas de pousse de germes

Compte-tenu de la négativité des prélèvements bactériologique initiaux, l'interne propose de poursuivre les hémocultures pour être à même de débuter une antibiothérapie ciblée, dès lors qu'un germe aura été objectivé. L'externe semble vouloir réfuter cette idée.

Question 5 :

Parmi des propositions suivantes lesquelles sont vraies d´après vous ?

A – Il faudra en plus faire des prélèvements locaux pour augmenter la chance de trouver le germe

B – L´urgence dans ce cas est l´acidocétose diabétique

C – L´antibiothérapie est à députer en urgence malgré la négativité des hémocultures

D – Une échographie cardiaque est à planifier pour les jours à venir

E – Les hémocultures sont positives dans plus de 50% des cas dans ce type de pathologie

F – La glycémie est normale ici

G – La procalcitonine est un marqueur d´inflammation comme la CRP mais plus sensible

H – La procalcitonine est normale ici

I – La CRP est produite par le foie

Question 6 :
Quel est le germe le plus fréquemment mis en évidence dans cette pathologie ?
A – Bacilles Gram négatif
B – Staphylocoque doré
C – Staphylocoque blanc
D – Streptocoque du groupe A
E – Streptocoque du groupe B

Question 7:
Quelles sont les 2 antibiothérapies les plus adaptées ici (la première ligne et en cas d´allergie) ?
A – Amoxicilline
B – Augmentin
C – Ceftriaxone
D – Ciprofloxacine
E – Pristinamycine
F – Clindamycine
G – Spiramycine
H – Econazole
I – Métronidazole
J – Clindamycine

Question 8 :
Quelles sont les autres mesures thérapeutiques que vous allez devoir mettre en place pour les 24 premières heures d'hospitalisation ?
A – Mise au lit stricte
B – Anticoagulation préventive par HBPM
C – Contention veineuse
D – Surélévation de membre
E – Insulinothérapie adaptée aux glycémies

Question 9 :
Relevez dans l'énoncé les 2 facteurs majeurs associés à la pathologie principale du dossier.

Question 10 :
Nommer la lésion responsable de l'épisode aigu ainsi que la pathologie sous jacente.

Question 11 :
Quels vont désormais être les 7 axes de prise en charge à long terme chez cette patiente ?

Quelques semaines après son hospitalisation la patiente revient vous voir pour une majoration rapide de ses œdèmes. Elle vous décrit une anurie depuis 24 heures et la bandelette urinaire retrouve une protéinurie importante.

Question 12 :
Quel est votre diagnostic ? Citez 2 examens biologiques spécifiques susceptibles de le confirmer.

2 Corrigé

Le + : PREMIERE LECTURE, CONSEILS ET ASTUCES

- **Appréciation globale et difficulté du dossier :**
  - **Dossier facile dans son sujet mais complexe par sa longueur et la quantité d'éléments à analyser**
  - **Difficulté : 3/3**
  - **A classer en 3ème position parmi les 3 dossiers de l'épreuve**
- **Zéros et mots clés à inscrire sur le brouillon :**
  - **Episode aigu : ARRET DES TRAITEMENTS : les lister au brouillon**
  - **Arrêt des traitements = substitution des traitements ?**
  - **Plaie = SAT-VAT (même si ca risque de ne pas être coté)**
- **Astuces, réflexes et pièges :**
  - **Infection = porte d'entrée**
  - **Insuffisance rénale aiguë : adapter les posologies et rechercher les traitement contre-indiqués**
  - **Avoir la notion de gravité potentielle : cette patiente n'est pas « grave » cliniquement mais peut très rapidement le devenir.**

Grille de correction

Consignes : 1 point négatif pour toute réponse supplémentaire donnée, sauf consignes différentes pour certaines questions

1	Quelles sont les 3 complications graves à rechercher dans l'immédiat.	Grille ECN
	• **Sepsis sévère** à porte d'entrée cutanée	2
	• Dermohypodermite bactérienne **nécrosante**	2
	• **Décompensation acido-cétosique** du diabète de type 2 ou **acidose lactique**	2
		6

2	**Citez pour chacune de ces 3 complications les 2 signes cliniques qui vous paraissent les plus pertinents.**	**Grille ECN**
	• **Sepsis sévère :** - **Hypotension <90/40 (pas de point si valeur non précisée)** - **Marbrure** - **Oligurie** - **Troubles de la conscience** - **Toute mention d'une défaillance d'organe**	**2pts par item 4pts max**
	• **Dermohypodermite bactérienne nécrosante :** - Nécrose **cutanée** - Anesthésie **cutanée** - Douleur **intense** - Crépitation **cutanée**	**2pts par item 4pts max**
	• **Décompensation acido-cétosique du diabète de type 2 ou acidose lactique** - Polypnée - Haleine **cétonique** - Bandelette urinaire **positive : cétones** - **Signes de** déshydratation - Douleurs musculaires diffuses - Douleurs abdominales	**2pts par item 4pts max**
		12

3	**Qu´est ce qui définit un syndrome de réponse inflammatoire systémique ? Il s´agit de > ou = à 2 des signes suivants**	**Grille ECN**
	• A = Température > 38.3 °C	**2**
	• B = Température < 36 °C	**2**
	• E = PaCO2 < 32mmHg (hyperventilation)	**2**
	• F = Leucocytose > 12 000/mm3	**2**
		8

4	**Parmi les propositions suivantes, lesquelles sont vraies ?**	**Grille ECN**
	• A = Il faudra hospitaliser cette patiente en urgence	**4**
	• D = L´arrêt du PROFENID est primordial dans ce cas	**3**
	• E = L´arrêt de la METFORMINE est primordial dans ce cas	**3**
	• F = L´association du PERINDOPRIL et du PROFENID est toujours déconseillé	**2**
	• H = Elle présente 3 facteurs de risqué cardiovasculaire majeurs	**2**
		10

5	**Parmi des propositions suivantes lesquelles sont vraies d´après vous ?**	**Grille ECN**
	• C = L´antibiothérapie est à députer en urgence malgré la négativité des hémocultures	**2**
	• E = Les hémocultures sont positives dans plus de 50% des cas dans ce type de pathologie	**2**
	• I = La CRP est produite par le foie	**2**
		8

6	**Quel est le germe le plus fréquemment mis en évidence dans cette pathologie ?**	Grille ECN
•	D = Streptocoque du groupe A	6
		6

7	**Quelles sont les 2 antibiothérapies les plus adaptées ici (la première ligne et en cas d´allergie) ?**	Grille ECN
•	A = Amoxicilline	2
•	G = Spiramycine	2
		4

8	**Quelles sont les autres mesures thérapeutiques que vous allez devoir mettre en place pour les 24 premières heures d'hospitalisation ?**	Grille ECN
•	C – Contention veineuse	3
•	D – Surélévation de membre (lutte contre le lymphoedème)	3
		6

9	**Relevez dans l'énoncé les 2 facteurs majeurs associés à la pathologie principale du dossier.**	Grille ECN
•	**Obésité**	4
•	Présence d'une **porte d'entrée** négligée : ulcère veineux sur insuffisance veineuse chronique	4
		8

10	**Nommer la lésion responsable de l'épisode aiguë ainsi que la pathologie sous jacente.**	Grille ECN
•	**Ulcère veineux**	7
•	Sur **insuffisance veineuse** chronique	3
		10

11	**Quel vont désormais être les 7 axes de prise en charge à long terme chez cette patiente ?**	**Grille ECN**
	• Port quotidien de **bas de contention**	**2**
	• **Soins des ulcères** veineux	**2**
	• Equilibre strict du **diabète** de type 2	**2**
	• Contrôle du niveau **tensionnel**	**1**
	• Perte de **poids**	**2**
	• **Pas d'automédication**	**2**
	• **Lien avec la médecine de ville** / lettre au médecin traitant **– (PMZ)**	**2**
		13

12	**Quel est votre diagnostic ? Citez 2 examens biologiques susceptibles de confirmer cette hypothèse.**	**Grille ECN**
	• Syndrome néphritique aigu	**2**
	• Sur glomérulonéphrite post-streptococcique	**3**
	• **Anticorps antistreptolysine** : positif	**2**
	• Dosage du **complément** : abaissé	**2**
		9

COMMENTAIRES

QUESTIONS	COMMENTAIRES
Général	• 40 items cotés sur un dossier difficile : les points partent vite. Ce n'est pas un « dossier à 100 points ». il faut rester concentrer pour gagner les points faciles.
1	• Il faut penser à la fois à l´acidocétose diabétique et l´acidose lactique devant la prise de metformine
2	• Soyez toujours le plus précis possible dans la description d'un signe clinique : donnez des valeurs dès que possible : cela a déjà été coté à l'ECN.
3	• Question de cours
4	• Il est difficile de ne pas hospitaliser un érysipèle à l'ECN. Ici la patiente cumule les raisons d'être prise en charge en milieu hospitalier • Attention aux nouvelles recommandations de 2013 sur les valeurs cibles de l´HTA • L´association IEC et AINS est dangereuse et donc déconseillé pour l´ECN • Ici, on parlait des FDR cardiovasculaires majeurs, ce qui n´inclut pas l´obésité
5	• Seule une antibiothérapie en urgence permettra un contrôle de l'infection. • On ne peut évoquer une cétose diabétique avec une seule croix de cétone dans les urines. • Les prélèvements locaux sont rarement indiqués car il est difficile de les réaliser dans de bonnes conditions. • Uniquement 10% des hémocultures reviennent positives
7	• La clindamycine, qui est anti-toxinique n´est indiquée qu´en cas d´infection grave • L´Augmentin ici ne serait pas faux proprement dit, car contenant de l´amoxicilline mais le mettre ferait preuve d´un manque de compréhension. En effet, l´acide clavulanique permet de récupérer les bactéries qui produisent des béta-lactamases et les streptocoques n´en font pas parti
8	• Arrêt = relais des traitements • Pas de HBPM car insuffisance rénale • Pas de repos stricte, favoriser plutôt le lever précoce
9	• D'après la conférence de consensus le diabète n'est pas un facteur de risque d'érysipèle.
11	• Difficile d'individualiser les 7 items désirés. Composez votre réponse pour être surs de ne pas manquer de points essentiels. • Le PMZ est sévère. Il est capital, sans un suivi strict cette patiente va multiplier les complications.
12	• Détaillez toujours vos diagnostics • Précisez les résultats attendus pour tous les examens complémentaires

ITEMS ABORDES

TYPE	INTITULES		
	PARTIE	NUMERO	
Question principale	6	152	Infections cutanéo-muqueuses bactériennes
Questions accessoires	10	322	Iatrogénie
	8	245	Diabète de type 2 et ses complications
	8	225	Insuffisance veineuse.
	8	226	Ulcère de jambe

LE + : POUR MIEUX ASSIMILER

TABLEAU A QCM ou QROC		Items 87 181 - 233
QUESTIONS (NOMBRE D'ELEMENTS)		INTITULES
Complications systémiques des infections streptococciques	Les 5	• Glomérulonéphrite aiguë • Rhumatisme articulaire aigu • Scarlatine • Chorée de Sydenham • Erythème noueux
Organes cibles du diabète de type 2	Les 6	• Œil • Rein • Vaisseaux • Cœur • Pied • nerf
Signes de gravité d'un érysipèle	Les 9	• Douleur intense • Induration • Nécrose • Hypoesthésie • Crépitation • Extension rapide • Lividité • Augmentation des CPK • Sepsis sévère
Arguments en faveur d'une étiologie iatrogène	Les 2	• Imputabilité intrinsèque : - Score sémiologique - Score chronologique • Imputabilité extrinsèque

Notes personnelles

Dossier tour de synthèse 23

Pépé tombe

1 Enoncé

Monsieur Paul M., 89 ans, est déposé aux urgences par les pompiers. Il a été pris en charge chez lui où il vit seul, après été retrouvé au sol par son aide ménagère. Ne pouvant le relever seul, elle a donc appelé les secours.

La jeune femme a eu la bonne idée de transmettre son dossier médical aux pompiers. Le patient est en excellente santé. Il ne prend aucun traitement en dehors d'un antiagrégant plaquettaire et un laxatif au besoin.

Les constantes sont : tension artérielle à 14/8, un pouls à 72 par minute, une température à 37.2°C, HGT 5.1 mmol/L, ECG sans particularités.

A l'interrogatoire il dit avoir bêtement glissé comme cela lui arrive fréquemment, et être resté près de 4h au sol. En tombant il se souvient s'être cogné mais ne pas avoir perdu connaissance. M. X est parfaitement orienté et ne présente aucun trouble des fonctions supérieures. Il est d'ailleurs désireux de savoir quand il va pouvoir retourner chez lui. Le reste de l'examen est, pour l'âge, parfaitement normal.

Le scanner cérébral réalisé devant la suspicion de trauma crânien est strictement normal.

<u>Question 1 :</u>
Faut-il arrêter l´antiagrégant plaquettaire ?
A – Oui, car le risqué de saignement est élevée et les recommandations professionnelles sont très claire là-dessus
B – Non, car le risqué de saignement est faible
C – Il n´y a pas de recommandations claires à ce sujet et la décision est laissée à l´expérience du praticien

<u>Question 2 :</u>
Quels sont les 2 signes de gravité que vous relevez dans cette observation ?

<u>Question 3 :</u>
Citez 2 situations médicales dans lesquelles une chute doit d'emblée être considérée comme grave.

Question 4:

Parmi les propositions suivantes lesquelles sont vraies ?

A – La chute est responsable de 30% des hospitalisations après 65 ans

B – La meilleure solution pour ce chuteur à répétitions est une institutionnalisation pour pouvoir le surveiller

C – Le temps passé au sol expose à une pneumopathie d´inhalation et requiert une antibiothérapie empirique

D – A distance il y a indication à vacciner ce patiente contre la grippe saisonnière ainsi que le pneumocoque, du fait de sont âge

E –Plus de la moitié des chuteurs âgés récidivent dans l´année

F – L´altération des capacités mnésiques est une conséquence physiologique de l´âge

G – un IMC < 18kg/m2 est signe d´une dénutrition sévère chez le sujet âgé

Question 5:

Quels ont dû être les 4 éléments de l'examen physique (non mentionné dans l'énoncé) recherchés avant de pouvoir qualifier celui-ci de normal ?

Question 6 :

Quels sont en général les 10 axes de votre évaluation gériatrique ? Citez quand cela est possible une échelle standardisée propre à l'évaluation de cet axe.

Question 7 :

Existe-t-il ici des indications à réaliser un bilan paraclinique à titre systématique ?

Question 8 :

Si la réponse à la précédente question était oui, lesquels?

A – 2e TDM cérébrale à distance

B – CPK

C – Créatinine sérique

D – Hémoglobine

E – ECG

F – Glycémie capillaire/veineuse

Question 9:

Quels sont les éléments évalués dans l´ADL (activity of daily Living) de Katz ?

A – Prise de Repas

B – Continence

C – Capacité de répondre au téléphone

D – Capacité de s´habiller

E – Hygiène corporelle

F – Aller aux toilettes

G – Locomotion

H – Capacité de prendre les transports en commun

Question 10 :
Quels sont les 3 tests recommandés pour évaluer le risque de chute chez la personne âgée ?
A – Testing de la force musculaire
B – Test de Romberg
C – Timed get up and go test
D – Test de Tinzetti
E – Station unipodale
F – Test d´équilibre de Berg

Question 11 :
Quelles sont les 5 mesures simples à proposer à ce chuteur itératif ?

Il est finalement décidé de laisser sortir ce patient.
Le patient est à nouveau hospitalisé 3 mois plus tard devant un tableau de confusion d'installation progressive. L'examen des constantes est normal, le patient est désorienté dans le temps et l'espace, présente des troubles de la mémoire ainsi qu'un déficit moteur estimé à 4/5 à gauche.

Question 12 :
Quel est alors le diagnostic à éliminer en urgence ? Par quel examen ?

Question 13 :
Peuvent faire partie d´un syndrome post-chute les signes cliniques suivants :
A – Syndrome dépressif
B – Pleurs incessants
C – Hypertonie extrapyramidale/oppositionnelle
D – Signe de Babinski bilatéral
E – Phobie de la station debout
F – Rétropulsion
G – Perte d´autonomie
H – Astasie-Abasie

2 Corrigé

LE + : PREMIERE LECTURE, CONSEILS ET ASTUCES

- **Appréciation globale et difficulté du dossier :**
  - **Dossier très typique de gériatrie.**
  - **Difficulté : 2/3**
  - **A classer en 1ère ou 2ème position parmi les 3 dossiers de l'épreuve**
- **Zéros et mots clés à inscrire sur le brouillon :**
  - **Gériatrie = polypathologie.**
  - **Polypathologie = iatrogénie.**
  - **Chute en gériatrie = motif de la chute ? Temps passé au sol ? Conséquences de la chute ?**
  - **Gériatrie = importance du médecin traitant qui coordonne**
  - **Gériatrie = PARMI OH DCD (polymédication, autonomie, rein, MMS/marche, isolement, OPH, hypotension, dépression, chute, dénutrition)**
  - **Evaluation gériatrique standardisée**
  - **L´ALD du vieux = polypathologies invalidentes chronique**
- **Astuces, réflexes et pièges :**
  - **Ne surtout pas penser que la gériatrie se limite à l'ECN aux quelques questions qui s'y rapporte spécifiquement. De très nombreux items sont transversalisable via un dossier de gériatrie.**
  - **Il existe en gériatrie des recommandations par l'HAS qui sont pour la plupart vraiment très bien faites.**

GRILLE DE CORRECTION

Consignes : 1 point négatif pour toute réponse supplémentaire donnée, sauf consignes différentes pour certaines questions

1	**Faut-il arrêter l´antiagrégant plaquettaire ?**	**Grille ECN**
	• C = Il n´y a pas de recommandations claires à ce sujet et la décision est laissée à l´expérience du praticien	**3**
		3

2	**Quels sont les 2 signes de gravités que vous relevez dans cette observation ?**	**Grille ECN**
	• **Chutes répétées**	**3**
	• **Impossibilité à se relever** / temps au sol >1h	**3**
		6

3	**Citez 2 situations médicales dans lesquelles une chute soit d'emblée être considérée comme grave.**	**Grille ECN**
	• **Ostéoporose** avérée / T-Score <2,5	**2**
	• Patient sous **traitement anticoagulant**	**/réponse**
	• **Isolement sociale**	
		4

4	**Parmi les propositions suivantes lesquelles sont vraies ?**	**Grille ECN**
	• A = chute est responsable de 30% des hospitalisations après 65 ans	**2**
	• E = Plus de la moitié des chuteurs âgés récidivent dans l´année	**2**
	• F = L´altération des capacités mnésiques est une conséquence physiologique de l´âge	**2**
	• G = un IMC < 18kg/m2 est signe d´une dénutrition sévère chez le sujet âgé	**2**
		8

5	**Quels ont du être les 4 éléments de l'examen physique (non mentionné dans l'énoncé) à rechercher avant de pouvoir qualifier celui-ci de normal au décours de la chute ?**	**Grille ECN**
	• Recherche de **douleurs aiguës** / déformation /palpation des reliefs osseux	**3**
	• Recherche de **signe de localisation neurologique** / déficit moteur	**3**
	• Examen de la **capacité à maintenir une position debout** / à marcher	**3**
	• **Auscultation** cardio-pulmonaire	**1**
		10

6	**Quels sont en général les 10 axes de votre évaluation gériatrique ? Citez quand cela est possible une échelle standardisée propre à l'évaluation de cet axe.**	**Grille ECN**
	• Recueil des **antécédents**	**2**
	• Recherche d'un **déficit sensoriel**	**2**
	• Evaluation du **risque de chute**	**2**
	• Examen de **l'ordonnance** / évaluation du risque iatrogène	**3**
	• Recherche d'un syndrome dépressif / **évaluation psychologique** :	**2**
	- **Echelle gériatrique de dépression (Geriatric Dépression Scale)**	**1**
	• Examen des **fonctions supérieures** :	**2**
	- **Mini Mental State Evaluation (MMSE) / 5mots / horloge / …**	**1**
	• **Bilan nutritionnel** / enquête alimentaire :	**1**
	- **Mini Nutritional Assessment (MNA)**	**1**
	• Evaluation de **l'autonomie** :	**3**
	- **Grille AGGIR, échelle ADL**	**1**
	• Qualité de **l'entourage**	**2**
	• Recueil des facteurs de risque d'escarre	**1**
	• Compréhension des désirs et attente du patient	**Bonus +2**
		24

7	**Existe-t-il ici des indications à réaliser un bilan paraclinique à titre systématique ?**	**Grille ECN**
	• Oui	**2**
		2

8	**Si la réponse à la précédente question était oui, lesquels ?**	**Grille ECN**
	• B = CPK	**2**
	• C = Créatinine sérique	**2**
	• E = ECG	**2**
	• F = Glycémie capillaire/veineuse	**2**
		8

9	**Quels sont les éléments évalués dans l´ADL (activity of daily Living) de Katz ?**	**Grille ECN**
	• A = Prise de Repas	**1**
	• B = Continence	**1**
	• D = Capacité de s´habiller	**1**
	• E = Hygiène corporelle	**1**
	• F = Aller aux toilettes	**1**
	• G = Locomotion	**1**
		6

10	**Quels sont les 3 tests recommandés pour évaluer le risque de chute chez la personne âgée ?**	**Grille ECN**
	• B = Test de Romberg	**2**
	• C = Timed get up and go test	**2**
	• E = Station unipodale	**2**
		6

11	**Quelles sont les 5 mesures à proposer à ce chuteur itératif ?**	**Grille ECN**
	• **Révision des prescriptions** médicamenteuses **– (PMZ)**	**4**
	• Correction des **facteurs prédisposants** (correction d´une hypotension	**2**
	orthostatique,…)	**1**
	• **Chaussage** adapté	**3**
	• Activité physique régulière / kinésithérapie	
	• Apport vitamino-calcique suffisant	**2**
		12

12	**Quel est alors le diagnostic à éliminer en urgence ? Par quel examen ?**	**Grille ECN**
	• **Hématome sous-dural chronique**	**3**
	• Du sujet âgé	**-**
	• En **urgence**	**-**
	• Par un **scanner cérébral**	**2**
	• Non injecté	**1**
		6

13	**Peuvent faire partie d´un syndrome post-chute les signes cliniques suivants :**	**Grille ECN**
	• C = Hypertonie extrapyramidale/oppositionnelle	**1**
	• E = Phobie de la station debout	**1**
	• F = Rétropulsion	**1**
	• G = Perte d´autonomie	**1**
	• H = Astasie-Abasie	**1**
		5

COMMENTAIRES

QUESTIONS	COMMENTAIRES
Général	• La gériatrie est une question majeure des politiques de santé actuelle et sera le quotidien de la pratique de nombre d'entre nous. • Les grilles réponses limitatives sont souvent, comme à l'ECN inspirée de recommandation.
1	• Pour vous montrez que
4	• Pas d´indication pour la vaccination anti-pneumococcique chez la personne âgée sans comorbidités • Les troubles mnésiques ne devraient jamais être dû à l´âge
6	• 10. Pourquoi pas 8 ou 12 ? Listez-les quitte à en trouver plus de 10, puis limitez la réponse en collant au dossier et en hiérarchisant votre réponse. • Un bon exercice ici est de se demander quelle aurait pu être la réponse si la question en avait demandé 8. (escarre et antécédents en moins... ?) • Cette question est un plan pour une évaluation gériatrique globale. • S´aider du PARMI les DCD il y a OH
7+8	• Question unique mais… multiple. Penser à relire SYSTEMATIQUEMENT CHAQUE question avant d'y répondre. • La rhabdomyolyse va engendrer une nécrose tubulaire aiguë et donc uns insuffisance rénale organique
11 +12	• Sujet âgé (ou alcoolique) + chute répétée + signes neurologiques d'apparition rapidement progressive : toujours évoquer l'hématome sous-dural chronique • Pensez à détailler l'examen de manière systématique. Tous les gens qui ont pensé à l'hématome sous-dural mettront le TDM cérébral, c'est la une manière facile pour le correcteur de rendre sa grille plus discriminante.

ITEMS ABORDES

TYPE	INTITULES		
	UE	NUMERO	
Question principale	5	126	La personne âgée malade
Questions accessoires	11	335	Accidents vasculaires cérébraux.
	5	128	Troubles de la marche et de l'équilibre. Chutes chez le sujet âgé
	4	106	Confusion, dépression, démences chez le sujet âgé
	11	343	Insuffisance rénale aiguë
	10	319	La décision thérapeutique personnalisé

LE + : POUR MIEUX ASSIMILER

TABLEAU A QCM et QROC		Items 126/128
QUESTIONS (NOMBRE D'ELEMENTS)		INTITULES
Bilan paraclinique devant une suspicion de démence	Les 8	• Imagerie cérébrale • Glycémie à jeun • Calcémie • Albuminémie • Dosage B12 / folates • Créatininémie et urémie • TSH • Bilan neuropsychiatrique / bilan cognitif
Règles de prescription médicamenteuse chez le sujet âgé	Les 8	• Evaluation du rapport bénéfices-risques • Choisir les molécules les mieux tolérées • Posologie minimale efficace • Evaluation du poids du patient • Adapter les posologies aux fonctions hépatiques et rénales • Sécuriser la prise médicamenteuse • Forme galénique adaptée au sujet • Lutte contre la iatrogénie et la polymédication
Critères du DSM-IV définissant la démence	Les 5	• Déficits cognitifs multiples • Retentissement par rapport au fonctionnement antérieur • Début progressif / durée > 6 mois / déclin continu • Perte d'autonomie • Sans autre cause retrouvée

Notes personnelles

Dossier tour de synthèse 24

Un accouchement sanglant

1 Enoncé

Praticien hospitalier en service de réanimation, vous êtes appelé par votre collègue (et amie) obstétricienne pour participer à la prise en charge de Mme Joséphine G, parturiente de 28 ans, qui semble présenter une hémorragie dans les suites de son accouchement.

L'analyse rapide de son dossier vous apprend qu'elle est désormais G2P2, le premier enfant est né 18 mois plus tôt par césarienne au sein de cet hôpital dans un contexte de stagnation et va bien. Le deuxième enfant se porte comme un charme dans les bras de la sage femme.

A l'examen clinique de Joséphine, la tension est à 69/38 mmHg, le pouls à 135 par minute. Vous constatez des genoux discrètement cyanosés et des mains froides. La patiente est parfaitement asymptomatique et bien soulagée par l'anesthésie péridurale. Le dispositif de recueil à permis de recueillir environ 920cc de sang en 1h10.

La prise en charge a pour l'instant été essentiellement obstétricale avec une révision utérine ayant ramené quelques membranes mais sans réel effet sur le saignement. La patiente a déjà reçu 500cc de sérum physiologique.

Question 1 :
Quelles peuvent être des modifications physiologiques du bilan biologique lié à la grossesse ?
A – hyperleucocytose modérée
B – thrombopénie
C – baisse de la créatinine
D – élévation des PAL

Question 2 :
Quel est votre diagnostic complet ?

Question 3 :
Quels sont les 5 mesures préventives recommandées à titre systématique pour prévenir ce type d'évènement ?

Question 4 :

Quelles vont être les mesures susceptibles de contrôler ce saignement que vous allez proposer successivement à la patiente ? Enumérez- les dans le bon ordre :

A – Artério-embolisation sélective

B – Traitement par prostaglandines

C – Hystérectomie

D – Révision sous valve

E – Traitement pas ocytocine

F – Ligature des artères utérines

G – Massage utérin

H – Sondage vésicule pour avoir une vacuité vésicale

Question 5 :

Parmi les propositions suivantes, lesquelles sont vraies ?

A –La révision utérine requiert une antibiothérapie par la suite

B – Les 2 causes principales de cette pathologie sont l´atonie utérine et la rétention placentaire

C – La pathologie dont souffre la patiente est la première cause de mortalité de la femme enceinte

D – La délivrance est un autre mot pour designer l´expulsion du foetus

E – Si le terme de la grossesse était estimé à 32 semaines d´aménorrhée elle aurait dû être transférée dans une maternité de niveau 2a

F – Un premier accouchement par césarienne est une contre-indication formelle à un future accouchement par voie basse. Elle n´aurait donc jamais dû accoucher par voie basse

G – La fiche de suivi de la grossesse en sale d´accouchement s´appelle partogramme

H – L´allaitement est une contraceptive naturelle et permet aux femme de ne pas prendre de contraception durant la durée de l´allaitement

Question 6 :

Concernant l'état hémodynamique, quelle prescription médicale va de tout évidence être nécessaire en urgence ?

Question 7 :

Quel sont alors les 5 éléments médico-légaux à réunir avant de débuter cette procédure ?

Question 8 :

Concernant l´acte de la transfusion...

A – En cas de mauvaise tolérance une déclaration doit être faite au centre de l´hémovigilance dans les 48h

B – Avant de faire la transfusion, un contrôle de concordance doit être fait entre l´identité déclarée par le patient, celle sur l´ordonnance pour la transfusion, et celle sur la fiche de délivrance et le document de groupage sanguin

C – Avant de faire la transfusion, un contrôle de concordance doit être fait entre le groupe sanguin du patient et celui sur le culot globulaire

D – Avant de faire la transfusion, un contrôle de concordance doit être fait entre les données d´identification du culot globulaire et celles sur la fiche de délivrance

E – Non utilisés on peut garder les culots globulaires pendant 5 jours au frigo

F – On ajoutera d´office des PFC car son risque de faire une CIVD est élevé

G – Un culot globulaire permet d´augmenter l´hémoglobine de 2 points

H – Une transfusion se fait sur ordonnance nominative uniquement

I – Des sérologies à 3 mois sont obligatoires

J – les culots globulaires sont obligatoirement phénotype dans le cas de cette patiente

K – Quand un patient est Rhésus -, cela veut dire qu´il n´a pas d´antigène D

L – Toute transfusion requiert un accord écrit du patient

Question 9 :

Le remplissage vasculaire sera réalisé sous la forme suivante :

A – En débit libre

B – 200mL/15min

C – 1L/15min

D – 500mL/15min

Question 10 :

Le traitement vasopresseur pouvant être utilisé dans ce cas précis après échec du traitement par remplissage vasculaire est..

A – Dobutamine 10µg/kg/min IVSE

B – Noradrénaline 0.2µg/kg/min

C – Adrénaline 0.1mg/2min en IVD

D – Aucune des précédents car les doses ne sont pas correctes

Cette patiente du groupe B est finalement transfusée de 18 culots globulaires ainsi que de plaquettes et de plasma.

Question 11 :

Quels étaient le/les groupe(s) sanguin(s) avec le(s)quel(s) cette patiente à pu être transfusée en théorie ?

A – groupe 0 Rhésus +

B – groupe 0 Rhésus -

C – groupe AB Rhésus -

D – groupe AB Rhésus +

E – groupe A Rhésus -

F – groupe A Rhésus +

G – groupe B Rhésus -

H – groupe B Rhésus +

Question 12 :
Citez 8 complications auxquelles elle est de fait exposée à court terme.

Question 13 :
Qu ´est ce qu´un TRALI ?
A – est une complication non grave et fréquente de la transfusion
B – correspond à un oedème pulmonaire dans les 6 heures suivants une transfusion
C – la physiopathologie est une surcharge par transfusion trop importante
D – Il faut le déclarer à l´hémovigilance

Question 14 :
Existe-t-il un/des examen(s) paraclinique(s) recommandé(s) à titre systématique au décours d'une transfusion ? Si oui, le(s)quel(s) ?

2 Corrigé

LE + : PREMIERE LECTURE, CONSEILS ET ASTUCES

- **Appréciation globale et difficulté du dossier :**
  - **Dossier difficile et inhabituel**
  - **Difficulté : 3/3**
  - **A classer en 3ème position parmi les 3 dossiers de l'épreuve**
- **Zéros et mots clés à inscrire sur le brouillon :**
  - **Geste médical invasif = consentement**
  - **Groupes ABO** x2 **et RAI** < 72h
  - **Groupe B = anticorps anti-A = je transfuse en B**
  - **Groupe O = anticorps anti-A + anti-B = je transfuse en O**
  - **Etc... à noter sur le brouillon en début de dossier avant que la suite du dossier embrouille ces vérités piégeantes.**
  - **Tout accouchement un peu difficile = on prévient le pediatre**
- **Astuces, réflexes et pièges :**
  - **Hiérarchisez votre prise en charge au sein de vos réponses**
  - **Veillez à toujours faire des réponses complètes**
  - **Face à une question simple ou très classique, collez au dossier pour faire la différence. Il est peu probable que le rédacteur du dossier soit en train de poser une question inutile et peu discriminante. (on essaye d'éviter...)**
  - **La transfusion est un item rentable : mal connu, facile, tombable, facilement transversalisable pour le rédacteur du dossier...**

GRILLE DE CORRECTION

Consignes : 1 point négatif pour toute réponse supplémentaire donnée, sauf consignes différentes pour certaines questions

1	**Quelles peuvent être des modifications physiologiques du bilan biologique lié à la grossesse ?**	**Grille ECN**
	• A = hyperleucocytose modérée	**2**
	• B = thrombopénie	**2**
	• C = baisse de la créatinine	**2**
	• D = élévation des PAL	**2**
		8

2	**Quel est votre diagnostic complet ?**	**Grille ECN**
	• **Choc**	**2**
	• **Hypovolémique**	**2**
	• Sur **hémorragie de la délivrance**	**2**
		6

3	**Quels sont les 5 mesures préventives recommandées à titre systématique pour prévenir ce type d'évènement ?**	**Grille ECN**
	• **Evaluation du risque** d'hémorragie de la délivrance lors des consultations anté-natales.	**1**
	• **Quantification des pertes** sanguine systématique	**2**
	• **Délivrance dirigée** systématique :	**2**
	- **Ocytocine au passage des épaules du nouveau-né**	**-**
	• **Délivrance artificielle** en cas de délai > 30mn de la délivrance naturelle	**2**
	• **Surveillance** en salle de réveil 2h minimum	**2**
		9

4	**Quelles vont être les mesures susceptibles de contrôler ce saignement que vous allez proposer successivement à la patiente ? Enumérez- les dans le bon ordre :**	**Grille ECN**
	G-H-D-E-B-A-F-C	**5**
	• Les 2 premières mesures peuvent être inversé	
		5

5	**Parmi les propositions suivantes, lesquelles sont vraies ?**	**Grille ECN**
	• A = La révision utérine requiert une antibiothérapie par la suite	**1**
	• B = Les 2 causes principales de cette pathologie sont l´atonie utérine et la rétention placentaire	**1**
	• C = La pathologie dont souffre la patiente est la première cause de mortalité de la femme enceinte	**2**
	• G = La fiche de suivi de la grossesse en sale d´accouchement s´appelle partogramme	**2**
		6

6	**Concernant l'état hémodynamique, quelle prescription médicale va de tout évidence être nécessaire en urgence ?**	**Grille ECN**
	• **Transfusion**	**10**
	• De **culots globulaires**	**3**
	• **En urgence** vitale	**2**
		15

7	Quel sont alors les 5 éléments médico-légaux à réunir avant de débuter cette procédure ?	Grille ECN
	• **Information** et **consentement** de la patiente	3
	• **Bilan pré-transfusionnel** : ici fait dans le cadre du suivi de grossesse et non obligatoire dans le cadre de l'urgence vitale	-
	(zéro à la question si attente des résultats obligatoires pour transfuser)	-
	• **Respect des indications** transfusionnelles (ici indication évidente)	-
	• Notification dans le **dossier transfusionnel**	2
	• Respect des grands **principes d'hémovigilance** :	3
	- **Traçabilité**	1
	- **Déclaration de tous les accidents transfusionnels à l'établissement français du sang**	1
		10

8	Concernant l´acte de la transfusion…	Grille ECN
	• A = En cas de mauvaise tolérance une déclaration doit être faite au centre de l´hémovigilance dans les 48h • B = Avant de faire la transfusion, un contrôle de concordance doit être fait entre l´identité déclarée par le patient, celle sur l´ordonnance pour la transfusion, et celle sur la fiche de délivrance et le document de groupage sanguin • C = Avant de faire la transfusion, un contrôle de concordance doit être fait entre le groupe sanguin du patient et celui sur le culot globulaire • D = Avant de faire la transfusion, un contrôle de concordance doit être fait entre les données d´identification du culot globulaire et celles sur la fiche de délivrance • H = Une transfusions fait sur ordonnance nominative uniquement • J = Les culots globulaires sont obligatoirement phénotype dans le cas de cette patiente • K = Quand un patient est Rhésus -, cela veut dire qu´il n´a pas d´antigène D	- - 2 - - 3 3 1 1 2
		12

9	Le remplissage vasculaire sera réalisé sous la forme suivante :	Grille ECN
	• D = 500mL/15min A	3
		3

10	Le traitement vasopresseur pouvant être utilisé dans ce cas précis après échec du traitement par remplissage vasculaire est..	Grille ECN
	• B = Noradrénaline 0.2µg/kg/min	5
		5

11	Quels étaient le/les groupe(s) sanguin(s) avec le(s)quel(s) cette patiente à pu être transfusée en théorie ?	Grille ECN
	• B = **groupe 0 Rhésus -B –**	5
		5

12	**Citez 8 complications auxquelles elle est de fait exposée à court terme.**	**Grille ECN**
	• **Allo-Immunisation Leuco Plaquettaire** / Syndrome de frisson hyperthermie	**2**
	• Œdème du poumon lésionnel	**1**
	• **Hémolyse** intravasculaire aigue par **incompatibilité ABO**	**1**
	• Réaction allergie / **choc anaphylactique**	**1**
	• **Hypocalcémie** par surcharge citraté	**1**
	• Œdème aigu du poumon cardiogénique par **surcharge volémique**	**1**
	• **Hypothermie**	**2**
	• **Hémodilution / troubles de l'hémostase** / CIVD	**2**
	• Sepsis	**-**
		11

13	**Qu´est ce qu´un TRALI ?**	**Grille ECN**
	• D = Il faut le déclarer à l´hémovigilance	**4**
		4

14	**Existe-t-il un/des examen(s) paraclinique(s) recommandé(s) à titre systématique au décours d'une transfusion ? Si oui le(s)quel(s) ?**	**Grille ECN**
	• **Oui**	**2**
	• Recherche de d'une **allo-immunisation** (RAI)	**4**
		6

COMMENTAIRES

QUESTIONS	COMMENTAIRES
Général	• La transfusion est un sujet souvent peu ou mal traité. Elle fait pourtant partie des éléments auxquels chaque interne sera amené à être confronté. Le chapitre du collège en ligne des enseignants d'hématologie est très bien fait.
1	• C´est globalement les modifications physiologiques à connaître
2	• « Complet » • Il pourrait l'être plus ici. L'idée est que tous les diagnostics de l'énoncé y soit sans que ça ait l'air confus. Tout un art..
4	• Attention à l´ordre
5	• En théorie pour la contraception naturelle, mais en pratique il reste un risque de grossesse inutile à prendre
6	• UNE mesure sur un choc hémorragique sachant que le remplissage est mentionné dans l'énoncé. • La suite du dossier est assez « drivée » pour ceux qui avaient un doute sur la réponse.
7	• Certes le consentement ne sera pas nécessaire si la patiente est dans le coma. L'information après coup reste néanmoins une obligation médicale
8	• Les culots globulaires doivent toujours être phénotypé pour diminuer les risques d´allo immunisation de la femme jeune • Pas d´accord écrit, un accord verbal est suffisant
9+10	• Question de cours
11	• Ceux qui ont été tenté de transfuser la patiente en O- dans le cadre de l'urgence ont eu raison… en général. Mais ici il est absolument certain que la patiente à un dossier, donc le mieux est de trouver le dossier
13	• Un TRALI est un œdème pulmonaire lésionnel 2e à un mécanisme immunologique
14	• La recherches d´agglutinines irrégulières est un Coombs indirect (du sérum du patient est mis en contact avec des hématies qui présentent un profil antigénique connu)

ITEMS ABORDES

TYPE	INTITULES		
	UE	NUMERO	
Question principale	10	253	Transfusion sanguine et produits dérivés du sang : indications, complications. Hémovigilance.
Questions accessoires	2	23	Suite de couche pathologique
	11	328	Etats de chocs
	-	-	Evaluation des examens complémentaires dans la démarche médicale

LE + : POUR MIEUX ASSIMILER

TABLEAU A QCM ou QROC		Items 23 / 253
QUESTIONS (NOMBRE D'ELEMENTS)		**INTITULES**
4 éléments cliniques à surveiller au cours de la transfusion	Les 4	• Température • Tension artérielle • Pouls • Couleur des urines
Critères définissant une CIVD	Les 3	• Un critère de formation D-Dimères > 500 • Et un critère de consommation majeur : TP < 50% Plaquettes < 50 G/L • Ou deux critères de consommation mineurs : TP < 65% Plaquettes < 100 G/L Fibrinogène < 1 g/L
Facteurs de risque d'atonie utérine	Les 7	• Age maternel élevé • Multiparité • Grossesse multiple • Hydramnios • Macrosomie • Travail rapide / prolongé • Utérus fibromateux

Dossier tour de synthèse 25

Les garçons et la violence

1 Enoncé

Vous recevez aux urgences Mr Neil O., 19 ans amené par les pompiers suite à une agression sur la voie publique. Les passants ont appelé les secours et ont dit aux pompiers avoir vu ce jeune homme être frappé à mains nues et avec un couteau.
Ce patient ne présente aucun antécédent, il ne prend aucun traitement au quotidien.
Il se plaint d'une douleur faciale au niveau de l'œil gauche et de céphalées.
Ses constantes prises par l'infirmière sont :
- PA = 150 / 90 mmHg, FC = 95 bpm, SpO2 = 97% en air ambiant
- Température = 36.1°C

Votre examen facial retrouve :
- Une douleur exquise infra-orbitaire droite, les autres reliefs osseux palpés étant indolores.
- Il n'y a pas de mobilité anormale des os du nez, de la mandibule ni du massif facial dans son ensemble.
- Un hématome palpébral et périorbitaire gauche.
- La présence de caillots dans la narine droite, avec épistaxis actif.
- Une otorragie droite de faible abondance.
- L'absence de diastème et d'avulsions dentaires.
- L'absence de déformation de la pyramide nasale.
- Plaie parotidienne gauche, de 4 cm, nette, profonde d'environ 1 cm, non transfixiante.
- Estafilades multiples superficielles et lésions de dermabrasions des mains.

L'examen abdominal, cardio-vasculaire, pulmonaire et du cadre osseux est rassurant.

<u>Question 1 :</u>
Quelles sont les 4 éléments manquants de cet examen clinique ?

<u>Question 2 :</u>
Quelles sont les 3 lésions spécifiques à redouter et à rechercher devant ce tableau ?

Question 3:

Parmi les propositions suivantes lesquelles sont vraies ?
A – Du point de vue médico-légal, il faut absolument lui faire un test d´alcoolémie
B – Le risque principal de l´hypothermie est un trouble de la coagulation
C – Il faut impérativement réaliser un schéma date et signé pour ce patient
D – Il est hypertendu, il faut introduire un antihypertenseur
E – Pas de mobilité du massif faciale veut dire par de risque de fracture de Lefort
F – Un diastème est le mot scientifique pour une mobilité anormale d´une dent

Question 4 :

Interprétez l'iconographie fournie (iconographie 1).
A – La structure A = sinus ethmoïdal
B – La structure B = sinus maxillaire
C – On voit un pneumorbite à gauche
D – Il s´agit probablement d´une sinusite chronique sans relation avec le trauma actuel
E – Il s´agit d´une IRM, séquence T2 Fat Sat de la face
F – Il y a une incarcération du muscle dans le site de la fracture
G – L´imagerie est normale
H – Il y a de multiples sites de fracture du plancher de l´orbite gauche et du sinus gauche
J – les structures qui apparaissent `claires` à l´intérieur de l´orbite sont des dépôts dans le corps vitré
K – On voit un hémosinus droit

Les autres coupes ne montrent pas d'autres lésions que celles visibles ici et l'examen clinique ne permet pas d'apporter d'autres éléments que ceux mentionnés précédemment.

Question 5:

Quel(s) diagnostic(s) retenez-vous ?

Question 6 :

Quelles peuvent en être les complications ?
A – Une paralysie faciale
B – Une hypoesthésie faciale
C – Un syndrome vestibulaire
D – Une énophtalmie
E – Un ptosis
F – Un trouble oculomoteur
G – Une diplopie

Question 7 :

Quels vont être les 3 axes de votre prise en charge (sans détailler) ?

Question 8:
En cas de cécité brutale post-opératoire, quel diagnostic devrez-vous redouter ?

Sa mère se présente le lendemain à l'accueil du service où a été hospitalisé le patient. Elle exige de voir son fils et d'avoir des informations sur son état de santé. Celui-ci refuse catégoriquement de la voir.

Question 9 :
Quelle est votre attitude
A – On ne peut rien communiquer devant le refus de son fils
B – On peut lui communiquer les information car elle est la représentante légale
C – Elle doit être mise au courant car elle doit deposée un CMI au commissariat de police
D – Il faut l´encourager à contacter son fils car il faut que ce soit son fils qui lui communiqué les informations

Question 10 :
Le patient demande un certificat médical initial. Lesquelles des propositions suivantes sont vraies ?
A – Il est fait d´office sans que la personne doive faire la demande
B – La mère du patient peut en faire la demande et le récupérer
C – Un CMI peut contenir des photos des lésions
D – Un CMI ne peut pas être écrit pas un médecin non thésé
E – Un CMI est uniquement fait à la demande du procureur de l´Etat
F – Doit contenir les facteurs aggravants
G – Le dommage cause doit être exprimé sous forme d´incapacité permanente partielle
H – Un double soit toujours être conservé dans le dossier médical
I – Il ne faut jamais parler d´une tierce personne dans ce CMI
J – Il faut parler du diagnostic ici car celui-ci est certain

Le patient revient vous voir 3 mois plus tard. Il se plaint d'une anxiété permanente apparue dans les jours suivant l'agression et persistante depuis. Il ne dort plus la nuit car il rêve qu'il se refait agresser. Il sursaute au moindre bruit pendant l'entretien, puis se met finalement à pleurer.

Question 11 :
Quel est votre diagnostic ?

Question 12:
Quelles sont les mesures à prendre en 1e intention ?
A – Il faut limiter tous les excitants (drogues, café, tabac)
B – Une psychothérapie et un traitement par antidépresseur sont indiqués d´office
C – Il faudra hospitaliser le patient
D – Les benzodiazépines sont à éviter du fait du risque addictif
E – la psychothérapie devra se baser sur une désensibilisation et une immersion

Question 13 :

Concernant le secret médical…

A – disparaît a la mort de la personne

B – n´est jamais opposable aux représentants légaux

C – avec l´accord expressif du patient, le médecin a le droit de communiquer des informations confidentielles à des tiers désignés par le patient

D – si la secrétaire rompt le secret médical le médecin engage sa responsabilité

E – une violation du secret engage la responsabilité ordinale

F – une violation du secret engage la responsabilité civile

G – une violation du secret engage la responsabilité pénale

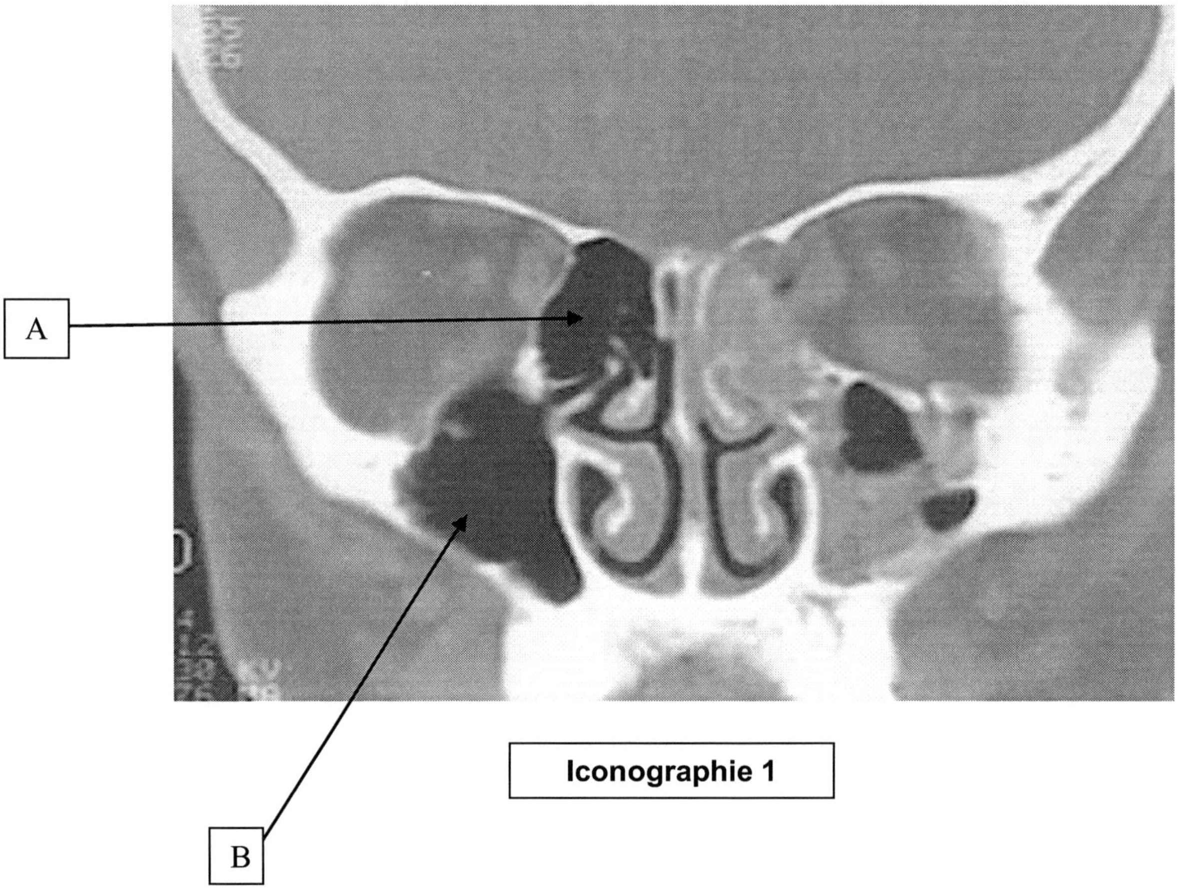

Iconographie 1

2 Corrigé

Le + : PREMIERE LECTURE, CONSEILS ET ASTUCES

- **Appréciation globale et difficulté du dossier :**
  - Dossier de fracture de l'orbite avec questions ciblées assez précises, difficile d'improviser
  - Difficulté : 3/3
  - A classer en 3ème position parmi les 3 dossiers de l'épreuve
- **Zéros et mots clés à inscrire sur le brouillon :**
  - Traumatisme oculaire / orbitaire = acuité visuelle
  - Epistaxis = méchage / antibioprophylaxie
  - Plaie = SAT-VAT / suture / exploration
  - Fracture = ostéosynthèse (quelle que soit la fracture)
  - Schéma daté et signé
  - En cas d´anormalie neuro à l´examen clinique 2e au trauma : Informer le patient ++ (Médiolégal +++++)
- **Astuces, réflexes et pièges :**
  - Traumatisme facial = traumatisme crânien et cervical jusqu'à preuve du contraire
  - Pas d'informations à donner à un tiers chez un patient majeur
  - Dossier long : ne pas justifier si non demandé et cibler les réponses

Grille de correction

Consignes : 1 point négatif pour toute réponse supplémentaire donnée, sauf consignes différentes pour certaines questions

1	**Quelles sont les 4 questions manquantes à l'interrogatoire ?**	**Grille ECN**
	• Recherchér de **signes de traumatisme crânien** :	**2**
	- **Perte de connaissance initiale**	**1**
	- **Examen des pupilles / signes d'engagement**	**1**
	- Amnésie des faits / désorientation spatio-temporelle	**1**
	- Score de Glasgow	**-**
	• Recherche **d'une atteinte ophtalmologique**	**2**
	- **Acuité visuelle** bilatérale	**1**
	- Signes fonctionnels / **diplopie**	**2**
	• **Statut vaccinal antitétanique**	**2**
	• **Recherche de signes de lésions du rachis cervical :**	**2**
	- Cervicalgies	**1**
	- Compression médullaire / déficit sensitivo-moteur des membres	**1**
		16

2	**Quels sont les 3 lésions spécifiques à redouter et à rechercher devant ce tableau ?**	**Grille ECN**
	• **Fracture de l'orbite gauche**	**2**
	• **Fracture du rocher droit**	**3**
	• **Paralysie faciale gauche par atteinte du nerf facial**	**3**
	(Pas de points si pas de latéralisation)	**-**
		8

3	**Parmi les propositions suivantes lesquelles sont vraies ?**	**Grille ECN**
	• B = Le risque principal de l´hypothermie est un trouble de la coagulation	**2**
	• C = Il faut impérativement réaliser un schéma date et signé pour ce patient	**2**
	• E = Pas de mobilité du massif faciale veut dire par de risque de fracture de Lefort	**2**
		8

4	**Interprétez l'iconographie fournie (iconographie 1).**	**Grille ECN**
	• B = La structure B = sinus **maxillaire**	**4**
		4

5	**Quel(s) diagnostic(s) retenez-vous ?**	**Grille ECN**
	• **Fracture du plancher et la paroi médiale**	**2**
	• De **l'orbite gauche**	**2**
	• De type "**blow-out**"	**1**
	• Non compliquée	**1**
		6

6	**Quelles peuvent en être les complications ?**	**Grille ECN**
	• **B = Une hypoesthésie faciale**	**2**
	• D = Une enophtalmie	**2**
	• F = Un trouble oculomoteur	**2**
	• G = Une diplopie	**2**
		8

7	**Quels vont être les 3 axes de votre prise en charge (sans détailler) ?**	**Grille ECN**
	• **Urgence** thérapeutique	**2**
	• Traitement de **l'épistaxis :**	**2**
	- **Mouchage des caillots**	**1**
	- **Méchage antérieur bilatéral**	**1**
	- Mèche à la xylocaïne naphazolinée	**-**
	- Avec **antibioprophylaxie**	**1**
	• **Prise en charge de la plaie faciale :**	**2**
	- **Rappel vaccinal antitétanique / vaccination / sérum antitétanique**	**2**
	- **Exploration** de la plaie	**1**
	- **Parage chirurgical**	**1**
	- Antisepsie / **lavage**	**1**
	- **Suture**	**1**
	- **Antalgie (PMZ)**	**-**
	• **Traitement chirurgical de la fracture de l'orbite :**	**2**
	- Sous anesthésie générale	**-**
	- **Ostéosynthèse** du plancher et de la paroi médiale	**1**
	- **Désincarcération** éventuelle des muscles ou de la graisse orbitaire	**1**
		19

8	**En cas de cécité brutale post-opératoire, quel diagnostic devrez-vous redouter ?**	**Grille ECN**
	• **Hématome rétrobulbaire**	**3**
	• **Gauche**	**1**
	• Post-opératoire	**-**
	• Avec **compression du nerf optique** / compressif	**2**
		6

9	**Quelle est votre attitude ?**	**Grille ECN**
	• A = On ne peut rien communiquer devant le refus de son fils	**2**
	• D = Il faut l´encourager à contacter son fils car il faut que ce soit son fils qui lui communiqué les informations	**2**
		4

10	Le patient demande un certificat médical initial. Lesquelles des propositions suivantes sont vraies ?	Grille ECN
•	A = Il est fait d´office sans que la personne doive faire la demande	1
•	C = Un CMI peut contenir des photos des lésions	1
•	H = Un double soit toujours être conservé dans le dossier médical	1
•	I = Il ne faut jamais parler d´une tierce personne dans ce CMI	1
•	J = il faut parler du diagnostic ici, car celui-ci est certain	-
		4

11	Quel est votre diagnostic ?	Grille ECN
•	**Trouble anxieux**	2
•	A type **d'état de stress post-traumatique**	4
		6

12	Quelles sont les mesures à prendre en 1e intention ?	Grille ECN
•	A = Il faut limiter tous les excitants (drogues, café, tabac)	1
•	D = Les benzodiazépines sont à éviter du fait du risque addictif	2
•	E = la psychothérapie devra se baser sur une désensibilisation et une immersion	2
		5

13	Concernant le secret médical…	Grille ECN
•	D = si la secrétaire rompt le secret médical le médecin engage sa responsabilité	2
•	E = une violation du secret engage la responsabilité ordinale	2
•	F = une violation du secret engage la responsabilité civile	2
•	G = une violation du secret engage la responsabilité pénale	2
		8

COMMENTAIRES

QUESTIONS	COMMENTAIRES
Général	• Faire un brouillon complet, pour ne passer à coté de rien
1	• La diplopie est essentielle à rechercher car elle signe une incarcération de graisse orbitaire (le plus fréquent et le moins grave) ou de muscle oculomoteur (plus rare et plus grave). Elle doit faire opérer en urgence
2	• Devant une plaie parotidienne, il faut redouter une atteinte du nerf facial (comme dans les tumeurs parotidiennes) • L'otorragie doit faire évoquer une fracture du rocher
3	• Pas de test d´alcoolémie car on n ´est pas la police • Sa tension un peu élevée survient dans le cadre d´un stress intense, On se contentera de la surveiller • Effectivement, pas de mobilisation de la face = pas de Lefort
4	• Imagerie difficile : imaginer les lésions • Les structures hyperintenses sont les muscles oculomotrices
6	• Hypoesthésie par lésion du V2 qui sort en dessous de l´orbite • Enophtalmie car tout d´un coup ´le globe oculaire a plus de place dans son orbite • Troubles oculomoteurs et diplopie par incarcération des muscles dans le site de la fracture
7	• Devant une fracture faciale dont la prise en charge est complexe, utiliser les mots-clés de l'orthopédie qui marcheront le plus souvent • Ne pas oublier l'antibioprophylaxie et le mouchage des caillots dans l'épistaxis
8	• Complication redoutable de la fracture de l'orbite • La cécité doit être recherchée en post-opératoire et toute baisse d'acuité visuelle fait pratiquer un scanner facial en urgence
9	• Pas de réponse ambiguë, on ne donne les informations qu'à la personne de confiance (si le patient est d'accord ou inconscient) ou au représentant légal chez les mineurs
10	• On peut (et on doit !) citer un diagnostic dans un certificat médical lorsqu'il s'agit d'une lésion avérée, type fracture/brulure/plaie. • On ne doit pas le citer lorsqu'il s'agit de diagnostics plus « médicaux » et donc moins certains, type les diagnostics psychiatriques ou lorsqu'il s'agit de pathologies dont la connaissance peut nuire au patient : type cancers.

11	• Psychiatrie : toujours commencer par citer le cadre nosologique dans lequel on se place : - **Troubles de l'humeur** - **Psychoses** - **Troubles anxieux / de l'adaptation** - **Troubles du comportement alimentaire**
12	• Psychiatrie : toujours préciser : - **ambulatoire / hospitalisation** - **traitement médicamenteux et psychothérapie** - **sociothérapie : inutile ici** • Attention à la prescription des anxiolytiques dans les troubles anxieux : elle doit être limitée en durée devant le risque élevé de dépendance

ITEMS ABORDES

TYPE	INTITULES		
	UE	NUMERO	
Question principale	11	329	Accueil d'un sujet victime d'un traumatisme crânien et facial
Questions accessoires	6	154	Tétanos
	1	9	Certificats médicaux
	1	7	Secret médical
	3	64	Troubles de l'adaptation

Le + : POUR MIEUX ASSIMILER

TABLEAU A QCM ou QROC		Items 64 / 329
QUESTIONS **(NOMBRE D'ELEMENTS)**		**INTITULES**
Mots-clés de la prise en charge d'une plaie des parties molles	Les 6	• Vaccination antitétanique • Exploration chirurgicale • Recherche des complications vasculaires / nerveuses / tendineuses • Parage / lavage • Suture • Antalgiques
Axes de prise en charge d'un trouble anxieux généralisé	Les 5	• Ambulatoire • Psychothérapie cognitive-comportementale • Mesures hygiéno-diététiques • Traitement antidépresseur : inhibiteur de la recapture de la sérotonine et de la noradrénaline • Anxiolytiques en cure courte
Complications des troubles anxieux	Les 6	• Suicide • Addictions • Dépression • Désinsertion socio-professionnelle • Conduites à risque • Actes hétéro-aggressifs
Sanctions risquées en cas de violation du secret médical	Les 4	• Pénale • Civile • Administrative • Ordinale *Comme toujours en fait… attention aux exception cependant !*

Notes personnelles

Dossier tour de synthèse 26

Ce foutu rein

1 Enoncé

Mr Antoine D, 70 ans vous est adressé en consultation de néphrologie par son médecin traitant. Ce dernier est préoccupé par la fonction rénale de ce patient, qui ne cesse de se dégrader. Il n'a pas d'antécédents particuliers hormis une arthrose de hanche bilatérale et ne prend aucun traitement quotidien.

L'examen clinique est normal, hormis une pression artérielle à 185 / 95 mmHg, contrôlée à 3 reprises. Il pèse 90 kg pour 1m55.

Le dossier vous permet de noter que sa créatininémie était de 90 µmol/L il y a 5 ans, de 180 µmol/l il y a un an, de 270 µmol/l il y a 6 mois et de 305 µmol/l il y a une semaine.

Le reste du bilan montre les résultats suivants :

- Hb = 11 g/dL, Plaquettes = 400 G/L, Leucocytes = 7.5 G/L

- Na = 139 mmol/L, K = 5 mmol/L, Cl = 95 mmol/L, protidémie = 40 g/L, albuminémie = 25 g/l, HCO_3^- = 20 mmol/L

- Calcémie = 2.1 mmol/L,

- Glycémie à jeun = 9.1 mmol/L

- ECG : hypertrophie ventriculaire gauche isolée

La bandelette urinaire montre 3 croix de protéinurie sans hématurie.

<u>Question 1 :</u>

Concernant ce patient :

A – il présente une hypocalcémie

B – il présente une insuffisance rénale chronique

C – il présente un diabète de type II non diagnostiqué antérieurement

D – il présente une anémie

E – il présente une insuffisance rénale aigue

F – il présente une tension artérielle élevée qui nécessite un traitement d´office ce jour après confirmation

G – il présente un syndrome métabolique

J – c´est une urgence thérapeutique car le patient présente une HTA maligne

Question 2 :
Quel est le stade de sa pathologie rénale
A – Stade 1
B – Stade 2
C – Stade 3
D – Stade 4
E – Stade 5
F – Stade 6
G – Inévaluable

Question 3 :
Quelle est la 1ère cause d'insuffisance rénale chronique en France en 2013 ?

Question 4 :
Quels sont les 6 examens à visée étiologique que vous allez réaliser dans un premier temps ?

Question 5 :
Comment savoir si un patient a fait un recueil adéquat des ses urines sur 24h
A – la quantité recueillie doit être de 3L
B – le taux de la natriurie doit être de 70mmol/L
C – le taux de la créatinurie doit être de 10mmol/L
D – le taux de potassium dans les urines 100mmol/24h
E – le taux de chlore doit être de 100mmol/L
F – Il n´y a pas de moyen pour vérifier

Question 6 :
Concernant les règles hygiéno-diététiques à recommander pour lui, lesquelles des propositions suivantes sont vraies ?
A – Une activité physique régulière à type de 30min de marche par jour est à recommander
B – Son régime doit être hypocalorique
C – Un des objectifs est une perte de poids de 30% en 6mois
D – Le régime doit être équilibré, ce qui correspond à 50% de protides, 30%lipides et 20% de sucres
E – On va introduire des compléments nutritionnels oraux
F – Il faut augmenter les apports en protides
G – Il faut diminuer les sucres à index glycémique bas
H – Il faut augmenter les lipides polyinsaturées donc les huiles végétales et les poissons gras
I – Il faut augmenter l´apport en produits laitiers
J – Il faut éviter les boites de conserves
K – Il faut éviter les bananes et le chocolat
L – Il faut proposer une alcalinisation des urines par eau de Vichy en cas d´hyperuricémie

Question 7 :
Quels seront les médicaments à introduire chez lui?
A – Toute hyperuricémie requiert un traitement par cholcicine
B – Même en absence d´HTA un traitement antihypertenseur à type d´inhibiteur de l´enzyme de conversion devra être débuté
C – Une station sera introduite au décours de cette hospitalisation
D – Un traitement pas EPO et un supplémentation par fer est introduite même en absence de carence martiale
E – En cas de découverte de diabète ni la metformine ni les sulfamides ni le repaglinide ne pourront être utilisée

Question 8 :
Pouvez-vous retenir le diagnostic d'hypertension artérielle chez ce patient ? Justifiez.

Ce patient consulte en urgence 1 mois plus tard pour altération de l'état général et dyspnée évoluant depuis 3 jours. Il se tient assis sur le bord du brancard.
L'infirmière vous tend les constantes suivantes :
- PA = 190 / 110 mmHg, FC = 110 bpm, SpO2 = 89% en air ambiant
- température = 36.7°C
L'examen clinique met en évidence des œdèmes bilatéraux des membres inférieurs, mous, blancs, indolores, prenants le godet et remontants jusqu'aux genoux.
L'ECG montre un bloc de branche gauche complet, sans trouble du rythme.
La créatininémie réalisée en urgence est à 730 µmol/l

Question 9 :
Quelle menace met en jeu le pronostic vital immédiat du patient ?

Question 10 :
Quelle va être votre stratégie de prise en charge concernant cette menace ? Citez 4 médicaments utilisables.

Question 11 :
A quel diagnostic faut-il impérativement penser si le traitement correct de cette première menace ne permet pas de corriger l´ECG ?

Question 12 :
Quelles sont les 3 causes de cette insuffisance rénale aiguë à rechercher en premier lieu ?

Question 13 :
De façon globale, quelles sont les causes d´insuffisance rénale chronique à gros reins ?
A – Polykystose rénale
B – Amylose AA
C – Myélome multiple
D – Diabète
E – Hydronéphrose bilatérale
F – Sarcoïdose

2 Corrigé

LE + : PREMIERE LECTURE, CONSEILS ET ASTUCES

- **Appréciation globale et difficulté du dossier :**
  - Difficulté : 2/3
  - A classer en 2ème position parmi les 3 dossiers de l'épreuve
- **Zéros et mots clés à inscrire sur le brouillon :**
  - Néphrologie = BU / ECBU / écho rénale / PBR
  - Hyperkaliémie = gluconate de calcium / insuline / épuration extra-rénale en urgence
  - Néphroprotection : IEC / contrôle du diabète et de la pression artérielle / mesures hygiéno-diététiques
  - Diabète : diagnostic et prise en charge
- **Astuces, réflexes et pièges :**
  - Calcul de la clairance dans tout dossier de néphrologie
  - Toujours confirmer la protéinurie par un dosage des 24 heures ou sur échantillon avec créatininurie
  - Une hyperkaliémie avec retentissement cardiaque est L'URGENCE vitale
  - Ponction = bilan d'hémostase / absence de contre-indications
  - Calcémie anormale = calcul de la calcémie corrigée

GRILLE DE CORRECTION

Consignes : 1 point négatif pour toute réponse supplémentaire donnée, sauf consignes différentes pour certaines questions

1	Concernant ce patient :	Grille ECN
	• B = **il présente une insuffisance rénale chronique**	**2**
	• D = **il présente une anémie**	**2**
		4

2	Quel est le stade de sa pathologie rénale ?	Grille ECN
	• **D = Stade 4 :**	**3**
	- Car **clairance égale à 20 ml/min**	**1**
	• Probablement d'origine **glomérulaire :**	
		2
		6

3	**Quelle est la 1ère cause d'insuffisance rénale chronique en France en 2011 ?**	**Grille ECN**
	• **Diabète** quel que soit le type / type 1 et type 2 • Par **glomérulonéphropathie diabétique**	**2** **3**
		5

4	**Quels sont les 6 examens à visée étiologique que vous allez réaliser dans un premier temps ?**	**Grille ECN**
	• **ECBU / analyse du sédiment urinaire :**	**1**
	- Recherche d'hématurie	**-**
	• **Protéinurie des 24 heures / protéinurie sur échantillon avec créatininémie :**	**1**
	- Confirmation du syndrome néphrotique / protéinurie > 3g / 24h	**-**
	• **Glycémie à jeun :**	**2**
	- Pour confirmation du diabète	**-**
	• **Echographie rénale, des voies urinaires et vésicales :**	**2**
	- Recherche d'un **obstacle** / dilatation des cavités pyélocalicielles	**-**
	- Evaluation de la **taille des reins**	**-**
	- Recherche d'un **rein unique**	**-**
	- **Guide la biopsie rénale**	**-**
	• **Bilan immunologique :**	**2**
	- **Anticorps anti-ADN natifs / facteurs anti-nucléaires**	**-**
	- **Complémentémie**	**-**
	• **Ponction-biopsie rénale :**	**3**
	- Pour **analyse histologique**	**-**
	- **En l'absence de contre-indications**	**-**
	- Après **bilan d'hémostase**	**-**
		11

5	Comment savoir si un patient a fait un recueil adéquat des ses urines sur 24h ?	**Grille ECN**
	• C = le taux de la créatinémie doit être de 10mmol/L	**4**
		4

6	Concernant les règles hygiéno-diététiques à recommander pour lui, lesquelles des propositions suivantes sont vraies ?	**Grille ECN**
	• A = Une activité physique régulière à type de 30min de marche par jour est à recommander	**2**
	• B = Son régime doit être hypocalorique	**2**
	• H = Il faut augmenter les lipides polyinsaturées donc les huiles végétales et les poissons gras	**2**
	• I = Il faut augmenter l´apport en produits laitiers	**2**
	• J = Il faut éviter les boites de conserves	**2**
	• K= Il faut éviter les bananes et le chocolat	**2**
	• L = Il faut proposer une alcalinisation des urines par eau de Vichy en cas d´hyperuricémie	**2**
		14

7	Quels seront les médicaments à introduire chez lui?	Grille ECN
	• B – Méme en absence d´HTA un traitement antihypertenseur à type d´inhibiteur de l´enzyme de conversion devra être débuté	2
	• C – Une station sera introduite au décours de cette hospitalisation	3
	• D – Un traitement pas EPO et un supplémentation par fer est introduite méme en absence de carence martiale	2
		7

8	**Pouvez-vous retenir le diagnostic d'hypertension artérielle chez ce patient ? Justifiez.**	Grille ECN
	• **Non :**	3
	- Réponse nuancée / ambiguë : **zéro à la question**	-
	• L'hypertension artérielle est définie par :	-
	- Une **pression artérielle systolique > 140 mmHg**	1
	- Et / ou une **pression artérielle diastolique > 90 mmHg**	1
	- Sur la **moyenne d'au moins 3 mesures**	1
	- A au moins **2 consultations espacées de plusieurs mois**	3
	- **Conditions de mesure non précisées / brassard adapté / repos**	2
		11

9	**Quelle menace met en jeu le pronostic vital immédiat du patient ?**	Grille ECN
	• Probable **hyperkaliémie**	4
	• Avec **retentissement cardiaque**	1
	• Risque de troubles du rythme / fibrillation ventriculaire / tachycardie ventriculaire	2
		7

10	**Quelle va être votre stratégie de prise en charge concernant cette menace? Citez 4 médicaments utilisables.**	Grille ECN
	• Urgence vitale **- (PMZ)**	2
	• Préparation du patient pour une **épuration extra-rénale en urgence - (PMZ) :**	3
	- **Cathéter veineux central**	1
	- **Hémodialyse avec bain pauvre en potassium**	1
	• **Cardioprotection :**	-
	- **Gluconate de calcium par voie IV**	-
	- A renouveler si persistance des signes ECG	-
	• En attente du branchement : traitement de l'hyperkaliémie : **transfert du potassium vers l'intra-cellulaire :**	1
	- **Insuline-glucose par voie IV**	1
	- **Bicarbonates par voie IV**	2
	- **Béta2-mimétiques / salbutamol**	2
		13

11	A quel diagnostic faut-il impérativement penser si le traitement correct de cette première menace ne permet pas de corriger l´ECG ?	**Grille ECN**
•	Syndrome coronarien aigu	**3**
		3

12	**Quelles sont les 3 causes de cette insuffisance rénale aiguë à rechercher en premier lieu ?**	**Grille ECN**
•	Prise d'un médicament **néphrotoxique :**	**1**
	- **AINS** vu l'arthrose	**1**
	- **Diurétiques**	**1**
	- **Produit de contraste iodé**	**1**
•	**Déshydratation / hypovolémie**	**3**
•	**Thrombose des veines rénales**	**2**
		9

13	De façon globale, quelles sont les causes d´insuffisance rénale chronique à gros reins ?	**Grille ECN**
•	A = Polykystose rénale	**2**
•	B = Amylose AA	**1**
•	D = Diabète	**2**
•	E = Hydronéphrose bilatérale	**1**
		6

COMMENTAIRES

QUESTIONS	COMMENTAIRES
Général	• Dossier assez classique mais attention à ne pas louper l'hyperkaliémie • Méthodologie très présente, utiliser les moyens mnémotechniques
1	• Attention à faire la calcémie corrigée • L´insuffisance rénale est chronique car elle évolue depuis plus de 3 mois • On ne peut pas parler de diabète car la glycémie n´est surement pas prise à jeun • HTA maligne = HTA avec atteinte viscérale • Pas de traitement d´office pour la tension artérielle, il faut mettre le patient au repos et réévaluer 15 min plus tard
2	• Evaluation de la fonction rénale : plan simple - **Aiguë / Chronique (seuil = 3 mois)** - **Organique / fonctionnelle** - **Obstructive ?** - **Compartiment rénal en cause : glomérulaire, tubulaire, vasculaire** • Toujours calculer la clairance selon Cockcroft si insuffisance rénale chronique et ainsi préciser le stade
4	• Pas de recherche d'une hépatite B ou d'un adénocarcinome en première intention, ces causes restent rares • Penser à confirmer le diabète par une 2ème glycémie dans tous les dossiers • Les autres examens sont les classiques de la néphro : ECBU, protéinurie des 24 heures, ponction-biopsie, échographie … • Le ionogramme urinaire peut se discuter mais aucun argument pour une origine fonctionnelle ici (vu la durée d'évolution)
5	• Ce taux présumé constant de la créatinine urinaire est à l´origine du rapport prot/creat de l´échantillon urinaire qui tend à remplacer le recueil des 25h
6	• Un régime éguilibré est GLUP dans le sens descendant, donc 50% de Glucides, 30% de lipides et 20% de protides • Les statines sont à introduire d´office car il est à haut risque cardio-vasculaire • Pas de traitement médicamenteux pour une hyperuricémie asymptomatique
7	• Pour l'insuffisance rénale chronique, garder le plan de prise en charge suivant : - **Néphroprotection** - **Prise en charge des complications métaboliques (nombreuses)** - **Prévention des épisodes aigus** • Attention à la fausse hypocalcémie : toujours calculer la calcémie corrigée • Pour ce qui est de la case « sociothérapie / ALD 30 / soutien psy… », il ne s'agit pas de mesures thérapeutiques directes donc elles sont non cotées ici
8	• Question sur l'hypertension artérielle : toujours rappeler la définition, il s'agit de questions de cours cachées le plus souvent • Bien penser aux conditions de mesure (ici patient obèse)
9	• L'OAP est ici peu sévère, et ne se traduit pas par une détresse respiratoire majeure • On doit évoquer l'hyperkaliémie devant l'insuffisance rénale aiguë et l'ECG perturbé alors que l'ECG de référence est normal, même en l'absence de bilan biologique • L'élargissement des QRS signe le retentissement cardiaque et fait craindre une mort subite

10	• Dans une hyperkaliémie symptomatique, l'épuration extra-rénale s'impose • Il existe 4 indications à l'épuration extra-rénale en urgence : - Œdème aigu du poumon cardiogénique - Hyperkaliémie symptomatique - Acidose métabolique très sévère - Prise de toxique dialysables • Bien différencier le gluconate de calcium (simple effet protecteur au niveau des cellules myocardiques) des 3 autres traitements faisant baisser la kaliémie
11	• Modification de l´ECG chez un homme avec tous les facteurs de risque du monde et on n´a jamais exclu le diabète
12	• Syndrome néphrotique = hypercoagulabilité et donc toujours penser à la thrombose des veines rénales • Arthrose = automédication par AINS en dossier de néphrologie !

ITEMS ABORDES

TYPE	INTITULES		
	UE	NUMERO	
Question principale	7	204	Insuffisance rénale chronique
Questions accessoires	8	265	Troubles hydro-électrolytiques
	11	343	Insuffisance rénale aiguë
	8	256	Protéinurie et syndrome néphrotique
	18	221	Hypertension artérielle

LE + : POUR MIEUX ASSIMILER

TABLEAU A QCM et QROC		Items 219 / 318
QUESTIONS (NOMBRE D'ELEMENTS)		INTITULES
Causes de syndrome néphrotique	Les 6	• Diabète • Lupus • Idiopathique • Médicamenteux • Virale : hépatite B • Paranéoplasique

Contre-indications à la ponction-biopsie rénale	Les 5	• Troubles de l'hémostase / médicaments anticoagulants • Rein unique • HTA non contrôlée • Sepsis / infection urinaire • Kyste / cancer
Mécanismes de l'hyperkaliémie	Les 3	• Excès d'apport • Défaut d'élimination • Transfert
Facteurs favorisants les troubles du rythme dans l'hyperkaliémie	Les 4	• Autres troubles hydro-électrolytiques : hypercalcémie et hypomagnésémie • Digitaliques • Existence d'une cardiopathie sous-jacente • Rapidité d'installation de l'hyperkaliémie

Dossier tour de synthèse 27

Une PSA qui grimpe

1 Enoncé

Mr Arnaud-Félix M., 62 ans, vous est adressé en consultation pour une augmentation du PSA à 12 ng/mL. Ce patient n'a aucune plainte fonctionnelle, il est en parfait état général. Il présente comme antécédent une appendicectomie et une allergie aux pollens. Il s'automédiqué par aspirine 75 mg/jour, car il a lu que c'était bon pour le cœur.

Votre examen clinique retrouve les éléments suivants :

- **Poids = 70 kg, taille = 1m79**
- **Aires ganglionnaires libres**
- **Toucher rectal : nodule du lobe prostatique gauche, de consistance pierreuse, mesurant environ 6 mm. Prostate de taille normale par ailleurs**
- **Pas de masse abdominale**
- **Examens cardiovasculaire, pulmonaire et neurologique sans particularités**

Question 1 :
Quel examen devez-vous pratiquer ?

Question 2 :
Parmi les propositions suivantes, lesquelles sont vraies ?
A – Une antibioprophylaxie est indispensable.
B – Un arrêt de l´aspirine est indispensable
C – Lors du dépistage individuel, un taux de PSA < 2.5 est une indication à un nouvel dépistage dans 2 ans
D – Une hypertrophie bénigne de prostate peut être une cause de faux positif pour le dépistage du cancer de prostate
E – Un patient sous traitement pour une HBP peut être une cause de faux négatif pour le dépistage du cancer de prostate

Question 3 :

Concernant le score de Gleason…

A – Il s´agit d´un score basé sur l´histologie des biopsies réalisées

B – Une biopsie négative élimine un cancer

C – Il se base sur le degré d´activité cellulaire (nombre de mitoses) et le degré de différentiation cellulaire

D – A chaque prélèvement on attribue un chiffre entre 1-12

E – Le chiffre final du score est obtenu en additionnant les chiffres des différents prélèvements puis en divisant par le nombre de prélèvements

F – Un score à 8 est de meilleur pronostic qu´un score à 4

Question 4 :

En supposant que sa valeur soit de 7 et que le compte-rendu histologique mentionne la présence d'un adénocarcinome, lesquelles des propositions suivantes sont vraies ?

A – La classification d´Amico ne peut être évaluée faute d´informations

B – La classification d´Amico évalue le risque de récidive à 10 ans

C – La classification d´Amico conclut à un risque élevé pour ce patient

D – La classification d´Amico ne s´applique que pour les cancers localisés

E – La classification d´Amico conclut à un risque intermédiaire pour ce patient

Question 5:

Quelles sont les 3 alternatives thérapeutiques à proposer à ce patient ?

Le patient est finalement opéré et perdu de vue. Il est hospitalisé dans votre service 10 ans plus tard, amené par sa femme. Il est confus depuis une semaine, et ne quitte plus son lit depuis hier matin.

Votre examen retrouve un patient obnubilé, chez qui la marche est impossible du fait de la somnolence. Il est tachycarde à 120 bpm, et hypotendu à 90/60 mmHg. Son abdomen semble douloureux mais est souple et dépressible. Il n'existe pas de déficit neurologique focal. La palpation du rachis lombaire et des humérus réveille une douleur intense. Les examens cardiovasculaire et pulmonaire sont normaux.

Question 6 :

Est-ce que une rétention aiguë d´urine par hypertrophie bénigne de prostate sur le tissu laissé en place est un diagnostic envisageable ?

A – oui

B – non

Question 7 :

Quel diagnostic suspectez-vous ?

Question 8:

Quels 2 examens radiographiques allez-vous pratiquer ? Sous quel délai ?

Question 9:

Quels sont les 2 axes du traitement que vous allez démarrer dès confirmation du diagnostic suspecté ? Détaillez.

Question 10 :
Quel traitement de fond allez-vous mettre en route par la suite ? Détaillez les 2 modalités possibles.

Question 11:
Quels sont les 2 éléments qui vont vous permettre d'évaluer son efficacité ?

Question 12 :
Quel élément permet d´évaluer l´observance en cas de réascension de la PSA ?

Question 13 :
Le fils du patient, âgé de 45 ans vient vous voir pour un dépistage individuel précoce car il a entendu que son antécédent familial devrait l´amener à faire ce dépistage. Cette attitude est-elle en accord avec l´attitude de la SFU.

A – Oui

B – Non

2 Corrigé

LE + : PREMIERE LECTURE, CONSEILS ET ASTUCES

- **Appréciation globale et difficulté du dossier :**
  - Dossier de cancer de prostate assez simple, peu tombable en l'état mais ciblant les principales spécificités de la question
  - Difficulté : 1/3
  - A classer en 1ère position parmi les 3 dossiers de l'épreuve
- **Zéros et mots clés à inscrire sur le brouillon :**
  - Arrêt de l'aspirine
  - Choc = remplissage vasculaire
  - Choc = pas de diurétiques
  - Cancer et traitement = RCP et curatif / palliatif
- **Astuces, réflexes et pièges :**
  - Biopsie = histologie / risque hémorragique / risque infectieux
  - Cancer de prostate : penser à la classification d'Amico, qui conditionne toute la prise en charge
  - Calcémie anormale = calcémie corrigée

GRILLE DE CORRECTION

Consignes : 1 point négatif pour toute réponse supplémentaire donnée, sauf consignes différentes pour certaines questions

1	Quel examen devez-vous pratiquer ? Détaillez les modalités.	Grille ECN
	• **Biopsies de prostate :**	2
	- Pour analyse **anatomopathologique / histologique**	2
	- Et **cartographie prostatique**	1
	- Au moins 6 biopsies par lobe / 12 biopsies au total	-
		5

2	Parmi les propositions suivantes, lesquelles sont vraies ?	Grille ECN
	• A = Une antibioprophylaxie est indispensable.	2
	• C = Lors du dépistage individuel, un taux de PSA < 2.5 est une indication à un nouvel dépistage dans 2 ans	2
	• D = Une hypertrophie bénigne de prostate peut être une cause de faux positif pour le dépistage du cancer de prostate	2
	• E = Un patient sous traitement pour une HBP peut être une cause de faux négatif pour le dépistage du cancer de prostate	2
		8

3	Concernant le score de Gleason…	Grille ECN
	• A = Il s´agit d´un score basé sur l´histologie des biopsies réalisées	4
		4

4	En supposant que sa valeur soit de 7 et que le compte-rendu histologique mentionne la présence d'un adénocarcinome, lesquelles des propositions suivantes sont vraies ?	Grille ECN
	• B = La classification d´Amico évalue le risque de récidive à 10 ans	2
	• D = La classification d´Amico ne s´applique que pour les cancers localisés	2
	• E = La classification d´Amico conclut à un risque intermédiaire pour ce patient	2
		6

5	**En supposant que sa valeur soit de 7, quelles sont les 3 alternatives thérapeutiques à proposer à ce patient ?**	Grille ECN
	• Traitement **curatif** dans tous les cas	2
	• Après évaluation en **réunion de concertation pluridisciplinaire**	2
	• **Chirurgie :**	3
	- **Prostatectomie radicale**	1
	- Avec marges de sécurité	-
	• **Radiothérapie externe conformationnelle seule** – (**<u>si seule non précisée, pas de points</u>**)	2
	• **Radiothérapie externe et hormonothérapie :**	2
	- **Courte durée** / durée 6 mois	1
	- Par agonistes de la LH-RH	-
		13

6	**Est-ce que une rétention aiguë d´urine par hypertrophie bénigne de prostate sur le tissu laissé en place est un diagnostic envisageable ?**	Grille ECN
	• A = oui	3
		3

7	**Quel diagnostic suspectez-vous ?**	Grille ECN
	• **Hypercalcémie symptomatique**	3
	• Compliquée de **choc hypovolémique**	2
	• Révélant des **métastases osseuses**	2
	• D'un **cancer prostatique**	1
		8

8	Quel 2 examens radiographiques allez-vous pratiquer ? Sous quel délai ?	Grille ECN
	• **Scintigraphie osseuse :**	4
	- **Au technétium 99m**	1
	- Recherche des métastases osseuses / **confirmation des métastases**	1
	- **Hyperfixation**	-
	- **Nombre**	-
	- **Siège / localisation**	-
	• **Pas de caractère urgent :**	2
	- **(Si "en urgence" : zéro à la question)**	-
	- **Après correction de l'état de choc**	1
		9

9	Quels sont les 2 axes du traitement que vous allez démarrer dès confirmation du diagnostic suspecté ? Détaillez.	Grille ECN
	• **Traitement de l'état de choc :**	3
	- **Urgence**	1
	- **Appel du réanimateur**	-
	- **Voie veineuse périphérique**	-
	- **Scope cardiotensionnel**	-
	- **Saturomètre**	-
	- **Remplissage vasculaire**	-
	- **Au sérum physiologique** / cristalloïdes / colloïdes	-
	• **Traitement de l'hypercalcémie :**	3
	- **Biphosphonates**	2
	- Par voie **IV**	1
	- Type **pamidronate**	-
	- **Diurétiques après correction de l'hypovolémie – (zéro à la question si diurétiques seuls)**	1
		11

10	Quel traitement de fond allez-vous mettre en route par la suite ? Détaillez les 2 modalités possibles.	Grille ECN
	• **Castration :**	2
	- **Pour blocage androgénique complet**	2
	- De **longue durée / prolongé**	1
	• **Hormonothérapie** / blocage médicamenteux :	2
	- **Agonistes de la LH-RH**	1
	- **Anti-androgènes pendant 1 mois**	1
	• **Chirurgical :**	2
	- **Pulpectomie bilatérale**	1
	- Irréversible	-
		12

11	**Quels sont les 2 éléments qui vont vous permettre d'évaluer son efficacité ?**	**Grille ECN**
	• Dosage du **PSA :**	**2**
	- But : indétectable	**-**
	- Succès si inférieur à 1 ng/mL	**-**
	• **Evolution des lésions osseuses :**	**2**
	- Normalisation de la **calcémie**	**1**
	- **Disparition de l'hyperfixation** à la scintigraphie osseuse	**1**
		8

12	Quel élément permet d´évaluer l´observance en cas de réascension de la PSA ?	**Grille ECN**
	• **Testostérone**	**4**
	• Une élévation de la testostérone est preuve d´un défaut blocage androgénique, et donc d´une inobservance	
		4

13	**Le fils du patient, âgé de 45 ans vient vous voir pour un dépistage individuel précoce car il a entendu que son antécédent familial devrait l´amener à faire ce dépistage. Cette attitude est-elle en accord avec l´attitude de la SFU.**	**Grille ECN**
	• A = Oui	**9**
		9

COMMENTAIRES

QUESTIONS	COMMENTAIRES
Général	• Dossier peu tombable à l'ECN dans sa totalité mais qui balaye les aspects importants du cancer de prostate : diagnostic chez un patient asymptomatique, puis prise en charge par l'hormonothérapie • Très peu probable qu'on vous demande de choisir entre les traitements disponibles, il n'existe aucun consensus.
1	• Se préparer une grille de mots-clés pour les biopsies / actes invasifs : - **Arrêt anticoagulants / antiagrégants** - **Antibioprophylaxie** - **Mode de guidage : scanner, échographie** - **Contre-indications ?** - **Toujours associer le mot-clé « analyse histologique »**
2	• Nouvelles recommandations sur le dépistage individuel • Les recommandations de l´HAS de l ´arrêt de de l´antiagrégant plaquettaire disent que l´arrêt n´est pas impératif lors d´une biopsie prostatique
4	• Le TNM de la classification d´Amico est CLINIQUE
5	• Il faut toujours réussir à insérer les mots clés « RCP » et curatif / palliatif dans les questions de traitement des cancers • Et ne pas hésiter à les répéter à chaque question
6	• La prostectomie est totale dans le cancer, alors qu´elle n´est jamais totalement enlevée dans la chirurgie de l´HBP
4	• Pas d'autre diagnostic compatible avec l'ensemble du tableau • L'antécédent d'appendicectomie peut faire évoquer un syndrome occlusif mais l'examen abdominal est normal • Le raccourcissement du QT à l'ECG est un argument fort d'hypercalcémie
5	• Rédaction d'une réponse à une question de prescription d'imagerie : - **Libellé complet de l'examen : coupe / produit utilisé** - **But général** - **Détailler les bénéfices attendus** • Pas de scanner du rachis ici, car on ne pourra pas rechercher d'autres métastases osseuses et il n'y pas de signes en faveur d'une compression médullaire.
8+9	• Attention au réflexe hypercalcémie = diurétiques • Plus d'utilisation de la calcitonine dans l'hypercalcémie, les biphosphonates sont les seuls utilisés
10	• Ne pas oublier la castration chirurgicale dans le cancer de prostate N+ ou métastatique • Peu pratiquée en France, elle est citée dans les recommandations
11+12	• L'élément clé du suivi est le dosage du PSA • L'hormono-résistance sera définie par l'ascension du PSA à un niveau supérieure à 2 fois le nadir. • Il faudra auparavant vérifier que la testostéronémie est effondrée, preuve de l'observance du patient en cas de blocage médicamenteux.

ITEMS ABORDES

TYPE	INTITULES		
	UE	NUMERO	
Question principale	9	307	Cancer de prostate
Questions accessoires	8	266	Hypercalcémie
	11	328	Etat de choc

LE + : POUR MIEUX ASSIMILER

TABLEAU A QCM et QROC		Items 307 /266
QUESTIONS (NOMBRE D'ELEMENTS)		**INTITULES**
Objectif de la classification d'AMICO	1	• Evaluer le risque de récidive biologique à 10 ans
Causes d'hypercalcémie	Les 4	• Hyperparathyroïdie • Paranéoplasique : sécrétion de PTHrp • Maligne : métastase osseuse / myélome • Médicamenteuse
Causes d'augmentation du PSA	Les 4	• Cancer de prostate • Hypertrophie bénigne de prostate • Traumatisme récent • Prostatite

Notes personnelles

Dossier tour de synthèse 28

Aveugle et boiteux

1 Enoncé

Monsieur Pierre-Marie C, patient de 76 ans, consulte pour une baisse brutale de l'acuité de l'œil droit. A l'examen l'œil n'est pas douloureux mais le reflexe photo-moteur est altéré. L'acuité visuelle est à 3/10 à droite et 10/10 à gauche. Le champ visuel au doigt retrouve un déficit altitudinal à droite. Le fond d'œil est le suivant (cf. iconographie 1).

A l'interrogatoire, le patient décrit des céphalées ainsi qu'une altération de l'état général avec perte de 6kgs en 4 mois, causée aux dires du patient par la présence de lésions endobuccales et de douleurs à la mastication.

L'analyse de des antécédents de ce patient martiniquais met en évidence une cataracte gauche sous surveillance simple, une thyroïdectomie dans un contexte de goitre multinodulaire toxique et une petite déprime depuis à chaque fois qu'il séjourne en métropole.

Question 1 :

Sur quel marqueur biologique son médecin traitant le suit probablement pour l´équilibre de sa thyroïde ?

A – TSHus

B – T4 libre

C – T3 libre

D – Calcitonine

E Aucun suivi biologique n'est nécessaire en cas de thyroïdectomie

Question 2 :

Quel est le diagnostic le plus probable quand à cette baisse de l'acuité visuelle ?

Question 3:

Quels autres signes cliniques ophtalmologiques peuvent se rencontrer dans le cadre de cette pathologie ?

A – Douleurs oculaires à la mobilisation

B – Une pupille de MarcuGunn

C – Diminution du réflexe photomoteur consensuel de l´œil sain

D – Un signe de Charles Bell

E – Diminution du réflexe photomoteur direct

F – Une dyschromatopsie de l´axe rouge-vert

Question 4 :
Quel est le signe essentiel attendu au fond d'œil ?

Question 5 :
Quelle en est la physiopathologie derrière ?
A – Toxicité directe de la tête optique par des radicaux libres produits dans la paroi des gros vaisseaux
B – Occlusion aiguë des artères cilières antérieures
C – Ischémie aigue de la tête du nerf optique
D – Occlusion aigue de l´artère ophtalmique
E – Aucune des réponses précédentes

Question 6:
Quel est la cause la plus fréquente de ce type d'atteinte oculaire ? Quel en est ici l'étiologie la plus probable ?

Question 7 :
Relevez dans l'énoncé 6 arguments en faveur de ce diagnostic.

Question 8 :
Concernant l´examen de référence qui permet de confirmer ce diagnostic, lesquelles des propositions suivantes sont vraies ?
A – Il faut impérativement le réaliser avant tout traitement
B – Le fragment prélevé doit être long d´au moins 3 cm
C – Il doit être pris du côté atteint
D – Sa négativité permet d´arrêter le traitement par corticoïdes
E – Recherche une artérite giganto-cellulaire avec des granulomes

Le patient souhaite être pris en charge à Fort de France. Son retour est prévu de longue date pour le lendemain.

Question 9:
Quelles sont les conditions pour pouvoir autoriser le transfert ?
A – Aucun, le patient doit impérativement être pris en charge initialement en France.
B – Il faut un transfert médicalisé en hélicoptère
C – Il doit avoir de la famille proche au pays
D – Il doit avoir une sécurité sociale au pays
E – L´hôpital au pays doit disposer d´une radiologie interventionnelle et d´une réanimation

Le patient est finalement traité en métropole.

Question 10 :

Concernant le traitement à mettre en place, lesquelles des propositions suivantes sont vraies ?

A – Un traitement antalgique fort pour limiter la douleur

B – Une supplémentation potassique

C – Une corticothérapie en urgence par voie IV devra être débutée

D – Une corticothérapie en urgence per os devra être débutée

E – Il faudra mettre de l´ivermectine monodose en associations

F – Il s´agit d´un traitement pour au moins 18mois

G – Il faudra y associer un antiagrégant plaquettaire

Question 11 :

Ce traitement présente de nombreux effets secondaire notoire, citez 8 mesures que vous allez mettre en place pour prévenir ces effets.

Lors d'une visite de contrôle de routine vous relevez des arguments pour une récidive de la maladie de fond.

Question 12 :

Donnez les 4 causes à éliminer en première intention.

Le patient consulte aux urgences quelques mois plus tard pour une douleur inguinale droite d'apparition progressive mais l'empêchant désormais de poser le pied au sol.

Question 13 :

Quel est alors le diagnostic à éliminer ?

Question 14 :

Devant une douleur abdominale aigue latéralisée à gauche avec potentiellement de la fièvre, quel est le premier diagnostic auquel il faut penser ?

Question 15 :

Concernant la maladie de Horton..

A – La maladie de Horton est la vascularite la plus fréquente après 50 ans

B – La maladie de Horton est associé à une pseudopolyarthrite rhizomélique dans 90% des cas

C – La maladie de Horton atteint plus d´hommes que de femmes

D – Le bilan hépatique retrouve fréquemment une cholestase anictérique

E – L´électrophorèse des protides plasmatiques retrouve une hypergammaglobulinémie polyclonale

F – Le suivi se fait habituellement par la CRP

G – Une baisse d´acuité visuelle peut être du à une neuropathie optique rétrobulbaire

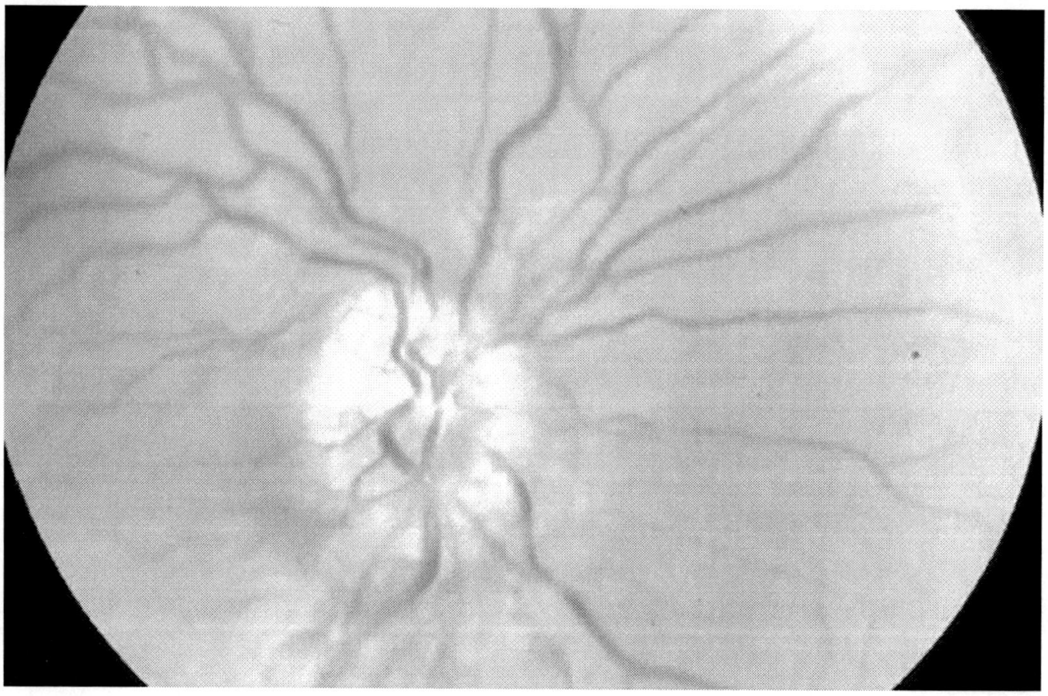

Iconographie 1

2 Corrigé

LE + : PREMIERE LECTURE, CONSEILS ET ASTUCES

- **Appréciation globale et difficulté du dossier :**
  - **Difficulté : 2/3**
  - **A classer en 2ème position parmi les 3 dossiers de l'épreuve**
- **Zéros et mots clés à inscrire sur le brouillon :**
  - **Œil = hanche = tout ce qui est latéralisé = toujours préciser la LATERALISATION**
  - **Corticoïdes + tropique = anguillulose**
  - **NOIA = urgence**
- **Astuces, réflexes et pièges :**
  - **Interpréter une image à l'ECN = réciter son cours puis voir sur l'icono si l'on n'a rien oublié.**
  - **Toujours contrôler les causes secondaires surajoutées d'ostéoporose. Ici c'est la seule utilisation que l'on peut faire de cette notion d'hyperthyroïdie.**
  - **Les tiroirs dans les réponses limitatives n'ont pas été sanctionnés en 2011 à l'ECN.**

GRILLE DE CORRECTION

Consignes : 1 point négatif pour toute réponse supplémentaire donnée, sauf consignes différentes pour certaines questions

1	Sur quel marqueur biologique son médecin traitant le suit probablement pour l´équilibre de sa thyroïde ?	Grille ECN
•	A = **TSHus**	4
		4

2	**Quel est le diagnostic le plus probable quand à cette baisse de l'acuité visuelle ?**	Grille ECN
•	**Neuropathie Optique Ischémique Antérieure** (NOIA)	3
•	De l'**œil droit**	1
•	**(Si réponse = « NOIA droite » seulement alors zéro à la question. Abréviation non accepté par le CNCI)**	-
		4

1	Quels autres signes cliniques ophtalmologiques peuvent se rencontrer dans le cadre de cette pathologie ?	Grille ECN
•	E = Diminution du réflexe photomoteur direct	4
		4

4	**Quel est le signe essentiel attendu au fond d'œil ?**	Grille ECN
•	**Œdème papillaire**	5
•	Unilatéral **- (<u>PMZ</u>)**	3
		8

5	Quelle en est la physiopathologie derrière ?	Grille ECN
•	E = Aucune des réponses précédentes	4
		4

6	**Quel est la cause la plus fréquente de ce type d'atteinte oculaire ? Quel en est ici la l'étiologie la plus probable ?**	Grille ECN
•	Pathologie **athéromateuse**.	4
•	Maladie de **Horton**	2
		6

7	**Relevez dans l'énoncé 6 arguments en faveur de ce diagnostic.**	Grille ECN
•	Age	2
•	Neuropathie Optique Ischémique Antérieure	2
•	Céphalées	1
•	Altération de l'état général	1
•	Ulcération endobuccale	2
•	Claudication de la mâchoire	2
		10

8	**Concernant l´examen de référence qui permet de confirmer ce diagnostic, lesquelles des propositions suivantes sont vraies ?**	Grille ECN
•	**B = Le fragment prélevé doit être long d´au moins 3 cm**	3
•	**C = Il doit être pris du côté atteint**	2
•	**E = Recherche une artérite giganto-cellulaire avec des granulomes**	2
		7

9	**Quelles sont les conditions pour pouvoir autoriser le transfert ?**	Grille ECN
•	A = **Aucun**, le patient doit impérativement être pris en charge initialement en France.	4
		4

10	Concernant le traitement à mettre en place, lesquelles des propositions suivantes sont vraies ?	Grille ECN
•	B – Une supplémentation potassique	3
•	C – Une corticothérapie en urgence par voie IV devra être débutée	2
•	E – Il faudra mettre de l´ivermectine monodose en associations	2
•	F – Il s´agit d´un traitement pour au moins 18mois	2
•	G – Il faudra y associer un antiagrégant plaquettaire	3
		12

11	Ce traitement présente de nombreux effets secondaires notoires, citez 8 mesures que vous allez mettre en place pour prévenir ces effets.	Grille ECN
•	**Education** au traitement	1
•	Prévention de **l'anguillulose maligne** :	2
	- **Déparasitage par imervectine monodose**	-
•	Prévention de **l'ostéoporose** :	2
	- **Supplémentation vitamino-calcique**	-
	- **Maintien en athyroïdie**	-
•	Prévention de **l'hypokaliémie**	1
•	Prévention de l'apparition d'un **diabète** :	1
	- **Régime pauvre en sucres rapides**	-
•	Prévention de la **rétention hydro-sodée** :	2
	- **Régime pauvre en sel**	-
•	Surveillance accrue de la **cataracte**.	2
•	Lutte contre **l'amyotrophie** :	-
	- **Marche quotidienne**	-
	- **Renutrition**	
		12

12	Donnez 4 causes à éliminer en première intention.	Grille ECN
•	**Infection** sous corticothérapie au long court	2
•	**Baisse trop rapide de la posologie**	2
•	**Inobservance**	2
•	**Interaction** médicale	2
		8

13	Quel est alors le diagnostic à éliminer ?	Grille ECN
•	**Ostéonécrose aseptique de la tête fémorale** droite	5
•	**(Ne donner les points que si le diagnostic est complet : 4 éléments)**	-
		5

14	**Devant une douleur abdominale aigue latéralisée à gauche avec potentiellement de la fièvre, quel est le premier diagnostic auquel il faut penser ?**	**Grille ECN**
	• Sigmoïdite diverticulaire aiguë • A évoquer devant son âge élevé et **son traitement par corticoïdes qui augmente le risque**	**4**
		4

15	Concernant la maladie de Horton..	**Grille ECN**
	• A = La maladie de Horton est la vascularite la plus fréquente après 50 ans	**2**
	• C = La maladie de Horton atteint plus d´hommes que de femmes	**2**
	• D = Le bilan hépatique retrouve fréquemment une cholestase anictérique	**1**
	• E = L´électrophorèse des protides plasmatiques retrouve une hypergammaglobulinémie polyclonale	**1**
	• F = Le suivi se fait habituellement par la CRP	**1**
	• G = Une baisse d´acuité visuelle peut être du à une neuropathie optique rétrobulbaire	**1**
		8

COMMENTAIRES

QUESTIONS	COMMENTAIRES
Général	• Le Horton n'est toujours pas tombé à l'ECN alors qu'il existe plusieurs dossiers sur le sujet dans la banque. • Il est précisé dans les recommandations du CNCI aux rédacteurs de dossier, une consigne qui stipule que les questions doivent être indépendantes les unes des autres. Ce n'est en pratique souvent pas respecté.
2	• Latéralisation... toujours !
3	• Une pupille ou un signe de MarcuGunn est spécifique de la NORB et traduit une fatigabilité synoptique et donc une diminution du RPM à l´éclairement répétitif • Dans tous les autres cas de diminution du RPM (OACR, NOIAA,....) il n´y a pas de fatigabilité • Un RPM direct est diminué s´il y a une atteinte de la vision qui empêche de voir la lumière • Un RPM consensuel est diminué s´il y a une atteinte des mécanismes qui permettent un myosis dans l´œil en question et non pas en cas de BAV car c´est l´œil controlatéral qui est éclairé
4	• En effet un œdème papillaire bilatéral doit en urgence faire éliminer une hypertension intracrânienne • L'image n'est comme dans la plupart des cas la que pour faire joli. Les signes se récitent plus qu'ils ne se lisent sur les iconographies à l'ECN. (piètre qualité des images)
5	• Occlusion des artères cilières postérieures qui vascularisent la tête du nerf optique
6	• Comme toujours utiliser la dichotomie : argument de fréquence / argument de gravité. •
7	• Le ratio homme/femme est de 1 / 2 pour la maladie de Horton
9	• Toujours prendre position et se justifier
10	• Maladie inflammatoire = traitement d'attaque + traitement d'entretien

11	• Comment retenir ? CORTICOIDES - Cushing - Ophtalmologie - Rétention hydro-sodée - Troubles psy - Infection - Croissance - Os - IPP - Diabètes et autres FDR CV - Endocrino : IS au sevrage,….
13+14	• Corticothérapie au long cours + douleur atypique : ostéonécrose aseptique ? diverticulite ?
15	• Les atteintes oculaires sont souvent la NOIAA, mais d´autres atteintes existent • Une cholestase anictérique est fréquente dans toutes les pathologies inflammatoires

ITEMS ABORDES

TYPE	INTITULES		
	UE	NUMERO	
Question principale	7	191	Maladie de Horton et pseudo-polyarthirte rhizomélique
Questions accessoires	8	221	Neuropathie Optique Ischémique Antérieure
	10	326	Prescription et surveillance des anti-inflammatoires stéroïdiens et non stéroïdiens
	1	7	Information du patient
	4	90	Déficit des membres
	5	127	Cataracte

Le + : POUR MIEUX ASSIMILER

TABLEAU A QCM et QROC		Item 191
QUESTIONS (NOMBRE D'ELEMENTS)		**INTITULES**
Atteintes graves de la maladie de Horton	Les 3	• Accident vasculaire cérébral ischémique • Syndrome de l'arc aortique / aortite • Atteinte ophtalmologique
Principale hypothèse diagnostique devant une maladie de Horton résistante à la corticothérapie	1	• Erreur diagnostique : la maladie de Horton ne résiste qu'exceptionnellement à la corticothérapie
Eléments histologiques de la maladie de Horton	Les 6	• Pan-artérite / atteinte des 3 tuniques • Giganto-cellulaire • Segmentaire et diffuse / multifocale • Granulome épithélioïde • Destruction de la limitante élastique interne • Thrombus au contact

Notes personnelles

Dossier tour de synthèse 29

Une douleur abdominale n´est pas toujours organique....

1 Enoncé

Monsieur X. consulte aux urgences pour une douleur abdominale aiguë. Les antécédents ce patient de 62 ans se résument à une hypertension artérielle sous traitement médical et quelques soucis de type orthopédique ces dernières années : une fracture du coude post traumatique et un tassement vertébral cervical dans les suites de manipulations par un ostéopathe. L'histoire commence chez ce patient constipé depuis fort longtemps par une majoration récente des troubles du transit avec apparition il y a 48h d'une douleur abdominale relativement diffuse. A la palpation, l'abdomen est souple sans défense ni contracture. Les dernières selles remontent à la veille.

Les constantes sont :

PA : 90/45mmHg, FC : 118bpm, T° : 37.3 °C, EVA : 5/10.

Question 1 :

Quel est ici le diagnostic à éliminer en urgence ?

Ce diagnostic est rapidement écarté.

Question 2 :

Proposez 3 diagnostics non chirurgicaux compatibles avec cette situation clinique.

Voila les premiers résultats du bilan biologique réalisés aux urgences :

Leucocytes : 7300/mm^3	Ca : 3.5 mmol/l
Hb : 18 g/L	CRP : 15 mg/L
Ht : 49%	VS : 110mm
Plaquettes : 480 000/mm^3	Protidémie : 115g/L
Bilan hépatique sans anomalies	Diurèse 3 heures : 500cc
Créatininémie : 250 µmoles/L	
Urée : 15 mmol/L	
Na : 143 mmol/L	
K : 4.5 mmol/L	
Cl : 98 mmol/L	

Question 3 :
Un examen s'impose, quel est-il ?

Question 4 :
Qu´est ce que cet examen peut montrer classiquement ?
A – Bradycardie sinusale
B – Raccourcissement du segment QT
C – Onde T ample et pointues
D – Disparition des ondes P
E – Allongement du segment PR
F – Trouble du rythme
G – Trouble de la conduction

Question 5 :
Parmi les affirmations suivantes, lesquelles sont vraies ?
A – Une fausse hypercalcémie peut être dû à une hyperprotidémie
B – Une fausse hypocalcémie peut être dû à un syndrome néphrotique
C – La vitamine D est hypercalcémiante par augmentation de la résorption osseuse
D – La Calcitonine n´a pas d´effet sur la calcémie
E – Une hypercalcémie chronique n´est que rarement une situation d´urgence

Question 6:
Comment expliquer les anomalies du bilan biologique du patient ?

Question 7 :
Concernant la prise en charge, lesquelles des propositions suivantes sont vraies ?
A – Il faut impérativement arrêter le traitement antihypertenseur quel qu´il soit
B – Le transfert en Réanimation s´impose
C – Réhydratation pas sérum physiologique
D – Biphosponates en urgence par voie IV
E – Biphosphonates en urgence par voie per os
F – Les biphosphonates sont contre-indiqués du fait de l´insuffisance rénale
G – les biphosphonates sont les traitements de 2e ligne, après échec de la réhydratation
H – Epuration extra-rénale en urgence
I – On peut associer une corticothérapie à l´hyperhydratation

Question 8 :
Quelle maladie de fond est selon vous susceptible d'expliquer l'ensemble du tableau clinique ?
A – Maladie de Waldenström
B – MGUS
C – Myélome multiple à chaînes lourdes
D – Myélome multiple à chaines légères
E – Myélome multiple non sécrétant
F – Lymphome de haut grade

Question 9 :

Relevez dans l'énoncé 5 éléments en faveur de ce diagnostic.

A – Un syndrome d´hyperviscosité
B – Age
C – Fracture vertébrale pathologique
D – Troubles du transit récents
E – Hypercalcémie aiguë
F – Hyperprotidémie
G – Insuffisance rénale
I – Sexe masculin
J – VS élevée
K – CRP élevée

Question 10:

Quel examen paraclinique va vous permettre de confirmer ce diagnostic ? Quels sont les 2 informations que vous en attendez ?

Question 11 :

Quelles seront les 4 types de complications naturelles auxquelles ce patient risque, au cours de l'évolution de sa maladie, de se retrouver confronté ?

Question 12 :

Quels sont les 3 principaux facteurs pronostiques dans le cadre du suivi d'une néoplasie ?

Question 13

Concernant sa pathologie de fond, lesquelles des propositions suivantes sont vraies`

A – Il s´agit d´une prolifération médullaire polyclonale de lymphocytes T
B – L´hyperproduction d´immunoglobulines IgA est la plus fréquente
C – L´augmentation de la VS est due à la présence d´immunoglobulines sériques
D – Une déminéralisation osseuse diffuse peut être un signe de myélome
E – La première cause de mortalité est l insuffisance rénale
F – Le traitement de référence chez les <50ans est l´allogreffe

2 Corrigé

Le + : PREMIERE LECTURE, CONSEILS ET ASTUCES

- **Appréciation globale et difficulté du dossier :**
  - **Dossier compliqué mais classique**
  - **Difficulté : 3/3**
  - **A classer en 3ème position parmi les 3 dossiers de l'épreuve**
- **Zéros et mots clés à inscrire sur le brouillon :**
  - **Terrain vasculaire + douleur abdo = éliminer le syndrome coronaire quelque part dans le dossier.**
  - **Hypercalcémie = ECG**
  - **Mise en jeu du pronostic vital à très court terme = présence du réanimateur.**
- **Astuces, réflexes et pièges :**
  - **Prise en charge au long cours = sociothérapie**
  - **Les sous réponses dans les réponses fermées nne sont que rarement été sanctionnées..**

Grille de correction

1	**Quel est ici le diagnostic à éliminer en urgence ?**	**Grille ECN**
	• **Occlusion** intestinale aiguë	**5**
		5

2	**Proposez 3 diagnostics non chirurgicaux compatibles avec cette situation clinique.**	**Grille ECN**
	• **Insuffisance surrénalienne** aiguë	**4**
	• **Acidocétose** diabétique	**4**
	• **Hypercalcémie** maligne	**-**
		8

3	Un examen s'impose, quel est-il ?	Grille ECN
	• **Electrocardiogramme** 18 dérivations	5
	• En urgence	2
	• On cherche :	-
	- **A éliminer un diagnostic différentiel grave :** syndrome coronaire aigu	1
	- **Des signes d'hypercalcémie** – (PMZ) **:**	-
	× Tachycardie sinusale	1
	× Raccourcissement du segment QT	1
	× Troubles de la conduction / troubles du rythme	1
	× Onde T plate	1
		12

4	Qu´est ce que cet examen peut montrer classiquement ?	Grille ECN
	• B = Raccourcissement du segment QT	2
	• E = Allongement du segment PR	2
	• F = Trouble du rythme	2
	• G = Trouble de la conduction	2
		8

5	Parmi les affirmations suivantes, lesquelles sont vraies ?	Grille ECN
	• A = Une fausse hypercalcémie peut être dû à une hyperprotidémie	3
	• B = Une fausse hypocalcémie peut être dû à un syndrome néphrotique	2
	• E = Une hypercalcémie chronique n´est que rarement une situation d´urgence	2
		7

6	Comment expliquer les anomalies du bilan biologique du patient ?	Grille ECN
	• **Hypergammaglobulinémie monoclonale**	2 + 1
	• **Hypercalcémie** maligne	2
	• Responsable d'un **syndrome polyuro-polydipsique**	2
	• Entrainant une **déshydratation extracellulaire**	2
	• Avec **insuffisance rénale** fonctionnelle	1
		10

7	Concernant la prise en charge, lesquelles des propositions suivantes sont vraies ?	Grille ECN
	• A = Il faut impérativement arrêter le traitement antihypertenseur quel qu´il soit	2
	• B = Le transfert en Réanimation s´impose	1
	• C = Réhydratation pas sérum physiologique	2
	• D = Biphosponates en urgence par voie IV	2
	• I = On peut associer une corticothérapie à l´hyperhydratation	1
		8

8	Quelle maladie de fond est selon vous susceptible d'expliquer l'ensemble du tableau clinique ?	Grille ECN
•	C = **Myélome multiple à chaînes lourdes**	5
		5

9	Relevez dans l'énoncé 5 éléments en faveur de ce diagnostic.	Grille ECN
•	B = Age	2
•	C = Fracture vertébrale pathologique	2
•	E = Hypercalcémie aiguë	2
•	F = Hyperprotidémie	2
•	J = VS élevée	2
		10

10	Quel examen paraclinique va vous permettre de confirmer ce diagnostic ? Quels sont les 2 informations essentielles que vous en attendez ?	Grille ECN
•	**Myélogramme**	3
•	Par ponction sternale	-
•	**Diagnostic positif** :	2
	- **Présence d'une plasmocytose > 10%**	1
	- **Présence de plasmocyte dystrophique**	-
•	**Valeur pronostique** :	2
	- **Caryotype**	1
		9

11	Quelles seront les 4 types de complications naturelles auxquelles ce patient risque, au cours de l'évolution de sa maladie, de se retrouver confronté ?	Grille ECN
•	**Envahissement médullaire :**	2
	- **Anémie**	-
	- **Aplasie**	-
	- **Thrombopénie**	-
•	**Hypogammaglobulinémie :**	2
	- **Infections**	-
•	**Ostéopathie :**	2
	- **Fracture pathologique / tassements vertébraux / lésions médullaires**	-
	- **Hypercalcémie**	-
•	**Présence d'un pic monoclonal :**	2
	- **Insuffisance rénale chronique**	-
	- **Cryoglobulinémie**	-
	- **Amylose AL**	-
		8

12	Quels sont d'après vous les 3 principaux facteurs pronostics dans le cadre du suivi d'une néoplasie ?	Grille ECN
	• Liés au **patient** : terrain • Liés à la **maladie** : facteur spécifique • Liés au **traitement** : réponse du patient à la maladie	1 1 1
		3

13	Concernant sa pathologie de fond, lesquelles des propositions suivantes sont vraies ?	Grille ECN
	• C = L´augmentation de la VS est due à la présence d´immunoglobulines sériques • D = Une déminéralisation osseuse diffuse peut être un signe de myélome • F = Le traitement de référence chez les <50ans est l´allogreffe	2 2 3
		7

COMMENTAIRES

QUESTIONS	COMMENTAIRES
Général	• Toujours penser aux urgences vitales même si elles ne sont pas l'objet du dossier à suivre. Ici : occlusion, syndrome coronaire.
1	• Douleur abdominale + arrêt du transit = occlusion. On réfléchit après avoir pensé à ça.
2	• Triade très classique.
3+4	• Un ECG a toujours 18 dérivations à l'ECN. En effet, ce n'est pas vous qui le faites ! • Hypercalcémie = « ta raquette plate perd son rythme trouble de la conduction par la suite et vice versa • Tout trouble du rythme va engendrer u
5	• La vitamine D augmente l´absorption digestive du calcium
6	• Les questions du type « analyse de bilan biologique » et « physiopathologie » donnent souvent envie de faire des réponses longues à l'ECN. En pratique, les réponses attendues sont toujours très simples. Allez donc en priorité au plus évident avant de partir dans des détails
7	• Les autres méthodes de correction de la calcémie comme la diurèse entrainée ne seront sans doute pas cotées et sont à mentionner ici avec la plus extrême prudence. (diurétiques chez un patient déshydraté…) • Les biphosphonates sont effectivement contre-indiqués en cas d´insuffisance rénale. Or ici on est dans une situation d´urgence vitale où la traitement sera de courte durée, la balance bénéfice-risque est donc largement en faveur

8	• Donner toujours le diagnostic le plus complet possible. Ce sont des points faciles à prendre, donc bêtes à oublier.
10	• Les collèges des enseignants de rhumatologie (COFER) et d'hématologie (en ligne) ne sont pas d'accord sur les modalités du diagnostic positif : l'un considère qu'une plasmocyte supérieure à 10% est suffisante tandis que l'autre indique qu'il est aussi nécessaire d'observer des plasmocytes dystrophiques. En pratique, cela ne change ici rien à la grille.
11	• Ici beaucoup de réponses possibles. Le plus important est de ne pas manquer un point fortement coté en se précipitant sur les 4 premiers points venant à l'esprit : prenez le temps de regrouper vos idées.
12	• Question de fin de dossier qui tombe ici un peu comme un cheveu sur la soupe mais cadre capital dans la compréhension du pronostic des cancers.
13	• La VS, la vitesse de sédimentation, elle augmente quand il y a plus de « substances » dans le sang (protéines), car le sang sédimente plus vite

ITEMS ABORDES

TYPE	INTITULES		
	UE	**NUMERO**	
Question principale	9	317	Myélome multiple
Questions accessoires	8	266	Hypercalcémie
	8	267	Douleur abdominale aiguë
	9	317	Gammapathie monoclonale
	9	289	Pronostic des cancers

LE + : POUR MIEUX ASSIMILER

TABLEAU A QCM et QROC		Items 266 -317
QUESTIONS (NOMBRE D'ELEMENTS)		INTITULES
Causes d'anémie dans le myélome multiple	Les 4	• Envahissement / insuffisance médullaire • Iatrogénie • Insuffisance rénale chronique • Erythrobastopénie
Conséquences de l'hyperglobulinémie	Les 5	• Amylose AL • Syndrome de Fanconi • Maladie de Randall • Cryoglobulinémie • Signes cliniques d'hyperviscosité : érythrose, céphalée, thromboses, …
Causes d'hypogammaglobulinémies	Les 7 (ou plus !)	• Déficit immunitaire commun variable • Leucémie lymphoïde chronique • Lymphome non hodgkinien • Carences • Syndrome néphrotique • Maladies inflammatoires chroniques de l'intestin • Immunosuppression acquise

Notes personnelles

Dossier tour de synthèse 30

Mon nerf sciatique….

1 Enoncé

Mme Adèle C-G, 44 ans, vient vous consulter pour une douleur lombaire irradiant dans la jambe droite. Cette douleur est apparue brutalement hier alors qu'elle était au travail.
Cette patiente travaille comme femme de ménage et n'a aucun antécédent médico-chirurgical, elle ne prend pas de traitement. Elle est mère de 3 enfants.
Elle pèse 105 kgs pour 1m60, son poids est stable depuis 2 ans. Elle n'a aucune autre plainte fonctionnelle.
La douleur est lombaire basse, et irradie dans le dos de la cuisse et de la jambe jusqu'à la plante du pied et au 5ème orteil droit. Elle est augmentée par la toux et les efforts de poussée abdominale. La manœuvre de Lasègue est positive à 35° à droite et la palpation du rachis lombaire augmente la douleur.
Le testing musculaire est normal, il n'existe aucun déficit moteur ou sensitif.
Les examens cardio-vasculaire, pulmonaire et abdominal sont normaux.
Vous évoquez le diagnostic de lombosciatique S1 droite, par probable hernie discale.

Question 1 :
Quels sont les 3 signes de conflit disco-radiculaire à l'examen clinique ?

Question 2 :
Concernant la pathologie discale, quelles affirmations sont vraies ?
A – Un signe de Lasègue inversé est un signe de lombosciatique
B – Une racine sort au-dessus de la vertèbre correspondante
C – Une hernie discale médiane ou paramédiane L4/L5 comprime la racine L5
D – Une hernie discale foraminale L1/L2 comprime L2
E – Dans le cadre d´une lombosciatique S1 on s´attend à un réflexe achilléen vif
F – Une compression du cône terminale peut se traduire pas un syndrome pyramidal

Question 3 :
Quels sont les 2 facteurs favorisants de cette pathologie chez cette patiente ?

Question 4 :
Quels sont les 6 éléments supplémentaires que vous devez impérativement rechercher ?

Question 5 :
Allez-vous prescrire un bilan d'imagerie si vous ne retrouvez rien de plus ? Justifiez.

Question 6 :
Quelles sont les 6 mesures du traitement à mettre en place ?

La patiente revient vous voir un mois plus tard car il persiste des lombalgies invalidantes. Elle souhaite être opérée du rachis lombaire pour pouvoir reprendre son travail.

Question 7 :
Quel est le bilan radiologique à réaliser à ce moment là ?
A – Aucun car on est toujours à la phase aiguë
B – Radiographie du rachis lombaire face et profil
C – TDM du rachis
D – IRM rachidienne et médullaire

Question 8 :
Quelles sont les 3 indications chirurgicales validées dans les lombosciatiques ? Qu'allez-vous répondre ici ?

Question 9 :
La patiente a entendu qu´elle pourrait le déclarer en maladie professionnelle. Quelles sont les affirmations qui sont vraies ?
A – Pour être reconnu comme maladie professionnelle une pathologie doit correspondre à une des 3 colonnes des maladies professionnelles
B – On parle de reconnaissance par présomption d´imputabilité si une demande correspond aux 3 colonnes des maladies professionnelles
C – La demande est à faire par le médecin du travail
D – Pas besoin de se presser. Il n´y n'a pas de délai pour déclarer une maladie professionnelle
E – Dans son cas, la confirmation de la pathologie par imagerie sera indispensable
F – Les indemnités sont exactement les mêmes que pour l´accident du travail
G – Une reconnaissance en maladie professionnelle protège le salarié du licenciement

Quelle qu'ait été votre réponse, la patiente décide de se faire opérer du rachis lombaire. Il est pratiqué une discectomie L5/S1. Les suites opératoires sont simples, mais du fait de la douleur la patiente ne reprend pas la déambulation. Elle se plaint d'une douleur du mollet gauche à J5 post-opératoire.
Son examen clinique retrouve une perte du ballant du mollet avec signe de Homans positif
à gauche.

Question 10 :
Quels ont été les 4 buts de la consultation d'anesthésie préopératoire ?

Question 11 :
3 médicaments sont utilisés lors d´une anesthésie générales. Quelles sont les 3 principaux buts de ces médicaments ?
A – Induction d´une amnésie
B – Contraction musculaire
C – Antalgique
D – Un effet sympatholytique
E – Relâchement musculaire
F – Induction du sommeil

Question 12 :
Votre externe propose de demander des D-Dimères. Quelle en est votre attitude ?
A – Bonne idée
B – Il faut réexpliquer l´utilité des D-dimères à mon externe

Question 13 :
Quels 4 examens allez-vous réaliser au lit de la patiente ?

Question 14 :
Quelles sont les 3 mesures préventives reconnues de la pathologie suspectée ?

2 Corrigé

Le + : PREMIERE LECTURE, CONSEILS ET ASTUCES

- **Appréciation globale et difficulté du dossier :**
  - Difficulté : 1/3
  - A classer en 1ère position parmi les 3 dossiers de l'épreuve
- **Zéros et mots clés à inscrire sur le brouillon :**
  - Lombosciatique = recherche d'un syndrome de la queue de cheval
  - Phlébite = recherche d'embolie pulmonaire
  - Consultation d'anesthésie= obligation médico-légale
  - Obésité = mesures hygiéno-diététiques / régime hypocalorique / objectif de perte de poids de 10% du poids total
- **Astuces, réflexes et pièges :**
  - Rhumatologie = douleur d'horaire mécanique ou inflammatoire
  - Douleur lombaire = recherche des signes d'alarme faisant suspecter une origine symptomatique plutôt que commune

Grille de correction

1	Quels sont les 3 signes de conflit disco-radiculaire à l'examen clinique ?	Grille ECN
	• **Impulsivité** de la douleur :	2
	- Augmentée par la toux / la défécation	-
	• **Signe de la sonnette**	2
	• **Signe de Lasègue :**	2
	- Positif de manière homolatérale	-
		6

2	Concernant la pathologie discale, quelles affirmations sont vraies ?	Grille ECN
	• B = Une racine sort au-dessus de la vertèbre correspondante	2
	• C = Une hernie discale médiane ou paramédiane L4/L5 comprime la racine L5	2
	• F = Une compression du cône terminale peut se traduire pas un syndrome pyramidal	2
		6

3	Quels sont les 2 facteurs favorisants de cette pathologie chez cette patiente ?	Grille ECN
	• **Profession à risque** : femme de ménage	2
	• **Obésité morbide**	2
	- **IMC = 43** / IMC > 40 kg/m²	1
		5

4	Quels sont les 6 éléments supplémentaires que vous devez impérativement rechercher ?	Grille ECN
	• **Syndrome de la queue de cheval / troubles sphinctériens**	2
	• Recherche d'éléments en faveur d'une **origine symptomatique – <u>PMZ</u>** :	3
	- **Douleur d'horaire mécanique :**	1
	× **Réveil nocturne** / douleurs insomniantes	-
	× **Dérouillage matinal** / douleurs plus fortes le matin	-
	- **Fièvre** / sueurs nocturnes / signes de pathologie infectieuse	2
	- **Adénopathie tumorale** / examen des **aires ganglionnaires / splénomégalie**	1
	- **Toxicomanie** par voie intraveineuse / souffle cardiaque	-
	- **Traumatisme lombaire** récent	1
		10

5	Allez-vous prescrire un bilan d'imagerie si vous ne retrouvez rien de plus ? Justifiez.	Grille ECN
	• Non :	3
	- **(Autre réponse / réponse nuancée : <u>zéro à la question</u>)**	-
	• Car :	-
	- **Age entre 18 et 45 ans**	1
	- **Pas de déficit moteur / pas de signes de gravité**	1
	- **Pas d'arguments pour une origine symptomatique / lombosciatique commune**	2
	- **Le diagnostic est clinique**	1
		8

6	Quelles sont les 7 mesures du traitement à mettre en place ?	Grille ECN
	• Traitement **ambulatoire**	2
	• **Repos relatif** / pas de repos strict au lit :	2
	- **(Si « repos strict au lit » : <u>zéro à la question</u>)**	-
	• Traitement **antalgique :**	1
	- **Palier 1 / paracétamol**	-
	- **AINS en cure courtes**	-
	• **Ceinture de maintien lombaire**	1
	• **Perte de poids** / régime hypocalorique / consultation spécialisée	2
	• **Economie articulaire / hygiène lombaire**	-
	• **Infiltrations de corticoïdes** à discuter si persistance des douleurs	.
		8

7	Quel est le bilan radiologique à réaliser à ce moment là ?	Grille ECN
•	B = Radiographie du rachis lombaire face et profil	4
		4

8	**Quelles sont les 3 indications chirurgicales validées dans les lombosciatiques ?** **Qu'allez-vous répondre ici ?**	Grille ECN
•	Indications en **urgence :**	1
	- **Syndrome de la queue de cheval**	2
	- Lombosciatique **hyperalgique : résistante à la titration en morphine**	2
	- Lombosciatique avec **déficit moteur inférieur ou égal à 3/5**	3
•	Ici : **aucune indication :**	1
	- **Pas d'efficacité de la chirurgie sur les lombalgies chroniques**	3
	- Disparition de la douleur de la lombosciatique	-
-	**(« Hyperalgique » et « déficit moteur » seuls ne rapportent pas de points)**	-
		12

9	**La patiente a entendu qu´elle pourrait le déclarer en maladie professionnelle. Quelles sont les affirmations qui sont vraies ?**	Grille ECN
•	B = **On parle de reconnaissance par présomption d´imputabilité si une demande correspond aux 3 colonnes des maladies professionnelles**	2
•	E = **Dans son cas, la confirmation de la pathologie par imagerie sera indispensable**	2
•	F = **Les indemnités sont exactement les mêmes que pour l´accident du travail**	2
•	G = **Une reconnaissance en maladie professionnelle protège le salarié du licenciement**	1
		7

10	**Quels ont été les 4 buts de la consultation d'anesthésie préopératoire ?**	Grille ECN
•	**Information** de la patiente :	2
	- Sur les bénéfices de l'anesthésie et son type	-
	- Et sur le **risque lié à l'anesthésie générale** : décès et complications	1
	- Sur la nécessité du **jeune préopératoire**	1
	- Sur le déroulement de l'anesthésie	-
•	**Recueil du consentement éclairé - (PMZ)**	2
•	**Evaluation du risque anesthésique :**	2
	- Risque d'intubation difficile	-
	- **Comorbidités / état général / score ASA**	1
	- Risque allergique	-
•	**Constitution du dossier d'anesthésie :**	2
	- Identité de la patiente	-
		13

11	**3 médicaments sont utilisés lors d´une anesthésie générales. Quelles sont les 3 principaux buts de ces médicaments ?**	**Grille ECN**
	• C = Antalgique	**2**
	• D = Relâchement musculaire	**2**
	• F = Induction du sommeil	**2**
		6

12	**Votre externe propose de demander des D-Dimères. Quelle en est votre attitude ?**	**Grille ECN**
	• B = Il faut réexpliquer l´utilité des D-dimères à mon externe	**4**
		4

13	**Quels 4 examens allez-vous réaliser au lit de la patiente ?**	**Grille ECN**
	• **Echographie-doppler veineux des membres inférieurs :**	**4**
	- Recherche de **signes de phlébite**	**-**
	- Bilatéral	**-**
	• Recherche de **signes** indirects **d'embolie pulmonaire :**	**-**
	- **ECG 12 dérivations**	**1**
	- **Gaz du sang en air ambiant**	**1**
	- **Radiographie de thorax de face**	**1**
		7

14	**Quelles sont les 3 mesures préventives reconnues de la pathologie suspectée ?**	**Grille ECN**
	• **Anticoagulation préventive**	**2**
	• **Compression veineuse élastique / bas de contention**	**2**
	• **Lever précoce / reprise de la marche**	**2**
		6

COMMENTAIRES

QUESTIONS	COMMENTAIRES
Général	• Dossier classique sur la lombosciatique, sujet très prisé à l'ECN • Existence de recommandations claires sur les urgences, l'imagerie et la prise en charge thérapeutique sur le site de l'HAS
1	• Bien connaitre la sémiologie notamment en rhumatologie • Impulsivité = atteinte radiculaire
2	• Questions de compréhensions • Un Lasègue inversé positif = signe de cruralgie • Pas de ROT vif en car de syndrome neurogène périphérique
3	• Un réflexe : obésité = calcul de l'IMC ($1.75^2 = 3$)
4	• Les 2 urgences de la lombosciatique : - **Les troubles neurologiques** - **L'origine symptomatique = infectieux / tumoral** • Il faut donc toujours rechercher les « red flags » devant faire pratiquer une imagerie, ce sont les mêmes que dans un dossier de lombalgie avec la problématique : pathologie mécanique / tassement vertébral malin
5	• Toujours préciser si le diagnostic est clinique dans une question d'indication d'imagerie
6	• Le repos complet favorise les lombalgies chroniques • Le caractère fermé de la question empêche de développer la prise en charge de l'obésité : pour les anxieux, mettez un titre clair puis remplissez de mots-clés en dessous
7	• Pas de TDM/IRM avant 7 semaines d´évolution • Une radiographie est souhaitable ici, car on va probablement proposer des infiltrations de corticoïdes, et il faut la radiographie avant pour éliminer une contre-indication
8	• Question déjà tombée à l'ECN : il faut donc savoir que la chirurgie n'est efficace que sur la douleur radiculaire …
9	• Faire, refaire et rerefaire cet item
10	• Une des seules questions tombables avec la péridurale sur l'item 67, enfin à mon avis ! • Reprendre les mots-clés « module 1 » devant les questions de ce type : information / consentement / rapport bénéfices-risques
13	• On recherche toujours une embolie pulmonaire devant une phlébite • Bien penser au libellé complet des examens : - **ECG = 12 dérivations** - **Gaz du sang = sous oxygène ? en air ambiant ?** - **Echographie = Doppler, surtout en vasculaire**

ITEMS ABORDES

TYPE	UE	NUMERO	INTITULES
Question principale	4	93	Lombosciatique
Questions accessoires	11	342	Lombalgies
	5	133	Anesthésie
	8	224	Maladie veineuse thrombo-embolique

LE + : POUR MIEUX ASSIMILER

TABLEAU A QCM et QROC		Items 224 / 342
QUESTIONS (NOMBRE D'ELEMENTS)		**INTITULES**
Signes échographiques d'une thrombophlébite	Les 3	• Thrombus flottant • Incompressibilité de la veine • Pas de flux en Doppler
Arguments radiologiques en faveur d'une lésion osseuse vertébrale maligne	Les 6	• Localisation supérieure à D7 • Ostéolyse / vertèbre borgne / lyse pédiculaire • Envahissement des parties molles • Ostéogénèse / ostéocondensation • Evolution rapide • Lésions multiples
Arguments en faveur de l'origine commune d'une lombalgie	Les 5	• Horaire mécanique • Début brutal • Intensité maximale d'emblée • Antécédents de lombalgies similaires • Sujet jeune

Notes personnelles

Point repère

Abréviations

Voici en annexe la liste des abréviations validées par le CNCI.

A

- ACE : antigène carcino-embryonnaire
- ACTH : adrenocorticotropic hormone (corticotrophine, hormone corticotrope hypophysaire)
- ADH : antidiuretic hormone (hormone antidiurétique, vasopressine)
- ADN : acide désoxyribonucléique
- AINS : anti inflammatoire non stéroidien
- ALAT : alanine amino transferase (TGP)
- ALD : affection de longue durée
- AMM : autorisation de mise sur le marché
- AMPc : AMP cyclique
- ANCA : antineutrophyloc cytoplasmic antibody (anticorps anti cytoplasme des polynucléaires)
- APGAR : american pediatric groos assessment record
- APUD : amine precursor uptake and decarboxylation (groupe de cellules captant et décarboxylant des précurseurs d'amines)
- ARN : acide ribonucléique
- ARNm : ARN messager
- ASA : classification du risque opératoire de l'american society of anesthesiologist
- ASAT : aspartate amino transférase (TGO)
- ASLO : antistreptolysine O
- ATP : adénosine triphosphate
- AVC : accident vasculaire cérébral
- aVf, aVL, aVr : dérivations électrographiques unipolaires
- AVK : anti-vitamine K

B

- BCG : bacille de Calmette et Guérin
- BK : bacille de Koch
- BPCO : broncho pneumopathie chronique obstructive

C

- CCMH : concentration corpusculaire moyenne en hémoglobine
- CEC : circulation extra corporelle

- CGMH : concentration globulaire moyenne en hémoglobine
- CIVD : coagulation intravasculaire disséminée
- CK : créatine kinase
- CMV : cytomégalovirus
- CO : monoxyde de carbone
- CO_2 : dioxyde de carbone
- CPK : créatine phosphokinase
- CPK-BB : créatine phosphokinase iso enzyme BB
- CPK-MB : créatine phosphokinase iso enzyme MB
- CPK-MM : créatine phosphokinase iso enzyme MM
- CRH : corticotropin releasing hormone (hormone de libération de l'hormone corticotrope)
- CRP : C reactive protein (protéine C réactive)

D

- DCI : dénomination commune internationale
- DHEA : déhydroépiandrostérone
- DOPA : dihydroxyphénylalanine

E

- EBNA : Epstein-Barr nuclear antigen
- EBV : Epstein-Barr virus
- ECBU : examen cytobactériologique des urines
- ECG : électrocardiogramme
- ECHO virus : enteric cytopathogenic human orphan virus
- EEG : électroencéphalogramme
- EFR : épreuve fonctionnelle respiratoire
- ELISA : enzyme-linked immunosorbent assay
- EMG : électromyographie

F

- FiO_2 : fraction inspirée d'oxygène
- FSH : follicle stimulating hormone (hormone folliculostimulante)

G

- gamma-GT : gamma-glutamyl transférase
- GB : globule blanc
- GH : growth hormone (hormone somatotrope)
- GH-RH : GH-releasing hormone (hormone activatrice de l'hormone de croissance)
- GR : globule rouge
- GVH : graft versus host (réaction du greffon contre l'hôte)

H

- Hb : hémoglobine
- HbA1C : hémoglobine glyquée
- HbO_2 : oxyhémoglobine
- HBPM : héparine de bas poids moléculaire
- HCG : human chorionic gonadotrophin (gonadotrophine chorionique)
- HDL : high density lipoproteins (lipoprotéines de haute densité)
- HELLP : hemolysis + elevated liver enzymes + low platelets
- HLA : human leucocyte antigen (antigène d'histocompatibilité)
- HPV : human papillomavirus
- HTLV : human T cell leukemia/lymphoma virus (virus humain T lymphotropique)

I

- IDR : intradermoréaction
- IEC : inhibiteur de l'enzyme de conversion
- Ig : immunoglobulines
- IGF : insulin-like growth factor (somatomédine)
- IMAO : inhibiteur de la mono amine oxydase
- INR : international normalized ratio
- IRM : imagerie par résonance magnétique
- (exit: ITT : incapacité temporaire totale)(ambiguïté=>supprimée le 17/3/2005)
- IV : intraveineuse

L

- LCR : liquide céphalorachidien
- LDH : lactate déshydrogénsae
- LDL : low density lipoprotein (lipoprotéine de faible densité)
- LH : luteinizing hormone (hormone lutéinisante)
- LHRH : luteinizing hormone releasing hormone (gonadolibérine)

M

- MALT : mucous associated lymphoid tissue (tissu lymphoïde associé aux muqueuses)
- MNI : mononucléose infectieuse
- MST : maladie sexuellement transmissible

N

- NFS : numération formule sanguine
- NK : natural killer (lymphocyte)

O

- OAP : œdème aigu du poumon
- OMS : organisation mondiale de la santé
- ORL : oto-rhino-laryngologie

P

- PAN : périartérite noueuse
- PaO_2 : pression artérielle partielle en oxygène
- $PaCO_2$: pression artérielle partielle en dioxyde de carbone
- PCR : polymerase chain-reaction
- PDF : produits de dégradation de la fibrine
- PDGF : platelet-derived growth factor (facteur de croissance des plaquettes)
- PMI : protection maternelle et infantile
- PNB : polynucléaires basophiles
- PNE : polynucléaires éosinophiles
- PNN : polynucléaires neutrophiles
- PSA : prostatic specific antigen

Q

- QI : quotient intellectuel
- QRS : complexe QRS
- QSP : quantité suffisante pour
- QT : segment QT

R

- RAST : radio allergo sorbent test (dosage radio immunologique des IgE spécifiques d'un allergène)
- Rh : rhésus
- RMN : résonance magnétique nucléaire

S

- SIDA : syndrome d'immunodéficience acquise
- SRAS : syndrome respiratoire aigu sévère

T

- T3 : triiodothyronine
- T4 : thyroxine, tétraiodothyronine
- TCA : temps de céphaline activée
- TCK : temps de céphaline kaolin
- TCMH : teneur corpusculaire moyenne en hémoglobine
- TDM : tomodensitométrie

- TEP : tomographie par émission de positon
- TGMH : teneur globulaire moyenne en hémoglobine
- TGO : transaminase glutamo oxaloacétique
- TGP : transaminase glutamo pyruvique
- TNM : classification tumor nodes metastasis (tumeur primitive, adénopathies régionales, métastases)
- TP : taux de prothrombine
- TPHA : treponema pallidum haemagglutination assay
- TRH : thyrotropin releasing hormone (protiréline)
- TSH : thyroïd stimulating hormone (thyréostimuline)

U

- UI : unité internationale
- UIV : urographie intraveineuse

V

- VDRL : veneral disease research laboratory (réaction d'agglutination syphilitique)
- VEMS : volume expiratoire maximum par seconde
- VGM : volume globulaire moyen
- VIH : virus de l'immunodéficience humaine (HIV, virus du SIDA)
- VLDL : very low density lipoproteins (lipoprotéines de très faible densité)
- VS : vitesse de sédimentation